孙伦熙 主编

午后文学时光 2024

Wuhou Wenxue Shiguang

大连出版社
DALIAN PUBLISHING HOUSE

图书在版编目（CIP）数据

午后文学时光. 2024 / 孙伦熙主编. -- 大连：大连出版社, 2025. 4. -- ISBN 978-7-5505-2380-7

Ⅰ. I267

中国国家版本馆CIP数据核字第2025KQ9916号

出 品 人： 王延生
责任编辑： 金　琦
助理编辑： 石语佳
封面设计： 林　洋
责任校对： 安晓雪
责任印制： 徐丽红

出版发行者： 大连出版社
地址： 大连市西岗区东北路161号
邮编： 116016
电话： 0411-83620245 / 83620573
传真： 0411-83610391
网址： http: // www.dlmpm.com
邮箱： dlcbs@dlmpm.com
印 刷 者： 天津旭丰源印刷有限公司

幅面尺寸： 160 mm × 220 mm
印　　张： 22.75
字　　数： 280千字
出版时间： 2025年4月第1版
印刷时间： 2025年4月第1次印刷
书　　号： ISBN 978-7-5505-2380-7
定　　价： 72.00元

序　言

愿文学路上有更多的同行者

人生在世，或名或利，或机或缘，或主观或客观，或主动或被动，左右影响我们选择的因素太多，真正能让我们自主、自由选择的机会其实并不多。“午后文学时光”活动是我们一批志趣相投、志同道合的文学爱好者凭自己爱好做出的自愿选择，更是在当下诸多浮华诱惑下难得的一片清净心田。

转瞬之间，我们已经在“午后文学时光”的舞台上走过59期、6个年头。6年来，我们与文学为伴，以文学交友，在文学的道路上相约相邀、相扶相帮，一路同行；我们静心苦读，用心写作，甘于寂寞。我们在腹有诗书气自华的同时，收获了越来越多志在文学的同行者！

同行，让我们的文学阅读不再孤单。

读书常常是一件身心清净甚至枯燥孤独的事，需要我们守得住清苦，耐得住寂寞。长此以往，文学阅读的细品静思让我们容易走到另一个极端，沉于书中不易自拔，不爱、不善与他人交流，易孤芳自赏、自娱自乐。而“午后文学时光”活动为我们的交流提供了一个有效平台和难得机会。我们不仅要读书，而且要善于和文友们交流，还要轮流当“茶主”来主导交流。

这就逼着你得走上前台，走向大庭广众，走向活动中心，参与甚至组织与大家交流分享。令人欣慰的是，6 年的坚持，我看到了大家的收获与成长，看到了大家的进步与提升。我们从一个人前说话都胆怯脸红的小青葱，蜕变成众人面前侃侃而谈游刃有余的茶主、主持人，甚至是小作家，这得感谢“午后文学时光”活动的历练打磨。

同行，让我们的文学写作已成习惯。

我们常说不动笔墨不读书，但读书易，能养成读而写的习惯却比较难。同样，6 年来，“午后文学时光”活动让我们不得不每读一本书，都得写篇读后感，我们的写作渐渐由被动变为主动、由兴趣变为习惯。今天这本书，已经是我们读后感结集出版的第 4 本小册子，这里面收录的每一篇文章，都是我们参与活动的辛勤成果，是记录大家进步成长的最好见证。特别是这几年，我不仅经常性参与活动与大家交流分享，还坚持每年为书作序，和大家一起见证、记录每一步每一天每一篇的成长。我十分愿意也必须珍惜这个机会，用力用功、用心用情写好这个小序。

同行，让我们的文学梦想渐行渐圆。

每个人都有自己的人生梦想，梦想成真是人生最大的幸事，我们都是怀揣文学梦想而走到一起来的。6 年的文学时光，我们案头摆上了自己的白纸黑字、引以自豪的作品，更有许多人在国内省内文学报刊上发表小文大作。今天，我们可以自豪地说：我要成为一名作家！

梦虽遥，追则能达；愿虽艰，持则可圆。如今，我们文学梦、作家梦已得初圆。未来，衷心祝愿，在“午后文学时光”活动的平台上，在逐梦文学的道路上，大家一路同行，越来越精彩！

辽宁省作家协会副主席、一级巡视员　孙伦熙

2025 年 1 月

目　录

宋　斌

刘　倩

吕　颖

赵禹佟

李 哲

邸 颖

王在军

邢一萌

毕林旭

关 巍

宋 斌

SONG BIN

1983年6月出生于辽宁沈阳，曾任企业内刊编辑、杂志记者，现供职于辽宁省作家协会创作联络部。喜读书，爱幻想，渴望在文字中观世间万象、看人间百态，执着于在平淡的生活中寻找自己的诗意人生。

梦在时间的尽头

——读刘亮程《本巴》

《本巴》是当代作家刘亮程历时五年的苦心之作，讲述了一个发生在广袤草原的故事。在时间的缝隙中，我们同作者一起，追溯逝去的人类童年，探寻一个民族的历史记忆与诗性智慧。这部作品不仅荣获了第十一届茅盾文学奖，还被誉为“2022年中国长篇小说创作的景观式存在”。

刘亮程用充满梦幻哲思的文字构造出一个充满想象力的世界：本巴是一个人人活在二十五岁、没有衰老、没有死亡的王国。在搬家家、捉迷藏、做梦梦三个游戏中，历史的更迭、部落的兴替不过是三个不愿长大，甚至不愿出生的孩子之间的博弈。这本小说更像一篇童话、一则寓言，甚至一篇散文诗。当知道这一切原来不过是民间艺人齐的说唱故事的时候，历史与现实交错、真实与虚幻交织，“他们停住手中的游戏，从草原尽头站起来”，这种怅然若失、意犹未尽的感情会瞬间涌上心头，令人久久回味。

第十一届茅盾文学奖授奖辞这样评价《本巴》：向《江格尔》致敬，在创造性转化与创新性发展中证明多元一体的中华文化美美与共的活力。融史诗、童话、寓言为一体，在咏唱与讲述的交响中以飘风奔马、如梦如幻的想象展现恢宏绚烂的诗性境界。对天真童年的追念和对时间的思辨，寄托着人类返璞归真的共同向往。

书中的几个重要人物都有着自己的执着与渴望，却宿命般地走向另一个远方："少儿英雄"洪古尔不愿长大，但为了本巴只能将自己引向命定的衰老，变成了草滩上无人敢与之对视的唯一一位老人；不愿出生的赫兰来到这个世界的目的就是救哥哥洪古尔，他的本意是救出哥哥，就回到母腹中去，所以他不愿喝世间一口水、一滴奶，也不愿吃一口肉，不愿欠世间任何一点恩情，结果他不仅没能回到期盼中纯粹的天堂，还走出故事走进了现实；江格尔本来是想借助梦境将掳走他父亲、侵占他国家的敌人全部杀死，夺回本巴，成为汗王，后来却在新的梦境中陷入哈日王的陷阱，险些带着本巴部落的族人集体走向覆灭，最后却发现这一切不过全都是虚幻，曾经苦苦追寻的故乡原来是他乡，脚下的这片土地才是自己真正的故乡。只有哈日王，他不仅知道自己是故事里的人，而且明白只有让一切变得好玩有趣，故事才能不停地讲下去，而故事继续，自己就会永远活下去。即使明知自己只是一个故事中的人，一个被语言虚构和讲述的人，也要认认真真地在故事中生活下去，以此获得生命的完满与真实感。

这部作品以孩子天真快乐的游戏视角讲述英雄世界的荒唐与残酷，讲述人类命运的无常与斑斓，讲述生命与历史的永恒与归宿，闪烁着想象力的异彩、闪烁着诗意的质朴的光。在这里，时间变得随性，可以加速、停顿，可视、可触、可用，可以衡量一切，春秋冬夏围绕着宫殿和毡房轮回往复，老牧羊人夫妇将七十年的光阴煮在一碗酽茶里，光阴和人畜的脚步日复一日地移动在山谷中……如诗般的文字再一次让我真切地感受到文学的魅力，那是一种文字能够展现，而画面很难呈现的情景、达到的境界。刘亮程老师用自成一体的叙事腔调将史诗之典重与游戏之轻盈完美融合。同时，以游戏的达观化解了历史的疼痛，这是史诗的力量，也是《本巴》的力量。当游戏揭开真相，我们看到了饱含沉重的真实，看懂了本巴世界的明亮与忧伤。

刘亮程曾说：一个作家，会逐渐活成他的生活之地，活成一场风，活成这个地方的白天黑夜，活成漫天繁星中每夜都睁开眼睛注视着地上的一颗星星。《本巴》这部作品的诞生就是他近十年村庄隐居生活的重要成果之一。2013 年，刘亮程来到新疆木垒哈萨克自治县的菜籽沟村采风，被深深吸引，决定到这里居住。后来，这里居民不断减少，许多院落老宅被当“废品”拆成木头廉价卖掉。于是他动员艺术家们来认领保护，抢救性地收购这些老宅子，以一己之力创建了新疆首个艺术家村，倾力打造木垒书院，切身践行且耕且读的生活方式。在他眼中万物皆有灵，落叶是他的朋友，硕大的白鹅和沉厚的叫唤伴随着他的晨昏，那些飘散在风中曾经无人在意的传说和故事，都在他的眼中凝成了文字，沉淀在时间的河流里，人、文学、自然就这样唇齿相依。

他说：文学对土地的回馈一如《江格尔》史诗中让“人人活在二十五岁青春”，土地上的一往无前和生老病死，被文学挽留和保存。那些只活过一世的人们，在文学中永久地活着。文学以虚构之力，护爱着这个世界的真实。

草木蔓发 春山可望

——读老藤《草木志》

当我第一次得知滕书记将自己最新的长篇作品改名为《草木志》的时候，我是有些遗憾的，因为我真的很喜欢《依依墟里烟》的文学气质，古村墟里，驿道黄昏，炊烟袅袅，人影憧憧，多么有画面感！

所以我是带着先入为主的“偏见”翻开这本书的。前面的几章读得漫不经心，仿佛一头扎进了一片茂密的森林，被一株又一株挤在面前的陌生植物搞得晕头转向、不辨东西。几章过后，不自觉地沉浸其中，被那些或深或浅的绿意所吸引，被阵阵或浓艳或淡雅的香气润泽，甚至迷恋上藤条的荆棘、叶脉上的茸毛……原来，这些草木根系纵横、相依而生，这些人真实纯朴、气脉相连。

吸引我读下去的是一个好故事。驻村干部“我”来到墟里村任职，面对方、石两大家族的“世仇”一筹莫展，在副镇长老毕的推荐下，请出“一把抓”“哨花吹”邵震天担任村主任，化解了早年间方四平和石栏山之间因“蛇”而起的恩怨，揭开了二十世纪七十年代方小茹和石云来土豆窖殉情的真相，消解了当下方世坤和石锁之间因“蛇头”和“三道鳞”而产生的“心结”。在此过程中，“我”与“哨花吹”一起封灶禁火、重修望乡亭、组建鼓乐队、修复小龙庙、众筹建都柿滩桥，更是引入外部人才资金，利用古驿路打造“驿路·遇见”等文旅融合创新项目，依靠对传统文化的创造性激活与转化走出了乡村振兴的一条新路。

老藤的文笔纯净、优雅、不疾不徐，却在看似不经意的叙述中展现人们的淳朴、诚信、尊严、原则、善良，给人以温暖和力量。他曾表示：“故乡是一个人的根系所在，无论你走多远的路，登多高的山，儿时的记忆永远是无法改变的底色。岁月可以侵蚀这种底色的鲜艳，可以让底色起毛边，但底色那种雾一般的缥缈会与你如影相随……我了解脚下的这片土地，也深知东北当前举步维艰的原因所在……我也想通过我的书让更多的人了解更具体的东北。”乡村振兴工作纷繁复杂、千头万绪，基层组织建设、经济发展、人文环境改善、生态环境整治……面对这些难题和困境，作者给出了一个新式的乡村领导者形象——“哨花吹”，他有着东北乡村智者特有的亲民、聪慧、公正和责任感，他好像村中的润滑剂，和风细雨地平息村中各种尖锐的矛盾。他温和却不懦弱，当上级领导下达激进的行政命令时，他还能站在村民的立场，与上级领导斗智斗勇，为村民争取利益。还有作为驻村干部的“我”，有才华，有激情，带着前辈老雷“多做无形之事”的忠告来到墟里，却不逃避不推诿，从实际出发做了很多“有形之事”。方、石两家虽然矛盾重重，却能够一直坚守人性的道义和仁善，并在筹建都柿滩大桥的过程中摒弃前嫌，团结一心，挽救了古村墟里。

老藤一直深耕现实主义创作，关注生态文学创作，执着于书写东北大地的人文、生态等物换星移的动人故事。读《北地》时，我的乐趣之一便是按图索骥，寻找书中提及的饱含特色的城乡村镇，例如那个湿地里长满湛蓝的钢笔水花的红花尔基。我一直觉得他在下一盘很大的棋，从最开始非常喜欢的一系列动物小说：以白狐为主角的《扎汉宫》、以狗为主角的《远东第一犬》、以驴为主角的《黑画眉》、以鹰为主角的《熬鹰》、以貔子为主角的《青山在》、以蛇为主角的《遗蛇》、以猫为主角的《以猫为范》、以猞猁为主角的《猎猞》，到近年来《北地》《北障》中陆续出现的刺猬、狼、熊、冷水鱼，还有小兴安岭的水曲柳、黄波椤、扫帚梅、钢笔水花、樟子松、大柞树、稗子……以及各种浆果、坚果，等等，老藤在一点一点丰富充实自己的创作图谱。

《草木志》的章节是用34种植物命名的，这些花草树木生长于东北的山岭湖泽，不仅有生命，而且有灵性，每一种植物的背后都站着一个人，植物与人的外在风貌和内在品格相呼应，在精神上紧密交织在一起。“打碗花”齐满囤处处受挫，屡屡“摔碗”；“鬼蜡烛”谢志远官气十足，装腔作势；“杨铁叶子”金子看似普通，却有情有义、重诺守信；“达子香”寒寒既有情怀又有能力，给墟里带来新的希望；还有“臭李子”般忠于职守的守村人齐老三……正如老藤一篇《做万物之歌者》的创作谈中所说，“万物皆有灵，天地不可欺，以道观物，物无贵贱，每当我匍匐下身子去观察亲近某一动物或植物时都会收获惊喜……人类最好不要以主宰者的姿态来对待动物和植物，万物相依才是自然和谐应有的样子”。

草木蔓发，春山可望。这是一幅充满生机和希望的画卷。

于是，我开始养花，希望那盆茉莉能开出自己的白色。

世界的沙漠　灵魂的绿洲

——读三毛《撒哈拉的故事》

作为一个步入中年的女性——曾经极度排斥地理的文科生，居然在这个年纪对地理重新产生了兴趣，摸着孩子卧室墙上的立体地图，摸到了世界屋脊青藏高原，又摸到了那个让青藏高原如调色盘一般从绿到黄的豁口，沿着“屋脊”向左下方滑去，就触到了三毛笔下的撒哈拉沙漠……

少女时期，在书山题海里偷偷地读三毛，至今仍然记得曾被她那种对自由、对生活的热爱深深打动，同时也对那片遥远而神秘的沙漠有了更深的了解。那时的我，对一切“我所不能做到的”都心生向往，就比如三毛女士与外籍丈夫荷西选择居住撒哈拉，但仅仅是向往，或者说好奇。

多年后，已经结婚生子的我，在这白云悬碧空的秋日午后，重新翻开这本书，脑中闪现的却是那句蔼然仁者之言：万物静观皆自得，四时佳兴与人同。

全书18篇文章，18个真实故事，没有所谓的优美华丽的语言，没有过多匠心独运的构思，但是作者的情感始终牵引着我，一颗感动的心随着她浮浮沉沉，或悲或喜。这位走过大漠，走过高山大川，跨洋越海的奇女子凭着一颗善良、勇敢的心，从一个孤僻辍学的少女成长为一个独立、敢爱敢恨的美丽女人。如一朵艳红在沙漠里绽放，沙漠的热度和燥烈让她显得那么饱满，她满头的黑发和遮挡于发后的眼神，有着生命最亮眼的光芒。

三毛背井离乡，踏入那片荒凉而单调的撒哈拉沙漠，面对恶劣的自然环境和生活条件的艰辛，她并没有退缩，反而用乐观和幽默的态度去适应和改变。她和荷西一起，亲手设计并建造了他们的家，将一片荒芜之地变成了沙漠中的绿洲。在沙漠的艰苦生活中，她和荷西彼此扶持、相互依靠，共同面对生活的挑战。无论是简单的婚礼、海边打鱼，还是从零开始亲手建立他们的家，都渗透着彼此间浓浓的爱意，“每想你一次，天上飘落一粒沙，从此形成了撒哈拉”，情真意切，令人动容。

在广阔而单调的荒漠，三毛与爱人享受着这漫长的人生旅程，在枯燥的生活里，他们以丰富的内心去捕捉动人的乐趣。三毛说鸡汤粉丝是“春雨”，荷西大赞好吃；三毛做“蚂蚁上树”，说粉丝是钓鱼的尼龙线，荷西同样夸赞。明明做饭时的三毛是家庭“煮妇”，但她却能把下厨做饭这件事当作经营饭店，哪怕食客只有荷西一人。这种快乐，如果没有热爱生活的内心，就算住在豪华的宅院，也是不能拥有的。房子本身不是家，是居住者注入情感后，才把它变成了家。只有先用心生活，才能有机会感受到生活的美好。

她慷慨地贡献出药物来帮助当地人，用黄豆治好了姑卡的脓包，帮助母羊生下小羊，于是开始有了很多朋友；她利用智慧赶走流氓，并解救被困泥潭中的荷西，令人佩服；她与奴隶之间建立了平等的友谊，使人看到真正的人性光辉……一个敢于见证生活的人，活出了最真的洒脱。她不像个说教者告诉你如何爱生活，而是记录生活的点滴，在漫天黄沙中活得一尘不染；用文字堆积起来的记录，深深烙印于每个人的内心，探索并感悟。她更像戴着面纱的绝世美人，挥舞着，跳动着，即便一个小小的叹息都能引发一连串的猜想。

她的生活态度，细腻又不乏味，激情又不浪荡，洒脱又不悲哀；对每个人、每件事，她都用最细腻的心，去体会从未有过的感悟。她的文字那么随心，从不沉浸在悲伤中来浪费时光，更不会因日出日落而感慨，只是在感慨中激昂前进。

她的撒哈拉是野性的、随风的，是流沙，也是别样的安定。仿佛有一个裹上纱巾、光着足的女子向我走来，她说：

请遵从你的内心。

工人的灿烂时光

——读柯切托夫《茹尔宾一家》

在苏联文学中，描写产业工人最成功的作品莫过于弗谢沃罗德·阿尼西莫维奇·柯切托夫的《茹尔宾一家》。然而今天，试图阅读这本出版于1954年、也曾在我国有一定影响的长篇小说也并不容易。当我辗转多家网店，终于淘到一本1983年第4次印刷的版本时，心情还是略有些激动的。

尘封已久的图书，若有若无地飘出许久未闻到的纸张气息，那些已微微泛黄的页面，不知是岁月的划痕还是逝去时光的烙印。

柯切托夫1912年出生于一个农民家庭，种过地，捕过鱼，当过造船工人，曾长期在工人中进行采访，卫国战争期间任战地记者。他自战后登上苏联文坛到二十世纪七十年代初逝世的短短二十几年中创作的作品，大多描写的是他所熟悉的劳动和劳动者，这部深刻描绘工人阶级生活与精神的《茹尔宾一家》就是他在这方面最突出和最成功的作品。作者以其细腻的笔触和深刻的洞察力，全面地描写了茹尔宾一家三代人在造船厂的辛勤劳动与不懈努力，展示了苏联社会主义建设时期工人阶级的奋斗历程，刻画了一个世代相传的造船工人家庭的命运变迁。

小说一开始，就是一个新生命的诞生。伊里亚·马特耶维奇·茹尔宾鸣放“礼炮”，宣告茹尔宾家又诞生了一个工人，这种革命、乐观、亢奋的气氛带我们回到那个朝气蓬勃的年代。

第一代马特威老爷爷，参加过建立苏维埃政权斗争，年近八十依然坚持工作。第二代大儿子伊里亚、二儿子瓦西里，他们曾同父亲一起为建立和捍卫苏维埃政权而战斗过，现在已成船厂骨干：伊里亚是船台主任，瓦西里是厂工会委员，后又担任俱乐部主任。第三代伊里亚的孩子们：老大维克多是有创造力的木模工；老二安东是高校毕业的造船工程师、改建船厂计划的提出者；老三科斯嘉是能干的电焊工；小儿子阿列克赛是铆钉工、优秀的斯达汉诺夫工作者。

全书始终贯穿着公与私、个人与集体、个人与国家的关系的描述，他们的命运与全民的命运紧紧地交融在一起。马特威老爷爷年纪太大无法胜任划线工作，欣然接受在厂长办公室值夜班的任务，他经验丰富，为人诚恳，又兢兢业业，被称为“夜班厂长”；伊里亚不断学习新技术，紧跟时代步伐；安东在战争中失去了一条腿，但他并没有消沉，战后考进造船学院，通过刻苦学习成为一名造船专家，在别洛夫教授的帮助下，拟订改造拉达河造船厂的计划，从建造小吨位船只到生产远洋轮船，并把计划付诸实践；被卫国战争中断学业的阿列克赛，因厂里人手不够而进厂当了工人，连连刷新生产上的最好成绩，成了报刊、广播里的新闻人物，在技术革新的时代，跟随哥哥科斯嘉学习电焊技术，改行后又进行理论知识的学习和实际操作，最终在竞赛中超过科斯嘉……

书里不仅写了茹尔宾一家人的工作表现，也写了他们的家庭生活；写了他们的现状，也写了他们的经历；写了他们的成功和欢乐，也写了他们的失败和苦恼。他们有着“茹尔宾精神”，面对困难从不退缩，始终保持着对工作的热爱和对生活的信心。作者通过两代人重新学习的过程、富有创造精神的劳动者进行科学再探寻的情节，展现了工人在时代洪流中的坚韧与执着，更揭示出科技进步对于工业发展至关重要的作用和影响。

小说在塑造茹尔宾一家的同时，也塑造了工人阶级的群像。作者用很多笔墨写了厂里的其他工人、科技人员和党政领导干部。所谓“在描写人物上是很全面的，用比喻来说，长、宽、高都量到了”。

时至今日，这部创作于七十年前的作品依然闪烁着耀眼的光芒，新时代工业文学创作再发展，同样需要在宏大历史中去讲述鲜活的人的故事，让工业的故事更有深度与力度。

红霞正满天

——读王蒙《霞满天》

初看标题，很容易想到刘禹锡的“莫道桑榆晚，为霞尚满天”，于是很自然地猜想这应该是一部写老年人生活状态的现实题材作品。小说篇幅不长，王蒙先生将养老院作为切入口，以“老人”为线索，引出一个具有非凡精神和灵魂的知识女性形象——蔡霞。她气质优雅、举止从容，一度成为养老院的焦点，却在一次摔跤之后，一改往日的神仙风韵，开始活在一个美好的假设里，沉浸在自我营造的婉拒受奖的场景中，并由此一点一点拉开一段经历极致打击却依旧保持高贵人格的人生回溯。

蔡霞本有着令普通人艳羡的人生：受过良好的教育，新中国成立之前便出国留学，精通数国语言。然而她因一场意外失去爱人，好不容易再次找到生命中的伴侣，又逢中年丧子，老年遭遇背叛。经历一次又一次的挫折打击，她没有一蹶不振，总能在痛苦哀伤之后，不可思议地站起来，永远勇敢，永远心向光明。

读过此文，我的心中可谓感慨万千。我很难从人物性格、情节设置、写作手法等专业的角度评判这部作品。因为在我看来，作品中熠熠生辉的是波谲云诡的命运中人性的张力以及对光明的追求。

人生似乎总是狂风暴雨多过旭日彩虹，生活仿佛就是一个从伤痛中不断地爬起来，往前走，直到遇到另一个伤痛的过程。但我相信，即便千帆过尽，还会有满载希冀的第一千零一只船。只要心中的梦想不灭，就不会被孤独地抛在岸边。很多时候，我们同蔡霞一样，没有时间或没有更多的时间往后看，甚至没有更多的时间反思过去反刍痛苦，我们只能被动地接受，努力在不断摔打不断崛起中使自己更加坚毅刚强，更加成熟豁达。对于生命最初的那段黯淡情结，命运会赐予它最妙的补偿，那就是告诉它，带着现实的态度，去实现自己的人生，以现实而稳健的步履走下去，生命必定会全然新异。正如文中蔡霞说："我明白了人生的某些好与坏，生与死，成与败……一旦发生，就是绝对，就是必然，就是宿命，就是无暇张嘴咀嚼更无暇思考拿主意……生活呀，你敢荒唐，我就敢坚决，你能狠毒，我就能消化排泄。"

每一个人，必有自己生命的意义。时间之钟转动，起点也必将是终点。人生的魅力，便在于可以随时从痛苦、从失败、从磨难的阴冷角落里，向山高水长的远途，向没有遗憾的未来，前行。一切皆可以变，唯有对光明的追求不能变；一切都可以老，唯有年轻的心不能老；一切都可以退，唯有前进的脚步不能退。于是，我们看到，人到暮年的蔡霞，在大哭一场之后，重拾行李，毅然前行。她开始锻炼健身，排演法语话剧；她只身出游，从天山南北到滇池洱海，从草原马场到戈壁古城；她去了贝加尔湖、好望角，去了四十柱宫、卡纳克神庙……甚至于王蒙自己也被蔡霞百折不挠的心态所激励着，心中也有了不少的感悟："不管遇到什么样的挑战和挫折，勇敢和光明的心是可以指望的。"

合上书页，心里倏地润朗起来了，蓦地感到曾经一度纠结的生活中遇到的那些不如意突然变得极其幼稚而可笑。蓦地想起食指那首《相信未来》，那种残忍的、固执的、痛苦的、伤痕累累的相信，就是一个人在痛苦现实中对未来的坚定不屈。

当蜘蛛网无情地查封了我的炉台，
当灰烬的余烟叹息着贫困的悲哀，
我依然固执地铺平失望的灰烬，
用美丽的雪花写下：相信未来。

当我的紫葡萄化为深秋的露水，
当我的鲜花依偎在别人的情怀，
我依然固执地用凝霜的枯藤，
在凄凉的大地上写下：相信未来。

……

我要用手指那涌向天边的排浪，
我要用手掌那托起太阳的大海，
摇曳着曙光那枝温暖漂亮的笔杆，
用孩子的笔体写下：相信未来。

……

大爱有声

——读胡冬林《山林笔记》

鸟鸣并不是因为有答案，而是因为它有歌要唱。

——胡冬林《山林笔记》

第一次见胡冬林老师，是长白山屠熊案引起巨大反响的第三年夏天。我作为工作人员赴长春参加辽吉两省作家交流活动。座谈会上，胡老师每句发言都离不开他最爱的长白山。采风乘车时，刚好跟胡老师邻座，他热情地给我讲大山中的鸟叫虫鸣、丛林花草，还盛情邀请我去他的林中小屋看漫山遍野的萤火虫。

聊天中我才知道，2007 年 5 月，为了创作长篇小说《野猪王》和搜集长篇小说《熊纪年》的素材，胡老师拉了四箱书和简陋的家具到长白山池北区即二道白河镇租房体验生活，过上了半个森林人、半个写作者的生活。他几乎在每个晴朗的天气里都会走进原始森林，观察自然万物在漫长进化中成功生存的神奇本领以及大森林中无尽的生命奥秘。2012 年秋离开那里时，已记下了六大本近八十万字的山林笔记。他自己形容这五年多的林区生活“非常充实，收获巨大”。

后来的几年，偶尔会在某个活动或者会议上偶遇，我总会上去打个招呼，听听他又在长白山有了哪些新的发现，创作了哪些新的作品。他总会在最后说一句：来长白山玩啊！

可惜种种原因一直未能成行。

得知胡老师去世的消息我震惊了许久，总觉得这是什么人开的恼人的玩笑，我不相信那个总喜欢穿着迷彩服、说起话来一高兴就手舞足蹈的“小老头儿”，就这么离开了。

所以当知道饱含他心血的《山林笔记》出版的时候，我便迫不及待地购买了一套。

厚厚的三本，完整呈现了胡老师于 2007 年 5 月至 2012 年 10 月在长白山林区考察、学习和写作的点滴。他用脚步丈量着长白山上的每寸土地，用温情的目光打量着山水和草木，他以精细的观察、锐敏的感觉、灵动的文字，细致描述了长白山中的山与林、鸟与兽，以及灌注其中的发现与惊喜、感知与感想，给人们呈现了一个山、鸟、兽相依相存，动植物和谐共生的生态景象与自然奇观。

他能辨认 180 多种鸟、200 多种植物和 100 多种蘑菇，能一口气说出黑熊对森林的 12 大贡献……这本书中，关于山中的动物、植物、菌类的四季呈现，每一年都有精彩的描写。长白山深秋与初春：“林中最大张的红叶是老红色或绛红色的葡萄叶，它们已经从藤上落下，一大张一大张静静地躺在地上，似一只只老旧的红色浅碟子，让人不由得产生一种想把它们带回家的冲动。白桦叶只剩下树顶的一小蓬金黄，明艳夺目；黄波椤叶亦如此，不过它的叶张更大，落叶凋落得更多；水冬瓜叶片也很大，深紫蓝色，水分保持得较多，泛出油亮的光彩，叶脉似龙骨，两边分布一个个变干前的凹窝，整张叶片微凹似一只小船；悬钩子叶呈现殷红的血色，开始长出枯斑，沉甸甸地垂着在枝杈上，等待即将到来的飘零……”

最生动的是他对动物——熊、野猪、马鹿、狐狸、山猫、紫貂、青鼬、水獭、鸟类、松鼠、刺猬、蛇及许多昆虫的观察，以及他与动物“斗法”的有趣描述。在林间池塘边，他长久地静坐，观赏蓝豆娘捉对摆动纤细身躯的轻盈舞姿，聆听着翠绿油亮的东方铃蟾如风铃般轻软的歌声；行至峡谷小径，他的视线被星鸦怪诞绚丽的狂热舞姿所定格；漫步林中，他邂逅热情而飞快地嗑去松塔干透的外壳的松鼠们。他曾说：“好媳妇（熊）和火狐狸、青鼬、山猫、灰松鼠、小飞鼠、野猪、狍子、黑啄木鸟、褐河乌、星鸦、绿啄木鸟、松鸦、棕黑锦蛇等许多动物，是我山上的近邻，也是我作品的主人公。它们给了我解读生物进化真谛和原始森林奥秘的金钥匙。我时刻把它们挂在心上，常去看望它们，哪怕只看见一丝爪痕、一个模糊的足迹或一截粪便，都感到无比高兴。”

他不仅观察、记录着长白山，更尽己所能地守护着长白山：2007 年，他在森林里发现一处火场，及时报案；2010 年，他从狩猎者手中救下一头熊；2012 年与盗猎五头熊的盗猎者展开不懈斗争，更是他无私无畏正义精神的体现……

他为此吃了很多常人难以想象的苦：爬冰河时腰部扭伤导致股骨头坏死；在春寒和严冬的漫漫长夜中写作，冻出一场大病；为了分析动物的食物链揣回一坨坨动物粪便，搞得自己臭不可闻；他在山上屡次发生危险，曾一次性在身上抓到 6 只蜱虫，曾经一脚踩空滑下山崖，还有一次差点踩上长白山毒性最大的极北蝰……他对自然的热爱超过对他自己，他要让人们通过他的文字去了解、尊重、呵护森林与野生动物，进而思考如何保护自然唤醒良知，珍惜我们身边的环境。这是一个作家对土地的热爱，更是他对大自然的膜拜。

民间传说人有三魂七魄，死后一年去一魂，七天去一魄，三年魂尽，七满魄尽。今年（2024 年）是胡老师离开的第七年，我总觉得，他化作了风，化作了雨，继续守护着他一生所爱的长白山。

只要作品活着，作家就活着。

刘　倩

LIU QIAN

刘倩，『80后』，辽宁沈阳人，中共党员，文学硕士，毕业于辽宁大学。先后在辽宁省作协创作联络部、网络文学部、办公室工作。

刘 倩

民间社会与精英阶层

——读阿城《棋王》

仲尼曰："礼失而求诸野。"《棋王》中描述的就是一个空前"礼失"的时代。在那个疯狂的年代，几乎所有表层有价值的"坛坛罐罐"都已被打烂，中华文明已经奄奄一息。但令人欣慰的是，阿城揭示出中华文化的"根"，已经深深扎入民族的血液、渗入民族的骨髓、变成民族的基因。被外在破坏的中华文化就像野火肆虐过后的草原上的野草，只要哪怕星星点点的阳光雨露，它都会重现生机。而重生的方式是从民间汲取营养。在这一层面，阿城通过对比手法阐释了这一命题。

具体说，倪斌（脚卵）代表着日渐促狭的知识阶层的精致文化，而王一生代表着生生不息的民间文化。每当时代狂潮来临时，精致文化就会惨遭荼毒而陷入僵化，而其存在有时都显得很不可靠，就像《棋王》中倪斌的处境："有时候走在山间小路上，看到这样一个高个儿纤尘不染，衣冠楚楚，真令人生疑。"小说中安排了太多的具体的对照：首先是出身，倪斌和王一生绝对可以被称为《棋王》里的"呆鹅双雄"。倪斌出身文化世家，先祖是赫赫有名的倪云林，其迂腐性格和满嘴文绉绉的做派令人喷饭。而王一生是苦寒子弟、妓女的儿子，出身低微，有着天生自觉的阶层意识。长期的压抑更使其成为憨态可掬的棋呆子。如果不是时代大潮的影响，可以说王一生和倪斌的人生轨迹不会有任何相交的地方。

其次是棋艺的来历、秉承不同，倪斌是家传，就像王一生讲的："家传的棋，有厉害的。几代沉下的棋路，不可小看。"而王一生的棋则是"跟天下人"学的。两人初次交手后，倪斌讲："天下是你的。"其实从根基上说，倪斌的棋路也来自民间。小说中，倪斌先祖倪云林学棋一节讲得很清楚："后来兵荒马乱，家道败了，倪祖就卖了家产，到处走，常在荒村野店投宿，很遇到一些高士。后来与一个会下棋的村野之人相识，学得一手好棋。"只是"倪祖后来信佛参禅，将棋炼进禅宗，自成一路"。至此，阿城对中华文化的传承及生生不息的原因难道说得还不清楚吗？

另外，阿城还设计了很多具有符号性的对应因素，其中最主要的是两副象棋的暗中对照，即王一生母亲留给儿子的"无字棋"和倪斌父亲给倪斌的明代"乌木棋"。"无字棋"放在"一个小布包儿"里，"拽出来一看，是个旧蓝斜纹布的小口袋，上面用线绣了一只蝙蝠，布的四边儿都用线做了圈口，针脚很是细密。取出一个棋子，确实很小，在太阳底下竟是半透明的，像是一只眼睛，正柔和地瞧着"。而倪斌的棋是用"乌木做的棋子，暗暗地发亮。字用刀刻出来，笔划很细，却是篆字，用金丝银丝嵌了，古色古香。棋盘是一幅绢，中间亦是篆字：楚河汉界"。可以看到阿城再清楚不过的用心，无论两副象棋的质地、做工、外观有多大的差距，也不管是无字还是镶有金丝的篆字，它们传承的都是民族文化中最精粹的东西。

而最发人深省的，是阿城让两者碰撞的交流。阿城看重王一生所代表的"野"，但他并没有否定"礼"。王一生走遍天下学棋，但这之前他已经受到精致文化的熏陶，捡垃圾的老头给他讲："咱们中国道家讲阴阳，这开篇是借男女讲阴阳之气。阴阳之气相游相交，初不可太盛，太盛则折。折就是'折断'的'折'。"正是这种洞见和气度成就了《棋王》的深邃内涵，使得《棋王》成为一篇可以反复阐释的丰富文本。

刘 倩

行走在凋零中

——读戴安娜·阿西尔《暮色将尽》

传奇编辑戴安娜·阿西尔于76岁退休后正式开启了自己的创作生涯，其坦诚豁达又极具自反意识的老年回忆录《暮色将尽》(以下简称《暮色》)一经出版便囊获科斯塔传记奖和美国国家书评人协会自传奖。评论家们给予它极高的评价，认为《暮色》超越了个人化的生平记录，指向对生活、艺术、女性价值、生命真谛的思考。

《暮色》不仅是阿西尔在走向人生终点的岁月里对生命历程的回望与反思，更是立意于在鲜活的个体记忆和流动的生命瞬间中非个体化的艺术创造。在死亡的凝视中，她以创作和思考作为抵抗，以极具关怀伦理的生命书写，为万千读者，尤其是老年群体，如何对抗衰老与死亡以及随之而来的各种身心变化开辟了新的可能。

在《暮色》的结尾，阿西尔总结道，一本有关老年的书并不一定以“呜咽”收场，也不太可能“锣鼓喧天”。她自觉除了一些随性的、散漫的想法，并不能为读者提供什么可供借鉴的经验或解决方案。但紧接着她又感慨道，在这样的年纪回望一生，“虽然人的生命与宇宙相比如白驹过隙，但从自身的角度，它却依然令人惊异地宽阔无比，能容下许多相互对立的不同侧面”。因此她说，一个人的生命可以同时“包含宁静和骚动，心碎和幸福，冷酷和温暖，攫取和给予，甚至更加尖锐的矛盾”。所以，阿西尔所谓散漫的老年之思实际上是指向一种“向死而生”的生命意志，是对生命本身和个体价值的肯定。

阿西尔自觉承担社会责任，以回忆录颠覆公众对老年群体传统的刻板印象，在她的老年书写中几乎看不到对衰老的抗拒，反而是对社会万象的关注，是个体思考向公共领域的不断延伸。此外，在与老年的苦楚、过往的遗憾、疾病的困扰以及死亡的凝视相处时，阿西尔更是以悲悯之心观照芸芸众生，她无意说教却饱含关怀伦理的生命书写为自己在人间的旅程写下了爱与希望、勇气与沉思。

阿西尔在人生的终点对生命历程的回望与反思既是对自我在不同生命阶段所扮演的各种身份的全方位重新剖析，更是对文学领域经常缺席的老年生活的细致聚焦，体现出阿西尔对探索生活、艺术、女性价值、生命之真谛的不懈追求，闪烁着生命书写的熠熠之光，为文学之于社会关怀伦理再次写下生动的注脚。

这本回忆录最动人之处，是洋溢在字里行间的一种达观态度。也许很多人会说，经历过人生风雨的老人表达的乐观主义，缺失各种细节，并不值得信任。诚然，阿西尔是幸运的女人，她非常清楚。她拥有家族的长寿基因，自己没有严重的慢性病，受过精英教育，有热爱的事业、充满魅力的情人、忠诚的朋友、沉迷的兴趣爱好……但是真正让她变得幸运的是天性里的达观。她在书里说尽了死亡和病痛，描绘母亲临终的状态，爱人巴里被糖尿病综合征折磨的最后时光，说了那么多，却没有将人生的主题导向虚无。

有两个女人，可称为阿西尔人生的“指路明灯”。一个是画家玛丽·路易斯，作家卡内蒂曾经的情人。玛丽生活在类似与世隔绝的状态中，照顾母亲。高寿母亲和情人卡内蒂近乎耗尽了她的生命，然而阿西尔却发现这个女人毫无空虚之感，不管经历怎样的苦难，只要谈论起自己爱的绘画时，就有一种天真的纯粹热情，这种纯粹为她抵挡了空虚的诱惑。

另外一个女人是捷克裔英国籍钢琴家爱丽丝·赫茨－萨默，110 岁辞世的长寿女人，纳粹集中营幸存者里的最年长者。阿西尔阅读她的访谈录，发现她和玛丽拥有某种共同点，“她沉醉于生活的美妙之中……她身上有一种不同寻常的好运，天生就具备强有力的朝向乐观主义的本性，不论经历了怎样的际遇，她依然会这样说：‘生命是美丽的，如此美丽。而一个人越老，就越能察觉到这一点’”。

阿西尔从她们身上得到了莫大的能量。当这些能量转化成她自己的智慧，经过时间的沉淀，也焕发出更惊艳的光彩。《暮色》写于人生暮年，阿西尔知道自己所剩时间不多，可一本写老去的书一定要以“呜咽”收场吗？当然不是，她“在这个年纪回头看自己的一生，虽然人的生命与宇宙相比如白驹过隙，但从自身的角度，它却依然令人惊异地宽阔无比，能容下许多相互对立的不同侧面”。

死亡虽然对每一个人都那么公平，但生命本身的宽阔和多样足矣。阿西尔一直相信存在的意义。“即便将死的人，依然充满了生机，自我依然鲜活地存在其中。”

人人都穿隐身衣

——读格非《隐身衣》

何谓隐身衣？杨绛先生曾写过一篇名为《隐身衣》的散文。文章开头表达自己想要一件隐身衣，以便摆脱束缚，四处游历。继而讲到“卑微”就是隐身衣，因为卑微，别人就会对自己视而不见，从而得到“隐身”。那么格非的小说《隐身衣》中讲述的“隐身衣”是指杨先生说的“卑微”吗？答案可以说是，但又不完全是。

的确是“卑微”，这一点可以从文中崔师傅的“行业自述”中得到验证：“在北京，靠干这个勾当为生的，加在一起不会超过二十个人。在目前的中国，这大概要算是最微不足道的行业了。……这个社会上的绝大部分人，几乎意识不到我们这伙人的存在。这倒也挺好。我们也有足够的理由来蔑视这个社会，躲在阴暗的角落里，过着一种自得其乐的隐身人生活。”这种社会化特征相当微弱的工作，使得主人公近乎离群索居，加上工作不稳定、收入不高、没有话语权的生存境况，他们可谓再“卑微”不过了。这种“卑微”足够让人对他们“视而不见”，因此“卑微”构成了他们的第一层隐身衣。

如果说社会身份上的“卑微”是被动的，那么“音乐”就是这些音响师们以主动方式披上的隐身衣。“音乐”是小说《隐身衣》的必要元素。小说的扉页上写着尼采的话：“没有音乐，生活就是一个谬误。”格非本人是一个不折不扣的音乐发烧友，他说，他对音乐的崇拜远大于对文学的崇拜。

小说里充斥着大量的音乐名词，作者甚至以各类音乐关键词作为小说每一章节的标题。例如，“KT88”“奶妈碟”“AUTOGRAPH”“红色黎明”等。而说到各个音乐家作曲家更是如数家珍。值得称道的是，格非没有让自己平时的生活喜好在小说中流于一种肤浅的符号，更没有拿来当炫技的资本。在小说里，格非很好地将音乐在大众审美接受方面的表现，隐喻为“这个时代的听力坏了”。而崔师傅这一类人，虽处社会底层，没有很高的政治、文化素养，但是却保留了对艺术修养乃至人格品质正面追求。他们眼中的教授、知识分子是“总能轻而易举地让你自惭形秽”的“矜持又腻歪”者，接触的有钱人更是音乐品味俗气又浅薄。但是就是这样的群体掌握着话语权，纵然音乐品味、人格品质再高尚，他们也只能身处“卑微”之列，仰人鼻息。靠着自己在音乐品味上的“孤傲”，勉强披着“音乐”这件“隐身衣”过活。

其实“隐身衣”的含义就像小说情节上的“无限可生发性”一样，它也不是特指某件事或单指某种态度。对于丁采臣来说，隐身衣可能就是“死亡”，他通过“死亡”告别俗世纷扰，得到终极意义的“隐身”。对于蒋颂平，可能他的“地下音乐室”就是他的隐身衣。他习惯于在地下室播放各种或高雅或低俗的音乐，在晦暗的音乐氛围中与三教九流交往，以掩盖赤裸的权钱交易，用黑暗隐去背后暗涌的名利浊流。

为何需要隐身？解答“为何需要隐身”这个问题，需要引入一个概念——“裸奔时代”。“裸”意味着没有遮掩，没有隐私，没有保护，更意味着会引来公众的围观，甚至指责。而“奔”是“裸”的必然结果，在群众眼光的集中注视下，自我受到最大限度的逼迫，为了逃避追问，逃避指责，当事者只得采取“避开”的方式，奔离公众视线。当然，“裸奔”也可以是蓄意挑战道德、挑战公众的一种逆反、叛逆行为。但是，无论是出于“逃避”还是“挑战”，其实指涉的是同一个问题——自我面临危机。

如今微博界越来越热闹，全媒体时代已然到来。这意味着公共空间无限度扩张，私人空间越来越小，个人时间被迫接受公众的切割。相对私人的空间里，你可能只是说一句闲话、做一件不起眼的小事，转眼就被他人以影像等方式记录下来，并传播到网络上，原本私密的性质也就随之改变。每个人都成为话题，每个人都参与话题，“自我”随时受舆论掌控。

由于拥有音乐这件“隐身衣”，主人公有幸未丢失全部自我，始终保持着简单朴素的心灵和生活。而掌握着话语权的权贵们，他们没能培养出独立自我的语言习惯和思维，不懂得急流勇退，因而始终为公共话语所左右，只会说人云亦云的话，只会谈空泛的“政经怪论”。因此，“隐身”是无处可隐的“裸奔时代”里，欲保留自我者的必然追求。

刘 倩

一部中国式悲剧

——观侯孝贤电影《海上花》

电影《海上花》讲述了清末上海弄堂里的长三书寓中的“长三”与恩客的故事。《海上花》是导演侯孝贤独具风格的一部“作者电影”。侯孝贤热衷于中国本土传统文化的寻根，体现在电影《海上花》中，影片从场景布置到演员的服装道具皆展现出清末上海特色风情，影片背景声效中的京剧、评弹、昆曲元素展现出古风画卷，影片中男女情爱纠葛体现了中国传统社会市民悲剧。

“包办婚姻”的传统观念促成了这部电影的诞生，男人与发妻没有感情，就会在妓院里寻求温存和寄托，《海上花》中长三书寓里日常生活和装饰布置充满了家庭气氛，但实际上妓女和恩客之间的恋爱关系是畸形的。在电影《海上花》中，“长三”沈小红和她的恩客王莲生之间的情感纠葛为整部影片的主线故事。王老爷倾心于沈小红，而沈小红在王老爷的追捧之下身份地位也有所提高，成为红极一时的“长三”。而当沈小红因姘戏子对王老爷日渐冷淡后，王老爷大失所望弃她而去，沈小红的生活也失了保障陷入窘境。

传统社会两性关系是不平等的，男性对女性有绝对权威。电影《海上花》中，沈小红的生活享乐开销和社会地位保障全倚靠着王莲生，当然前提是王莲生对她有情，情分一旦消失，她就会落得弃妇的境遇。相比之下，王莲生和另一位“长三”张蕙贞之间，这种不平等关系更加明显，张蕙贞因温顺和驯服成为王莲生在沈小红处形成巨大心理落差后填补空缺的替代品。《海上花》中体现的男尊女卑的陈旧思想反映了旧时代中国传统社会将这种不平等的两性之礼变成了纲常伦理和道德追求，这种合“礼”却无理的要求造就了中国两性关系的悲剧意识。

人类具有张扬个性特征的主体性，而追求和谐与稳定的中国文化具有整体性、完整性特征，由此产生的主体性具有集体的特征。中国人把“礼”作为最终追求，当个人的意愿与“礼”和道义相违背时，将会放弃主体性的个人追求以达到克己复礼的状态。

这也奠定了中国式悲剧意识的基调。电影《海上花》以女性生活为主要话题，集体的主体性悲剧则体现在女性悲剧中，女性的抗争依旧逃不过男权社会的压制。影片中，沈小红任性追求自由的爱情却沦落至弃妇境遇；地位下等的诸金花因有自己的相好被老鸨打压；果断的双玉为试炼男人的感情以性命相逼；周旋在长三书寓里工于心计的黄翠凤挣得金钱地位却违背意愿离开倾心的钱老爷跟着罗老爷；周双珠圆滑老到，恪守本分，心地仁厚却又看淡了风尘，谈不上有何真情。

集体的主体性用“礼”束缚个人欲望，面对“礼”和欲望产生矛盾冲突时，要牺牲欲望以求圆满。如同冲破困境会造成悲剧，放弃与妥协也是中国式悲剧的表现。

中国文化具有封闭性和整体性。侯孝贤追求事物按照自然规律从而达到美的状态使整部影片氛围和谐统一。电影《海上花》采用室内搭景方式，在封闭环境中完成拍摄。侯孝贤的长镜头表达带给观众独特的视觉感受。影片共用四十余个长镜头，镜头的剪辑用淡入淡出的方式完成。这种镜头调度还原了电影中人物活动的真实状态。

电影中的时间概念实际上是现实时间的压缩。侯孝贤在处理许多长镜头时却未将时间进行压缩。长三书寓中，女人们的一颦一笑、吴侬软语、交杯换盏，都如同白描一般被细腻地记录。在场景搭建中，侯孝贤保留了上海租界长三书寓的真实面貌。电影中布置精良的服化道具、背景声效中京剧、评弹、昆曲等吹拉弹唱之音还原了长三书寓纸醉金迷的奢华生活。

侯孝贤对光源的处理也恰到好处，暗淡微弱的灯光处理，暗合了当时以煤油灯照明的真实状况。在真实环境下，人物的行动和交流仿佛真实再现在观众眼前，使得剧中人的悲剧被真实还原成为现实生活之悲。

电影《海上花》体现的中国式悲剧是日常悲剧模式，以“仁”为核心的儒家文化主导了中华文化发展史。中国人的中庸之道和克己复礼使中国电影戏剧艺术蒙上一层沉郁和压抑的悲剧色彩。侯孝贤的《海上花》运用视听语言艺术将这种沉郁和压抑放大，又将中国文化的日常悲剧隐藏在电影的对白和镜头语言之中。

战利品、受害者与“祸水”

——浅谈《伊利亚特》中的女性形象

《伊利亚特》通常被视为战争史诗，女性只处于这个以战争为核心的舞台边缘。用书中赫克托尔的话来说：“打仗的事男人管。”不过，荷马却巧妙地让女性成为这场战争的关键，如果没有她们，这出“男人戏”也许就不会如此精彩。

阿开奥斯人阵营中的女俘布里塞伊斯是一类女性，她是战争中的“战利品”，少有以女性的身份发出声音。特洛伊的安德罗马克和王后赫卡柏代表着另一类女性，她们为人妻母，有正式的身份和名分，但这些妻子和母亲是战争苦难的直接承受者。海伦因为特殊身份和遭遇，成为游移在上面两类女性角色之间的居间者，笼罩在海伦身上的阴霾来自她被男性世界普遍视为战争的“祸水”。

《伊利亚特》开篇咏唱阿基琉斯的愤怒，愤怒的起因是为了一个女人。然而，阿基琉斯和阿伽门农争夺的绝不仅是女人或床伴，而是属于勇士的份额和战利品，这是男人的英雄世界承认和看重的战场荣誉，诗中多次提到，克律塞伊斯和布里塞伊斯是“荣誉礼物”。倒不是英雄不爱美人，不过爱情在《伊利亚特》战场上的分量，远远抵不上英雄们追逐的其他东西，譬如荣誉。作为“荣誉礼物”而存在的女性，是完善男性价值世界的筹码和奖赏。女性并不占据这个男性英雄世界的核心，恰恰相反，在为女人而战的幌子底下，这个英雄世界的法则由男性设定，也由男性诠释和体现。不过，荷马总有一些令人意外之举，卷19中，布里塞伊斯终于作为一个人，一个女性开口说话——这也是阿开奥斯人阵营中唯一发出自己声音的女性。只有此时此刻，布里塞伊斯才不是“荣誉礼物”，而是以一个真正的人的方式存在。她的悲泣中对战争苦难的描述和她从中承受的苦难，则在另一个女人，安德罗马克身上，更浓墨重彩地呈现出来。

《伊利亚特》中有三位女性因阿基琉斯攻破城池成为“离乡背井之人”，其中就包括安德罗马克，安德罗马克虽然嫁得好夫婿赫克托尔，但设若我们的眼光越过《伊利亚特》往后看，就会发现特洛伊城陷落后，安德罗马克的命运最悲惨。怪不得后世有如此多作家从《伊利亚特》的预言里聆听到她和特洛伊妇女的悲惨命运，续写了《伊利亚特》没有讲完的故事。

通常海伦的名号是“希腊第一美人”，她的美惊世骇俗，倾国倾城，但她却自称为“无耻人”，这个自辱的说法即便是海伦带有负疚感和痛悔的自我批判，但未尝不是从他人，尤其是男性的眼光审视美招来的祸患。美与道德的冲突在海伦身上以最激烈的方式表现出来，通过海伦自责的视角，荷马是否要将一种男性中心主义的伦理观加诸史诗：女人和财产是否是战争的根源？女人是“红颜祸水”，这似乎成为解释战争的一种常见的性别主义视角，又或是男权的社会里掩饰真正原因的托词。阅历广博、宅心仁厚的特洛伊老王普里阿摩斯就给出了不同答案：“在我看来，你没有过错，只应归咎于神，是他们给我引起阿开奥斯人来打这场可泣的战争。”现代一些批评家以“双重动机”解释海伦在《伊利亚特》中令人费解的处境，那就是神的控制和人的作为并置在一起，在一个女性角色身上表现出来。具体到海伦，或许可以这样理解，美丽和荣耀一样，也意味着危险和死亡。古希腊人把人世的一些事件归咎于诸神不是推诿责任，而是认识到已经发生的一切都是人该得的“命运”。

《伊利亚特》中的女性无论是不是“关键”角色，她们都被诗中的男性英雄世界边缘化，或成为战争的奖赏和原因，或是战争的鼓励和约束。和那些作战的男性勇士不一样，她们身上承载了更多的战争之苦。虽然这些女性出场不多，但足以使《伊利亚特》有一个特定的女性视角：从不同的女性角色眼中，看这场战争和战争给家庭造成的难以想象的灾难性后果。

刘 倩

缘起之社会派推理小说

——读松本清张《点与线》

“社会派”是日本二十世纪五十年代兴起的一种推理小说流派。作家将故事情节放到广阔的社会背景中展开，借推理小说揭示社会矛盾与黑暗现实，描绘和剖析人性的复杂性。它不仅是一种推理小说的流派，也是社会文学的重要分支。

说起社会派推理小说，就不可能不提到松本清张。作为日本“社会派推理”的开创者，松本清张与柯南·道尔、阿加莎·克里斯蒂并称“世界推理小说三巨匠”，与江户川乱步、横沟正史并为“日本推理文坛三大高峰”。

《点与线》被认为是松本清张长篇推理小说的开山之作，也是引起“清张热”的世界十大推理小说之一。这部作品面世后，松本清张逐渐形成了独有的社会性写作风格，他所开创的推理小说流派也逐渐定型，“社会派”由此产生。

松本清张于1957年同时连载两部长篇推理小说《点与线》和《隔墙有耳》，旋即在日本文学界掀起推理小说热，评论界给予积极评价，认为松本清张的小说融入了社会性和日常性。

犯罪动机的社会性——官商勾结

松本清张认为提高推理小说品格的关键是要写人，要写犯罪的心理和动机。《点与线》有两条叙事线索，表面上看，故事的主线是关于佐山和阿时殉情的调查，而内线则是石田部长的贪污受贿案件。综观整部小说，贪污案件和官商勾结才是导致这起悲剧的真正原因。这种政界与商界联合、徇私枉法的现象在当时的日本绝非个例，而是一种社会问题。政局不稳定、经济高速增长，引发了一系列的社会问题，公职人员滥用职权收受贿赂。他们与商人勾结，使得贪污案件层出不穷。松本清张重视这些社会问题，他将官商勾结这一社会原因融入犯罪动机，造就了《点与线》的成功。

松本清张着力描绘形成罪犯人格的原因——贫困和差别化的社会结构。在遭受金融危机、贫富差距加大的今天，他的作品具有独到的先见性。

松本清张的推理小说并不以探明事实真相，抓获犯人为终点，时常向外拓展到犯罪的社会背景，同时又向内探寻人物的内心深处，无论是罪犯还是参与调查的警探，档案将他们联系在一起的时候，他们就踏上了各自的心灵冒险之旅。

故事背景的社会性——日本进入战后经济高速增长期的社会问题

《点与线》是松本清张于 1957 年创作的，当时日本正处于战后经济高速增长时期，经济繁荣的背后是社会的混乱与崩溃。《点与线》不仅揭露了官商勾结的丑恶现象，在其故事背景中还体现了一系列的社会问题。

首先是拜金主义和等级差别。昭和时代，在进入经济高速增长期的日本社会，人们的价值观和道德观都有所扭曲。为尽早从战争创伤和悲惨的生活中脱离，对金钱的追求成为主流，社会也依照财产进行等级区分。在小说中，石田部长明显处于社会上层，结尾处即使因为贪污案件的影响被调到别处，也并未降低身价，反而升官了。与其相对的是女招待阿时，为了挣钱背井离乡，孤身一人到城市闯荡，最后却无端惨死。松本清张以这份素材为背景，将人们的压力与困境诉诸纸上。

另外一个社会问题便是小说结尾所反映出的资本主义法律的虚伪性，法律原本是公平正义的代名词，它能缓解社会矛盾，解决争端。但是在当时日本的法律界，本应维护法律公正的律师及法院却时常未能履行其职责。法律对于社会上层群体来说犹如一纸空谈，松本清张注意到了这一点，借助小说毫不留情地指出了资本主义法律的虚伪性。

松本清张被称为“社会派”的始祖，他的出现为日本推理小说注入了新鲜血液，与过去注重事件发生和解谜过程的传统推理文学不同，他独辟蹊径，以“文学即暴露”为创作理念，以权力与法律、善与恶、罪与罚、战争与和平等诸多与真实社会紧密联系的主题为创作重点，用批判的眼光审视社会现象。作品中，犯罪原因超脱了简单的个人恩怨，而是上升到社会大背景，与战争、政治、经济等相关，剑指社会矛盾。因此，他的作品极富时代意义。

松本清张的社会派推理小说较传统侦探小说有两个方面的创新，一是圈套设计的难度不全在个人的超群智慧，而是引入社会因素；二是以双重故事结构解决了推理小说开放式结尾的难题，既保持了推理小说的趣味性，又提高了推理小说的文学性。

由此可见，《点与线》不仅是社会派推理小说的开山之作，也是催生松本清张的社会派推理小说不断产出的原动力。

吕 颖

LÜ YING

吕颖，任职于辽宁省作协机关党委办公室。与大家分享的这几篇读后感，都是在认真阅读后写的，里面有作品在文学丛林中的价值，更多则是作为一名普通读者的真实感受。内容也许没那么深刻，但都是自然情感的真实流露。

吕 颖

爱与孤独的永恒纠缠

——读加西亚·马尔克斯《百年孤独》

《百年孤独》，这部加西亚·马尔克斯的经典之作，宛如一座神秘而深邃的文学迷宫，引领着我在光怪陆离的世界中探寻人性的真谛与命运的无常。书中所描绘的布恩迪亚家族的兴衰历程，以及那一个个动人心弦的爱情故事，让我沉浸其中，感慨万千。

阿玛兰妲：爱与孤独的变奏

首先，不得不提小说中我最爱的人物——阿玛兰妲，她宛如小说中的女王，散发着令人难以抗拒的魅力。书中她的四位爱慕者无一不为她魂牵梦绕，有的甚至为她殒命，有的则郁郁寡欢，终其一生都无法释怀对她的情感。

然而，阿玛兰妲对待他们的态度却极为残忍。她拒绝了皮埃特罗·克雷斯皮的真挚求婚，致使他陷入绝望，最终选择了自我了结；对于赫里内勒多·马尔克斯上校的深情，她选择了冷漠以对，让这位英勇的上校在孤独与痛苦中坚守；面对侄子奥雷里亚诺·何塞的亲近，她毫不犹豫地将其推开，使其陷入迷茫与困惑；就连第五代何塞·阿尔卡蒂奥的炽热情感，她也未给予丝毫回应。但这并不意味着阿玛兰妲是一个冷酷无情之人。恰恰相反，透过作者马尔克斯细腻的笔触，我们能够深切感受到她内心深处的矛盾与挣扎。她并非对这些爱慕者毫无感情，而是家族的宿命以及内心深处对爱情的恐惧，让她选择了用这种极端的方式来保护自己。她以近乎自戕的方式折磨着自己，这无疑是家族赋予她的孤独命运所导致的悲剧。

家族的宿命：爱的稀缺与孤独的枷锁

小说末尾提到第七代奥雷里亚诺的出生是“一个世纪以来第一个在爱情中孕育的生命”，这一表述初读时让我深感震惊。怀着质疑的心态，我重新梳理了整个故事，不得不承认这一事实的残酷与无奈。

回顾马孔多布恩迪亚家族的历史，历代子孙的诞生大多充满了意外与偶然。他们并非爱情的结晶，更多的是命运的随意安排。然而，这个小生命虽然仅仅存活了几个小时，却承载着双亲满怀期待的爱而降生。令人唏嘘的是，他的诞生竟也预示着家族的灭亡。

马尔克斯的这一巧妙安排，实在令人赞叹。仅仅这一句看似简单的描述，却营造出一种“巅峰即终结”的强烈破灭感。仿佛家族在短暂地触摸到爱情的温暖与美好之后，瞬间被命运无情地推向了深渊。

正是因为这句话，让我再次回顾了书中那几段令人心碎的爱情。马尔克斯对情爱的描绘堪称出神入化，他笔下的爱情形态各异。有的爱情如同狂风骤雨般癫狂，毫无保留地燃烧着，直至化为灰烬；有的爱情则被扭曲变形，被无尽的欲望和执念所吞噬，变得面目全非；有的爱情深藏在心底，不为人知，却又刻骨铭心；还有的爱情则是终生难忘，成为生命中永远无法愈合的伤痛。然而，无论何种爱情，最终都难逃“爱而不得”“穷途末路”“抱憾终身”的悲惨结局。

这让我不禁联想到马尔克斯的另一部不朽佳作《霍乱时期的爱情》，更加深刻地体会到他对爱情独特而深邃的理解。在他的笔下，爱情并非总是甜蜜与美满的童话，更多的是充满了痛苦、挣扎与无奈的现实。

而在这些爱情悲剧的背后，始终隐藏着一个共同的主题——孤独。马孔多布恩迪亚家族仿佛被命运打上了孤独的烙印，世世代代都无法摆脱这一诅咒。家族中的男性成员，无一不在性格中留下了孤独的深深痕迹。他们或是孤僻内向，或是执拗倔强，沉浸在自己的世界中，与外界格格不入。

女性家族成员则在身体上感受着孤独的煎熬，渴望通过肉体的欢愉来暂时填补内心的空虚与寂寞。然而，这种短暂的慰藉终究无法真正消除孤独的阴霾。

家族的宿命使得孤独在第七代婴儿身上达到了顶点。这个短暂存在的小生命，成为家族命运的终结。他的离去标志着孤独的闭环最终形成，灵与肉的双重泯灭，家族从此消失在茫茫大地，也彻底从世人的记忆中被抹去。

小说的主题：爱纵有千般变化，唯有孤独亘古不变

《百年孤独》让我深刻领悟到，孤独并非仅仅是个体的感受，而是深深扎根于人类灵魂深处的一种普遍存在。它是家族传承的悲剧，是社会变迁的阵痛，更是人类在漫长历史长河中无法逃避的命运。

马尔克斯通过布恩迪亚家族的传奇故事，向我们揭示了爱与孤独的永恒纠缠。这部作品不仅仅是一部文学巨著，更是一面镜子，让我们审视自己的内心，思考人生的意义与价值。尽管我们在生活中常常会遭遇孤独的侵袭，但我们不能放弃对爱的追求与信仰。所以，越是孤独，就越渴望爱，越凸显了爱在人生中的可贵。无论前方的道路多么崎岖，只要心中有爱，我们就能勇敢地面对孤独。因为只有爱，才能给予我们力量，让我们在这纷繁复杂的世界中找到属于自己的温暖与希望，从而让生命在孤独与爱的交织中绽放出最绚烂的光芒。

“话”说人世“情”

——读刘震云《一句顶一万句》

《一句顶一万句》是作家刘震云的扛鼎之作，被誉为“中国的《百年孤独》”，是刘震云迄今为止最成熟大气的作品，并在2011年获第八届茅盾文学奖。这部作品洗尽铅华，返璞归真，笔触始终紧贴苦难的大地上命如草芥的底层人群，小说结构单纯而内容丰富，主人公常常走投无路却又一直勇往直前。

以上是我在“午后文学时光”推荐这本书的推荐语，而今读来依旧觉得这段推荐发自内心、客观公道。这次再读这本《一句顶一万句》，我心中依旧能涌起万千感慨，如潮水般久久不能平息。这部作品以其独特的叙事风格和深刻的内涵，在人、情、事、理四个层面都给了我极大触动。小说讲了形形色色的人，形形色色的事，后面都隐藏着一个理，但也终究逃不过一个情。

从人的层面来看，小说中的人物形象丰富多样、鲜活真实。无论是卖豆腐的老杨，还是赶大车的老马，抑或是做馒头的吴摩西和巧玲，他们都不是完美无缺的英雄形象，而是充满了缺点和无奈的普通人。他们在生活中挣扎、困惑、追寻，每个人都有自己的渴望和痛苦。吴摩西为了寻找养女巧玲，一路历经艰辛，他的执着和坚持让我们看到了一个普通人内心深处的善良与坚韧。而牛爱国同样在寻找中迷失与成长，他的迷茫和纠结反映出了现代人普遍的精神困境。这些人物仿佛就是我们身边的甲乙丙丁，让我们在阅读中产生强烈的共鸣，看到了自己或者他人的影子。

事，小说中的故事看似平凡琐碎，却蕴含着深刻的人生哲理。从卖馒头到寻亲，从一个人的生活到一群人的命运交织，这些故事如同生活本身一样真实而生动。每一个事件的发生、发展和结局，都让我们看到了人性的弱点和光辉，也让我们对生活有了更深刻的理解。那些家长里短、鸡毛蒜皮的小事，恰恰构成了我们生活的大部分内容，而正是在这些小事中，我们感受到了人生的喜怒哀乐。

情，是贯穿整部作品的灵魂。书中所展现的亲情、友情和爱情，复杂而真挚。吴摩西与养女巧玲之间的父女情，虽然没有血缘关系，却在日常相处中培养出了深厚的情感，这种情感超越了血缘的界限，令人动容。朋友之间的情谊也是书中的重要表现，那些能说得上话的朋友，成为彼此在孤独世界中的慰藉。而爱情，无论是吴摩西与吴香香的婚姻，还是牛爱国与庞丽娜的感情纠葛，都充满了矛盾和冲突。爱情的甜蜜与痛苦，在书中展现得淋漓尽致，让我们感受到了情感世界的复杂多变。

理，作品通过这些人和事，传达出了许多深刻的道理。"一句顶一万句"这个核心主题，强调了人与人之间沟通和理解的重要性。有时候，一句贴心的话可以化解多年的矛盾，而有时候，一万句废话也抵不上一句真心话。它让我们明白，在这个世界上，找到一个能说得上话的人是多么的难得和珍贵。同时，书中也揭示了人的孤独与无奈，即使身处人群之中，我们也可能感到孤独无依。这种孤独促使我们不断地去寻找那个能与我们心灵相通的人。

《一句顶一万句》就像一面镜子，照出了我们自己的生活和内心世界。

它让我们反思自己与他人的关系，思考亲情、友情和爱情的真谛。它也让我们更加珍惜那些能与我们说得上话的人，因为他们是我们在这个孤独世界中的温暖依靠。

从更深层次来看，这部作品反映了中国社会的传统文化和人际关系。在中国传统文化中，人际关系的重要性不言而喻，而“说话”则是维系人际关系的重要方式。书中通过对人物之间说话方式、说话内容的描写，展现了中国社会复杂的人际网络和人们在这个网络中的挣扎与适应。

总之，这部茅盾文学奖获奖作品《一句顶一万句》，是一部值得反复品味的佳作。它以其深刻的内涵、生动的故事和细腻的情感，让我们在阅读中获得了丰富的人生体验。它让我们看到了人性的光辉与丑陋，感受到了人生的无奈与希望。读完这本书，仿佛经历了一场精神的洗礼，让我们更加懂得如何去面对生活中的人和事，如何去寻找那个真正能与我们心灵相通的人。或许，这就是文学的魅力所在，它能够触动我们的心灵，让我们在文字的世界里找到自己的影子，也找到生活的答案。

吕　颖

草木之间，乡村之魂

——读老藤《草木志》

在繁华喧嚣的城市中，我们的目光往往被高楼大厦和车水马龙所吸引，而老藤的《草木志》却如同一股清新的风，引领我们走进那宁静而又充满生机的乡村世界。它以独特的草木视角，勾勒出乡村的斑斓画卷，引领我们穿越时光的长廊，探寻那些被城市化浪潮边缘化的乡村故事与灵魂，展现了新时期乡村面临的新问题以及探索解决问题的路径，让我深受触动。

老藤以草木喻人，巧妙地将自然界的生灵与乡村人物的命运紧密相连，构建了一个既真实又梦幻的乡村世界。《草木志》的篇章结构如同乡村的晨曦与暮色，自然流畅，不事雕琢，让读者在轻松的阅读体验中，不知不觉间被深深吸引。老藤以其独特且读者易于接受的篇章结构，为我们描绘了墟里这个小乡村的画卷，每章或聚焦于一个鲜活的人物，或串联起多个角色的命运，通过他们各自的故事，展现了墟里这个小乡村在新时代背景下的变迁与面临的挑战。

久居城市的人们，或许早已忘却了自然的怀抱，但老藤的笔触却让我们重新找回了那份久违的宁静与纯净。他笔下的乡村，绿水青山，炊烟袅袅，乡音萦绕，仿佛一切烦恼都能在这片土地上烟消云散。然而，这份宁静并非没有代价，随着城市化进程的加速，乡村正逐渐走向边缘，人口老龄化、空心化问题日益凸显。老藤以细腻的笔触，表达了对乡村现状的深切忧虑，如何守护这片充满诗意与温情的土地，成为一个亟待解决的问题。

在老藤的作品中，我们不难发现他对乡村问题的深刻洞察与独到见解。《草木志》延续了他在《战国红》《北地》等作品中一贯的探讨风格，不仅揭示了乡村面临的种种困境，更提出了解决之道。老藤认为，乡村振兴不能仅仅依靠外部力量的扶持，更重要的是要激发乡村自身的内在活力。农民作为乡村的主体，他们的觉醒与努力、突破与坚守才是推动乡村变革的关键。这种“抛出问题—解决问题”的写作模式，不仅展现了老藤作为作家的社会责任感，更体现了他作为曾经在体制内工作的“圈内人”的深刻洞察与建设性思考。

小说中，最让人印象深刻的莫过于外乡人“我”与本村人“哨花吹”这两位解铃人。他们虽身份不同，却都肩负着为乡村发展贡献力量的重任。“我”以身份优势和人脉资源，为乡村带来了诸多看得见的改变，如修望乡亭、建都柿桥、开发驿路、申请自然保护区等，这些“有形之事”为乡村的发展奠定了物质基础。而“哨花吹”作为本村人，则解决了许多人内心层面的根本问题，他致力于“遣”掉人心中的“蛇”，让人们从内心深处改变，从而为乡村的振兴注入了强大的精神动力。“哨花吹”这一人物形象塑造得极为成功，他幽默风趣，善用歇后语，不仅为小说增添了许多乐趣，更深刻揭示了乡村社会中的矛盾与和解之道。

值得一提的是，“遣蛇”这一概念在老藤的多部小说中都有提及。《草木志》可以看作是中篇小说《遣蛇》故事的扩写与完善，加入草木主题后，使这个故事更加富有活力和深度。相较于《遣蛇》中的齐大嘴，“哨花吹”的形象无疑更加丰满鲜活，更具个人魅力。

老藤小说的妙处在于构建了一个独特的故事宇宙。他巧妙地将带有鲜明地域特色的植物、动物、食物、人物和事件打乱整合重组，编织成一张丰富多彩的网，形成了一个个充满趣味和内涵的作品。在这个故事宇宙中，我们看到了乡村的过去、现在和未来，感受到了乡村的温度与力量。

读完《草木志》，我深刻地认识到，乡村振兴不仅是经济的发展，更是文化的传承和人心的凝聚。《草木志》以其独特的草木视角、深刻的乡村情怀、鲜明的地域特色以及建设性的思考，为我们呈现了一个既真实又梦幻的乡村世界。在这个世界里，我们不仅能感受到自然之美、人情之暖，更能领悟到乡村振兴的深刻内涵和深远意义。我们需要像老藤这样的作家，用他们的笔触唤起人们对乡村的关注与热爱，让更多的人投身到乡村振兴的伟大事业中。同时，我们也期待更多像《草木志》这样的优秀作品问世，为乡村的发展提供更多的智慧和启示。让我们在草木之间，共同守护那份珍贵的乡村之魂。

一场缘分未满的奇妙之旅

——读凯鲁亚克《达摩流浪者》

在浩如烟海的书籍世界中，我们与每一本书的相遇，似乎都有着一种难以言说的缘分。有时候，一本书就像一位久别重逢的老友，翻开它的瞬间，便能感受到一种心灵的契合；而有时候，一本书却如同一个难以捉摸的陌生人，无论我们如何努力，都无法走进它的世界。正如同事东洋推荐的这本《达摩流浪者》，于我而言，便是一本缘分未满却又充满独特魅力的书。

"汝之蜜糖，彼之砒霜。"这句话在我阅读《达摩流浪者》的过程中，不断地在脑海中萦绕。读书，确实是一件靠缘分的事情。有些书，我们一眼便被其吸引，沉浸其中，无法自拔；而有些书，即便我们努力去读，却始终无法理解其中的深意。对于那些读不进去的书，我们不必硬读，可以将它们暂时放下，等待缘分的再次降临。就如同某次读书交流会上，某位读者朋友发出的疑问，面对看不懂的书时的困惑，作家老师给出的建议是：去看自己目前能看懂的书，不要硬读那些超出自己知识层面和理解范围的作品。

当我硬着头皮读完《达摩流浪者》后，心中有了许多复杂的感受。

这本书并非一开始就能够吸引我，相反，在阅读的初期，我感到十分吃力。然而，正如书中所说，有些事情需要坚持下去，才能看到不一样的风景。当我熬过了书的前三分之一后，阅读后面的内容竟然逐渐变得顺畅起来。虽然不能说我真正读懂了这本书，但至少我能够沉浸在故事之中，感受着书中人物的喜怒哀乐。

整本书读下来，给我印象最深刻的是几个片段。两次登山，一次告别派对，两次搭顺风车，一次进山工作。这些片段如同电影中的画面，在我的脑海中不断浮现。登山登的是马特洪峰和荒凉峰，那是一种对自然的挑战，也是对自我的超越。告别派对是在贾菲去日本前举办的，派对前前后后发生了很多事，充满了欢笑与泪水，让人感受到了友情的珍贵。两次搭车，一次是回父母家过圣诞，一次是去工作地荒凉峰，在搭车的过程中，主人公遇到了各种各样的人，也经历了许多意想不到的事情。而进山工作的部分，则是整本书中我认为写得最美的地方。主人公在荒凉峰独处时，与大自然融为一体，感受着大自然的宁静与美丽，同时也进行着深刻的自我反思。

看完小说后面的“译后记”，我对这本书有了几点新的认识。首先是关于“俳句”。俳句是中国古代汉诗经过日本化发展而来，形式为“五—七—五”音节，三句共十七音节。有人评价《达摩流浪者》是隐藏在自传体小说体裁下的真正俳句集。虽然在这个翻译版本中，我没能体会到凯鲁亚克擅长使用的俳句的美感，但是我相信原著一定有着非比寻常的体例，才会得到这样的评价。其次是关于“自发性写作”。译后记中说“最初的想法就是最好的想法”，这是凯鲁亚克“自发性写作”的要义。之前我和东洋也曾探讨过到底什么叫“自发性写作”，那种无意识创作算不算？我们最后也没讨论出个结论。从这本小说来看，我确实体会不到作者究竟是处于有意识状态还是无意识表达。在故事、人物叙述的过程中，感觉都很跳脱，但是却依旧感觉有条主线在牵引，就像上面我提到的印象最深的几个片段，之间的关联性又很强。所以这种“自发性”貌似不等同于“无意识”或是“顺势而为”地写作。最后是关于“佛性与冥想”。译者说《达摩流浪者》高于一切影响的在于小说的佛性，佛性的加持让这本小说呈现出高于不同艺术形态的效果。就我而言，这本书的确呈现出了不同于以往那些我读不懂的外国小说的情况，这种读不懂更加玄妙，增添了一层神秘感，却又有一种熟悉感。小说主人公大段的冥想，也成就了《达摩流浪者》这本书东西方交汇、交融的特殊意象与意境，算是一种别样之美——一种“只缘身在此山中”的朦胧美。

《达摩流浪者》这本书，虽然我没有完全读懂，但它却给我带来了许多思考。它让我重新审视了自己与书籍的缘分，也让我更加珍惜那些能够触动心灵的阅读体验。同时，这本书也让我对佛教、俳句、自发性写作等有了新的认识和理解。或许，在未来的某一天，当我再次拿起这本书时，会有不一样的感悟和收获。因为缘分，是一种奇妙的东西，它可能会在不经意间再次降临。

“隐身衣”背后的几点思考

——读格非《隐身衣》

《隐身衣》是茅盾文学奖获奖作家格非的一部中篇小说，正如小说名字那样，这个作品呈现出一种神秘感，小说里充斥着各种悬念和隐喻，激发读者在阅读的过程中不断进行寻觅与解密。

这部作品具有独特的叙事风格和细腻的情感描绘，故事围绕着主人公与“隐身衣”这一意象展开，逐渐揭示出人性的复杂、生活的无奈以及命运的诡谲。其实正如作家自己所说的那样，小说中直接描述“隐身衣”的部分并不多，小说只在文本中出现过“我”这个胆机“手艺人”自得其乐拥有“隐身人的快乐”，还有就是在夜色中欣赏古典音乐时，使人产生某种幻想，误以为自己处于“这个世界最隐秘的核心”，而“隐身衣”三个字完整出现也只是在书中第九十九页，描写古典音乐发烧友界教父级人物——牟其善，形容他神秘不被人发现，像是穿了一件“隐身衣”，但书中后来的描述也证明这其实是无稽之谈，根本不存在所谓的“隐身衣”。可见作者对书名“隐身衣”三个字的运用并不是拿它当一个线索，而是一种意象或是象征的表达。

这就会让读者在阅读过程中不断地思考和探索“隐身衣”究竟从何而来，作者又究竟想表达什么。就我个人而言，我觉得书名“隐身衣”背后表达了下面几层含义。

首先，从书名《隐身衣》出发，我们可以理解它作为对小说主人公生活状态的一种隐喻。主人公是一个默默无闻、生活在社会边缘的普通人，他穿着“隐身衣”，在喧嚣的世界中保持自己的孤独和沉默。这种“隐身”状态，既是他对现实世界的逃避，也是他对自我价值的追求。他所接触到的人和事，都如同一面面镜子，反射出社会的百态。那些与他打交道的人，有的虚伪，有的真诚，有的贪婪，有的善良，他们共同构建起了一个真实而又荒诞的世界。因此，书名《隐身衣》实际上是对主人公生活状态的一种高度概括和象征。

其次，从更广泛的角度来看，“隐身衣”也可以被理解为现代社会中个体的一种普遍状态。它不仅是主人公在现实生活中用来保护自己的工具，更是人们在面对复杂世界时的一种心理防御机制。在现代社会中，随着科技的发展和信息时代的到来，人们的生活越来越被数字化工具所包围，个体的私密空间逐渐被侵占。很多人都在网络中扮演着自己希望成为的角色，而隐藏了真实的自己。在这个充满喧嚣和谎言的社会里，人们都在寻找着属于自己的“隐身衣”，试图在其中找到一丝宁静和安全感。这种“隐身”状态，既是一种自我保护的方式，也是一种对现实的逃避。因此，书名《隐身衣》也可以被理解为对现代社会中人们心理状态的一种深刻揭示。

此外，格非在谈到书名时还提到了古典音乐对于听众来说就像一件“隐身衣”，这进一步拓展了我们对“隐身衣”这一隐喻的理解。对于那些热爱古典音乐的人来说，音乐成为他们逃避现实、寻找内心平静的一种方式。主人公对音响的痴迷，实际上是他对美好事物的追求，也是他在琐碎生活中寻找意义的一种方式。在音乐的世界里，他们可以暂时忘记外界的喧嚣和烦恼，找到属于自己的宁静和安定。艺术在书中成为一种超越现实的存在，它给予主人公力量和勇气，让他能够在艰难的生活中坚持下去。同时，通过主人公的经历，我们也看到了艺术在现实面前的无奈和脆弱。这种体验与穿着“隐身衣”在现实中隐身有着异曲同工之妙。

最后，格非不愿意对书名给出一个确切的说法，这也体现了他对于作品开放性的追求。他希望通过书名引发读者的思考和探索，让每个人都能够根据自己的理解和体验去解读这部作品。这种开放性和多元性正是文学作品的魅力所在。

《隐身衣》这个书名虽然简单，却蕴含着丰富的隐喻和象征意义。它不仅是对小说主人公生活状态的一种隐喻，也是对现代社会中个体心理状态的一种揭示，同时还有着更广泛的文化内涵和哲学思考。这种深度和广度的结合，使得《隐身衣》成为一部值得深入品读的作品。

从不屑到惊艳

——读刘亮程《本巴》

起初，我对《本巴》并未抱太高期望。听闻它是民族史诗《江格尔》故事的改编小说，就难掩一丝不屑。在我的认知中，改编作品往往难以突破原著的框架，缺乏创新与惊喜。但当我真正开始阅读时，却被作者刘亮程特殊的叙事手法深深吸引。从开篇的文字起，我仿佛踏入了一个全新的奇幻世界。

“当阿尔泰山还是小土丘……在晌午前赶上班布来宫的隆重酒宴”，这段文字如同一把神奇的钥匙，开启了《本巴》的神秘之门。“往几十年远的路程上眺望”“江格尔隔着十三年的距离拉住她的手”“掉转身跑回到童年”“扔出去七年远”，这些将时间具象化的表述，让我惊叹于作者的文字创造力。在这个世界里，时间不再是抽象的概念，而是可以触摸、可以感受的实体。空间与时间相互交织，构成了一部神话和传奇。

随着阅读的深入，我被小说中的情节紧紧抓住，一发不可收。《本巴》中给我留下深刻印象的有三个小孩、三个游戏和三个老人。

三个小孩各具特色。本巴少儿英雄——洪古尔，不愿长大，对乳房有着执念，他的形象既可爱又让人深思，这种对童年的留恋，反映出人们内心深处对纯真和无忧无虑的向往。小英雄——赫兰，不愿出生，却为了救哥哥自愿降生，为了能再回母腹而不吃一口奶水，他的勇敢与执着，展现了人性中的善良和担当。小可汗——哈日王，在母腹中指点江山、统治拉玛，他的智慧与果敢，让人对未来充满期待。三个孩子都不愿成长，却不得不承担起成年人的使命。他们的矛盾与挣扎，让我们看到了成长的无奈和责任的沉重。

三个游戏也充满了深意。“搬家家”游戏让人回到童年，唤起了人们对过去美好时光的回忆。“捉迷藏”游戏让人恢复曾为孩子的岁月，却又将人禁锢其中，象征着人们对现实的逃避。“做梦梦”游戏可以勾连想象与现实、过去与未来，体现了人类思维的无限可能性。三个游戏，三种逃避方式，反映了人们在面对生活困境时的不同态度。

三个老人则代表着一种归宿。管家忽闪不愿变成孩子，孤身守着拉玛，他的坚守让人敬佩，同时也让我们思考人生的选择。本巴缔造者乌仲汗为了不让自己失败死去，选择让自己永远活在梦境里，他的逃避让人惋惜，也让我们明白面对现实的重要性。老年洪古尔抵挡不住饥渴，没经过年轻时光直接老掉，他的无奈让我们感受到时间的无情和生命的脆弱。三个老人拥有同一归宿——面对现实。面对老去、面对死亡，才能活得清醒。正如忽闪所说：“本巴人，一直活在一个不愿醒来的二十五岁的梦里。”本巴的一切，本巴人可以永葆二十五岁的青春，并不是江格尔创造的，而是江格尔的父亲乌仲汗与莽古斯战斗时打造的梦。

小说的结尾，本巴人终于坦诚且勇敢地接纳了一切。他们不再为梦与虚构所禁锢，迎来了生老病死，真实的世界应运而生，将本巴这个梦带回了现实。

此外，小说第五章摘录了史诗《江格尔》里面的两个故事，分别是“吃奶的娃娃洪古尔大战格楞赞布拉汗”“两岁的贺顺乌兰出征打仗”。读过之后，我们可以发现，史诗《江格尔》的故事和《本巴》有很大出入。

这也进一步体现了作者的创新与突破。作者并非简单地改编原著，而是在尊重原著的基础上，进行了大胆的创作，赋予了故事新的内涵和意义。

读完《本巴》，我深感自己被“打脸”。这本书一扫我之前的种种质疑，让我对小说有了新的认识。它不仅是一部对民族史诗的致敬之作，更是一部充满创造力和想象力的文学作品。作者刘亮程以其独特的叙事手法和深刻的思想内涵，为我们展现了一个奇幻的世界，让我们在阅读中思考人生的意义和价值。

《本巴》让我明白，读书不能人云亦云，只有亲自去读，才能真正领略一本书的魅力。同时，它也让我认识到，文学的魅力在于它能够超越现实，触动人们的心灵，引发人们的思考。在这个快节奏的时代，我们需要这样的作品，让我们停下脚步，反思自己的生活，寻找内心的宁静与真实。

杨晶晶

YANG JINGJING

1985年生，现供职于辽宁省作家协会网络文学部。阅读是随时可开启的超时空旅行，喜欢阅读时一人独处的安静与美妙。

草木之道

——读老藤《草木志》

《草木志》首发于《芙蓉》2023 年第 6 期，2024 年 2 月出版单行本，是新时代山乡巨变主题写作的重要代表作之一，是作家老藤继《战国红》后又一关注乡村题材的力作。作品以精妙的构思、深沉的哲思和真挚的情感，打通人与植物的联系，书写了来自外部的新一代驻村干部与东北边陲古村干部联手，一面着手修复积怨已久的两大家族的矛盾，一面改善乡村生态环境积弊，延续百年乡村文明，探索文旅融合发展道路，有效化解了古村被吞并的危机，并由此焕发新生的故事。

北地始终是作者魂牵梦绕的地方，小说以北地独有的植物名作为每一章节的标题，打碗花、拉拉秧、四角菱、狼毒草、老地榆、一把抓、美人松等，每种植物对应一位具有相同特点的人物，给读者留下深刻印象。草木本无言，一旦与人对应，人物就因草木而变得灵动起来，同时，被赋予了人物性格特质的草木也拥有了另一重生命，与人们一同参与并见证古老村庄在新时代的巨变。

作品以墟里古村为圆心，从内外两个视角展现了新时代乡村振兴中的新变，那就是从“要我改变”变成“我要改变”。身为驻村干部的“我”

从“主攻”转换为“助攻”，这一转变表达出内生动力是新时代乡村振兴的关键所在这一内涵。小说中墟里村的内生动力来源于“哨花吹”和“一金一老”——金子和齐大牙，“哨花吹”无疑是小说中最出彩、刻画得最成功的人物形象。喇叭匠出身、经历了两大家族矛盾累积过程的“哨花吹”临危受命，高票当选村主任，他热情机智幽默，出口即歇后语，凭借一颗公心和特有的乡村智慧为村里排除了一个又一个“雷”，与“我”一同带领村民推动墟里古村建设发展。作者惯于设置颇具传奇色彩的“全能”人物，在必要时为主人公出谋划策、排忧解难，金子和齐大牙正是这样的角色，颇有意味的是“全能”人物也是出自古村内部。

书中三十四种草木代表着墟里植物的丰富性和生态的多样性，相对应不同性格特点的村民也合力参与着墟里的建设和发展。乡村振兴应该从何处发力？怎样才能获得最持久的能量？《草木志》给出了答案：乡村建设亦可以遵循草木之道。西天谷因能充饥使自身得以存活；白桦树会用心呵护自己覆盖的其他植物；南蛇藤具有依附性强又色彩鲜艳的特点，能够吸引蛇来捕猎的同时也保护了自己；一把抓因艳丽且果子可食被用于景观装饰而得到了更多繁衍机会。一段时间内乡村振兴陷入模式化发展趋势，有些项目由于收效显著被广泛采用，大家一窝蜂上项目造成的后果是内卷严重，投入与产出失衡，村民期待的收益大打折扣。人们应该从植物所蕴含的自然之道中得到启示，好好学习借鉴，做到顺应自然环境，发挥自身优势，利用好既有自然资源、文化资源和人力资源，因地制宜激发乡村可持续发展活力，实现共融共生的协调发展态势。

文化振兴是古村新生的重要牵引。乡村文化是中国传统文化的重要组成部分，乡村是传统文化的根基所在，乡村振兴离不开乡村文化的振兴。小说以都柿桥的建设意指乡村文化的延续，墟里村的大事之一是都柿桥建成开通，作者饱含深情书写了这个过程，令人动容。都柿桥开通从表面看接续了中断的古驿路，是墟里古村经济的新生点；从深层看它增加了保住古村的砝码，三百岁的墟里文化因此而得以延续，更重要的是它凝聚起了墟里人的心，也让那些从墟里走出去的人不至于失去故乡，能够有家可回。乡村振兴离不开人，关键在人，书中写道，都柿桥“是一座连接历史和未来的文化之桥，是一座沟通人心与人心的心灵之桥，还是一座焊接命运与情感的友谊之桥”。桥已建成，振兴可待。

除此，草木也象征着千千万万的“站上人”，以及历史长河中那些同为草木的人们。千百年来，这些人默默守候，参与着历史的演进和文明的建构，随着岁月的积淀他们有可能连名字都未曾留下，就如同小说中的知青叶洲，但美人松会永远记得。以草木喻人，为无名者立志，也是作者用心用情之处。

杨晶晶

时间之书

——读刘亮程《本巴》

十多年前，作家刘亮程在一次旅行中来到了新疆和布克赛尔蒙古自治县。那里是一个流传《江格尔》史诗的地方。《江格尔》讲述的是以江格尔为首的十二名将领与数千名勇士同莽古斯进行艰苦的斗争，最终获得胜利的故事。“江格尔的本巴地方，是幸福的人间天堂。那里人都二十五岁，没有衰老没有死亡。”

《本巴》以蒙古族英雄史诗《江格尔》为背景展开，构建了一个名为“本巴”的国度。小说通过游戏、故事和多重梦境等元素，追寻人类逝去的童年，带读者回到世界原初意义上的本真，看见另一个时间中的自己，塑造了一个充满想象与思辨的世界。

生命在时间中找寻真我。在《本巴》中，时间不仅是故事发生的背景，更是核心主题。作者认为“文学写作是一门时间的艺术。作家在一部作品中启始时间，泯灭时间……只有更高追求的写作在探究时间本质，最终呈现时间面目”。小说开头便将读者带入无垠的时间长河，“当阿尔泰山还是小土丘，和布河还是小溪流的时候，时间还有足够的时间让万物长大”。这段文字展现了时间的广阔与深邃。而人呢？在故事中，时间被赋予在游戏之中，通过哈日王、洪古尔和赫兰三个孩童之间的游戏，揭示了时间缝隙中的草原与梦中的故乡，表现了作家对时间与生命的深刻思考。此外，时间在故事里变成了可以到达的地点，比如本巴国的人们停留在了二十五岁，不再继续往前走；策士只能用望远镜看到九十九年前后的样子。还有梦，战士们可能在梦里被杀死，也可能丧失做梦的能力，还有人陷入了梦中梦，分不清是醒着还是睡着。本巴人了解自己所处的世界是一个被史诗创造出来的世界，但本巴的每个生命都乐此不疲地奔赴在时间中，不断找寻生命中的真我。

在时间中找寻梦的空间。对于梦的探寻可以说是对一个民族历史记忆的追溯，它不仅是对个体记忆的反思，更是对人类历史和文化的反思。在梦境中，本巴国的人们通过搬家家、捉迷藏和做梦梦三个游戏，出征、转场、迁徙及东归，在梦境与现实之间往返穿梭。在《本巴》的梦里，虽然时间凝住了，但思想可以随时到达某地，在无尽的沉睡和醒来里，唯独人的思想还在延续。人类在梦境中对抗时间的流逝以及对衰老的恐惧。小说写到，江格尔在梦中已把一生的仗打完了，把所有通往噩梦的路用狗吠和鸡鸣声堵住了。人们的美梦做到头，噩梦来临时就会被惊醒。人们在一个套着一个的梦里摆脱时间的束缚，逃离命运的追逐，返回精神的原乡。不愿意长大的洪古尔，为了对付敌人，也在梦里穿梭。而没有断奶的孩子和没有出生的孩子却不同，他们拥有无穷的想象空间，他们的梦力量强大，他们的时间不会被回忆所占有，不会受到已有认知的影响。梦的空间连接了本巴的过去与将来，让故事与史诗形成了闭环。梦境的空间给予人们自由生长的无限可能，而凝固的时间又让万物得以永恒。在恒久不变的时间中拥有无限的空间，是否正是人类的终极追求？

“本巴”在藏语中意为“宝瓶”，是每个生命的故乡，是史诗英雄们所要回归之处。“我曾看见一张时间的脸，它是一个村庄、一片荒野、一场风、一个人的一生、无数的白天黑夜，它面对我苦笑、皱眉，它的表情最终成了我的。我听见时间关门的声音，在早晨在黄昏。某一刻我认出了时间，我喊它的名字。但我不知道它的名字。我说的时间可能不是时间。我用每一个句子开启时间。每一场写作都往黑夜走，把天走亮。我希望我的文字，生长出无穷的地久天长的时间。”这段文字流露了作者坚持写作的初衷，在文学的梦（游戏）中探寻时间的本质和真实的自我，同时致敬通往世界的起点——故乡。

土地：生命之乡

——读李轻松《大地芳菲》

《大地芳菲》是诗人李轻松近年创作的反映新时代东北地区山乡巨变的长篇小说。作品以仙女湖村为圆心展开，书写了改革开放四十年间以韩永祥、韩春光、冬子为代表的几代仙女湖村人与生养自己的土地间悲欢离合的故事，着重表现了这一过程中人的思想观念和精神世界的更新与变化，以及由此带来的仙女湖村的凋敝与新生，土地信仰统摄并贯穿始终，这里所说的信仰无关政治和宗教，而是千百年来形成的中国人独特的精神气质。

土地与故乡密不可分，当人们提起故乡，尤其离不开那片土地。小说成功塑造了三代乡村人形象，他们与土地相亲相近，相依共生。仙女湖村第一代村民代表韩永祥的父亲，当年分地后乐疯，灵魂与土地长久拥抱在一起。韩永祥抗美援朝回来后，没有选择当干部而回到村里，担任支书期间因引进项目失败，致使仙女湖村生态受损、村民病死，他无数次喃喃“我对不起这片土地，我有罪”。第二代村民代表韩春光学业有成后，在国家需要时选择回国。好友老宽突然离世使他惊醒，一定要抓紧时间为家乡做些有价值的事，而真正促使他在事业上升关键期回乡的心理动因还是年少时“一定要回来”的承诺。回乡担任第一书记期间，他用所学帮助伤痕累累的土地休养生息，帮助村民重建奋斗之志并脱贫致富。第三代村民代表冬子是韩永祥的私生外孙，因养父王全的成全，成长得还算顺利，生父出现后离乡远去，误入迷途遭受牢狱之灾而一蹶不振，在母亲韩春梅、养父王全和舅舅韩春光的鼓励下，重拾信心成为宣传家乡仙女湖村的得力干将。土地既是人们为保卫它不得不离开的原因，又是为守护它而回归的理由，更是精神情感相依处和灵魂的归处。改革开放四十多年，在乡村与城市的开放互通中，城市展现了强大的吸纳力，随着近年来国家大力实施脱贫攻坚和乡村振兴战略，乡村在物质和精神双重层面的反哺力显著增强。仙女湖村的有机农产品、乡村旅游、非遗传承等都吸引着更多的城市人到这里为心灵寻找一个憩息地，也留住了更多村民。韩春光的妻子雪飞就是被乡村治愈的城市人，她曾瞧不起乡村，更不愿为盘根错节的乡村人情所累，一心陪儿子丹佛出国求学，结果自己却患上抑郁症。此外，成长于异国他乡的丹佛回来看望姥爷，被这片土地和土地上的亲情深深吸引，后来也找了一位华人妻子并回到仙女湖村举办婚礼，这都得益于新的乡村巨变。

小说中还有两个让人印象深刻的人物：一个是钱小发，他是一个新人形象，这个人物塑造得丰满立体真实，互联网时代的乡村懒汉钱小发作为扶贫对象，两次拒绝帮扶，同时依靠社会猎奇心理成了流量网红，而这样的网红注定短命，钱小发栽了跟头，后来在韩春光的帮助下，再次依靠网络找到自身价值，为仙女湖村火速“出圈”赢得机会。钱小发是伴随乡村与城市融合发展诞生的一类典型人物，作者为这类人找到了一种定位和一种自洽的生存方式。另一个人物是王全，他是土生土长、从未离开过仙女湖村的人，质朴、善良、正直、聪明、能吃苦善学习，除了一点先天缺陷，几乎没有缺点，为了心中所爱，他总是在理智与情感的制高点给予他能够给予的，接受一切合理或不合理的要求，没有怨言也没有恨，这样一个好人最终得到了圆满结局。对比钱小发，总觉得王全这个人物缺少了一些内心波澜和起伏，或许他是上代人付出型人格的典型一类。

小说书写了中国东北城乡融合发展的进程，作者关注乡村中真切发生的故事和时代印记，敏锐捕捉从“乡土中国”转向“城乡中国”的重要变革，探究“转向”中人的精神变迁的轨迹和人性的复杂，以文学之笔怀念记忆中那个已经消逝的乡村，也完成了一次精神上的还乡。在代后记中作者写到自己从乡村到城市生活的心路历程，是多年后的一个梦促成了这部小说的诞生，作者如其笔下的人物一样，始终心系故乡的那个村落，牵挂着故乡的那片土地，所以“一家三代的故事，一经落笔，就色彩纷呈地亮相了”。正是因为作者离开了乡村又回到乡村且开展了大量田野调查，才更易于从对比中拨开表象、发现新变，进而直达乡村生活的深处。

党的二十届三中全会审议通过的《中共中央关于进一步全面深化改革、推进中国式现代化的决定》中提出：“城乡融合发展是中国式现代化的必然要求。”在中国式现代化的伟大进程中，仙女湖村只是作者目光投射的一隅，与仙女湖村一样的更广阔的土地仍处于新变进行时，改变将给予依靠这片土地生活的村民以新的生活形态，他们生活的喜怒与忧愁也将继续上演。无论如何，人们对土地的感情始终不渝，对土地朴素的信仰永远坚定，季节流转，大地的芳菲赠予人们持久的温暖。

杨晶晶

欲望之渊

——读莫言《鳄鱼》

“戏剧是我多年的梦想。写话剧，我确实有些经验和体会，一个剧作家坐在剧场里观看舞台上搬演自己的剧目，真的很享受。”因此，莫言的新作《鳄鱼》诞生了。

《鳄鱼》围绕主人公——因贪污畏罪潜逃在外的市长单无惮及其在生日派对上收到的贺礼鳄鱼展开，在了解清楚鳄鱼的生长特性后，单无惮对鳄鱼产生了浓厚的兴趣。十年来，他及时为鳄鱼更换更大的鱼缸，纵容这条鳄鱼不断长大，直至它成为长达四米的庞然巨兽……作者通过这条无限生长的鳄鱼深入探讨了“欲望”这一主题，直指人性深渊的秘密。

作品以鳄鱼为核心意象，即欲望的象征。莫言是一位洞悉历史和人性幽暗的作家，他的很多作品都蕴藏着一种中国式智慧。他一直关注现实和人性，善于运用动物意象，比如《蛙》中的蛙与繁衍。“欲望无处不在，它如同一只潜伏在黑暗深渊中的鳄鱼，时刻准备着将我们吞噬。”欲望是一种无形的驱使力量，《鳄鱼》巧妙地运用了鳄鱼这一意象，指代人的欲望不停膨胀，直至最后被反噬的结局。单无惮心似鳄鱼、养鳄鱼，与鳄鱼长久生活在一起，相互观察，几乎融为一体。鳄鱼在长时间的相处中也与单无惮有了良好互动，似乎被赋予了人的精神与气质。单无惮崇拜、欣赏、敬畏鳄鱼，却万万没有想到自己会葬身于鳄鱼之口。读过这部剧作，每个人都会不由自主反思自己心灵深处的欲望，看到隐藏在内心深处的那条鳄鱼。阅读时，我也联想到了作家老藤在多个作品中提到的“遣蛇说”：“每个人心里都盘着一条蛇，你心门洞开的时候，它蜷缩一团；你心有怨恨的时候，它会蠢蠢欲动，吐出血红的芯子来。”蛇与鳄鱼异曲同工，所指也是人的欲望和贪念。

作品透视了人性的复杂。近些年反腐题材的文学作品很多，比如《人民的名义》《扫黑风暴》《狂飙》等，这些作品或被改编为电视剧，获得了较好的社会反响，或以戏剧形式表现故事情节和人物冲突，更见功力，比如《鳄鱼》。《鳄鱼》中单无惮的贪腐之路与大部分贪官一样，只是他出手阔绰，从不零敲碎打，这样的方式足够保证他出逃后可以继续享受奢靡的生活。随着阅读深入，我们还会发现人性的复杂在单无惮身上表现得淋漓尽致，讽刺性极强。这样一位出身贫寒、勤奋读书，曾经因边挖野菜边背诵唐诗宋词而获得美誉的少年，奋发图强，直至官声极佳的市长，究竟是怎样一步步堕落以致于出逃十年的？剧一开场，青云大桥落成的新闻引发了单无惮的回忆，并精准戳中了他心中的痛点。他在任期间主持修建的这座大桥，存在着比较严重的贪腐现象，但他自洽的逻辑是扣除贪腐的那一部分钱，剩余经费能够保证大桥的质量。而实际情况是他贪，且不只是他贪，桥塌的结局注定无疑。有意思的是“大鳄”也有良知，也懂得高尚与卑鄙，也还爱国，但这种心灵反思犹如“贪”海一粟，翻不起任何浪花。单无惮出逃十年中精心养大的鳄鱼隐喻了他一步步成为贪官的历程，警示人们勿以恶小而为之。

鲜明的人物群像。莫言在后记中写道：“作为一个戏剧写作者，我最关注的还是挖掘人性的奥秘，塑造一个能在舞台上站得住的典型人物，而不是用自己的作品论证或诠释某项法规。”作品除了成功塑造了主人公单无惮，牛布、刘慕飞、马秀花、吴巧玲等其他人物也都血肉丰满、真实立体。其中，市长夫人吴巧玲与马秀花不顾尊严脸面争夺房产；马秀花与刘慕飞狼狈为奸；牛布以外甥名义接近单无惮，以他为原型写书热卖而发财。这些人物在有限的戏剧空间内都给读者留下了鲜明而深刻的印象。

《鳄鱼》是一面镜子，摆在每个人身边，映照出个体内心幽微的角落；是达摩克利斯之剑，警醒人类不要误入脚下的深渊。“欲望，这万物繁衍的原动力，这毁灭一切的魔鬼。万物因你而美好，万恶因你而产生。”

载满母爱的列车

——读潘一掷《万妈妈的绿皮火车》

《万妈妈的绿皮火车》是2022年首届网易“元气故事大赛”总冠军作品，也是同年辽宁网络文学“金桅杆”奖优秀作品奖入围作品。小说讲述了二十世纪八九十年代一个普通厂矿家庭养娃的酸甜苦辣，也是一个颇具年代感的“鸡娃”故事。绿皮火车承载着万妈妈执着的爱和期盼，穿行于厂矿与市里、省城之间，呼啸而去、疾驰而归，在黑暗与光亮的交替中陪伴三个孩子长大成人。小说语言风趣幽默，人物形象鲜明真实，情节自然流畅，画面感极强，在嬉笑怒骂中书写了一代人的回忆，赞颂了母爱的持久与深沉。

书中万妈妈一家五口，每个角色都有其独特的个性和成长蜕变。万妈妈的倔强与执着，让我们看到了她内心的坚韧和力量；而孩子们在与父母的矛盾冲突中渐渐成长，学会了理解和包容。人物形象的成功塑造使作品吸引力十足，也方便读者更容易进入和了解那个时代普通工人家庭的生活状况和情感世界。

作者在创作后记中说：“每一次坐绿皮火车，都是一次命运的转折。”作品中的万妈妈特别注重子女教育，在那个以“工”为荣的年代，矢志不渝寄希望于子女成为高考的胜利者而出人头地。身为厂区子女教育的先知先行者，学业是万妈妈最为重视的，也是她一次次出发的坚定理由。为了大儿子大宇能到市重点中学复读，她和丈夫不惜花光积蓄购买了电镀椅，背着硕大的电镀椅乘坐绿皮火车风尘仆仆来到校长家求情，使大宇顺利转学；女儿二宁高考落榜后，万妈妈带着她踏上绿皮火车一路奔波又一次来到校长家楼下，但这次因二宁分数相差太多，万妈妈实在没有勇气求人，选择了打道回府；当小儿子三丁高考的列车隆隆驶来，万妈妈看到了最后的希望，用尽力气想要抓住，可最终还是打了水漂。万妈妈无法接受大专，要求三丁复读，逼得三丁离家出走。列车再次出发，万妈妈和丈夫到北京去接被派出所截留的三丁，一路上，万妈妈终于开始反思自己，接受家人的建议。还有一次描写是万妈妈患病搭乘绿皮火车往返省城，不同于前述几次乘车对万妈妈言行举止的细致描摹，作者只一笔带过，但透过手术前她对孩子们的交代，可以想象这次乘车时她无比复杂的内心活动。尽管子女的教育之路充满艰难和曲折，总是不尽如人意，当然其中也不乏一些认识上的偏差，但万妈妈从未放弃，她的坚持和坚韧慢慢对孩子产生了一些积极的影响，使他们日渐成长蜕变。

除此之外，孩子们口中的“精神万元户”万妈妈还是子女名副其实的精神支撑，对他们的人生走向起到至关重要的作用。比如生活中女儿二宁遇到了过不去的坎儿，她告诉女儿天大的事都要笑着应对，千万不能慌，在女婿缺席期间，她陪同二宁到厂里坐镇，教她一步步撑起厂子。女婿回来后信心涣散，虽然万妈妈打心眼里不喜欢女婿，也不忘教育他来日方长，应打起精神争取进步，随后帮助女儿女婿渡过难关，最终厂子生产经营恢复正常。除了三个孩子的学业问题，家里遇到的其他事万妈妈都做到了每临大事有静气，在有限的资源和条件下，成就了子女的发展，成为子女的坚强靠山。

穿过十二个山洞的绿皮火车咣当咣当带回了一段远去的时光，见证了一代人的成长。万妈妈的紧张与丈夫的松弛形成了强烈对比，反映出一代父母的教育观念。阅读过程中，属于“80后”一代的共有记忆让人忍俊不禁，对于那些已步入或正迈向中年，被裹挟在“鸡娃”路上的“80后”父母来说，一定感同身受，也许自己就是曾经的那个大宇、二宁或三丁，也许自己正在成为这一个时代的万妈妈。

时光在火车的行进中流逝，如今绿皮火车难得一见，习惯了乘坐高铁动车的孩子无法体会到慢的乐趣，但就像作者写的，孩子们变了，也都没变，“只要妈妈的絮叨还在，孩子还都是孩子。”母爱依旧。

杨晶晶

向阳而生

——读单丹《活出个样来给自己看》

国庆期间，同事向我推荐了我省残疾人作家单丹的新书《活出个样来给自己看》。阅读过程中，我在心里无数次问自己，换作自己遇到同样的遭遇，能否像单丹一样乐观从容、坚韧不拔？我无法给出确定的答案。翻开本书，如同打开了一本日记，通往作者心灵深处，那里有着向阳而生的力量，带给读者的不只感动，更是油然而生的敬意与鼓舞。

本书从寻梦路、笔耕情、爱如山、写自己四个部分，沿着时间线，真实记录了作者一路走来的点滴故事，在回首往事时，她感恩所遇见的人，也不忘探寻通向未来的路。命运的齿轮不停地转动，不论它发出怎样的声音，单丹都铆足了劲，不惧命运的无情，不畏生活的阴霾，把“活出个样来给自己看”这样一种精神，作为前行的动力。“活出个样来给自己看”，也成了她精彩人生的最佳注脚。

当你走进这本书，走进单丹的内心世界，就能够深切感受到作者的真心、善意和美好。“真”是这本书的特点之一，体现在三个方面。

一是作者捧出真心，真情讲述所遇之人给予她真挚的爱和帮助；她是如何尽自己所能，努力学习演唱、作词、主持和写作，又携手真爱感恩回馈社会以及帮助过她的人。她说："我的快乐是真实的，我的痛苦也是真实的。"痛苦并没有压倒她，那些常人难以承受的痛她总是笑着面对，她把痛苦化成了快乐的音符和行进的旋律，给予更多的人温暖。歌曲《我们六千万》就出自她手，歌词这样写道："我多想看看自己的模样，去哪里能找到一点光亮。我想站立在地上，哪怕有一秒钟的力量。我多想听听鸟儿的歌唱，不在无声的世界里想象。我多想能喊出一声妈妈，满足她今生的愿望。失去的就让它失去吧，门关了还有打开的窗……"痛苦中给人以希望，这就是单丹的选择。

二是作品真切鲜活地描写了她一路走来所遇的恩人，字里行间洋溢着说不尽的感激之情。父母的基因与言传身教奠定了单丹性格的底色，这种内在的坚毅和勇敢助力她战胜一次又一次生命的难关。众多恩人中有一位我觉得非常重要，就是铁西区残联的工作人员高秀清，她在为单丹办证时对她的经历感同身受，一夜辗转难眠，第二天就热心为单丹联系民企老总，帮助她找到第一份工作，正是有了这次的"敲门砖"，才有了后续单丹与生命中一系列"贵人"的机缘巧合。当然，作品字里行间表达的最大恩情还是来自本山叔，这也是作者着墨最多的地方，从语言、行动、处事方式多个角度淋漓尽致地表现了本山叔的人物本色。无论是亲情友情爱情，还是父母情同事情师长情，甚至是来自陌生人的恩情，一点一滴浇筑在单丹的心里，化为了攀登的勇气、优美的词曲和动人的文字。

三是作品表达出对生命真谛与真我的不懈寻找。书写自己经历的故事，是对人生来路的梳理，无数次的回望也让单丹更清晰地看到了自己未来要走的路。多年以来，单丹得到了很多的爱，也带着众人爱的希冀在前行，该如何继续，她觉得是时候倾听内心的声音了。在创作谈中，单丹这样写道："在那些难眠的夜里，我总是在不停地拷问自己：'我是谁？''我还应该怎样去绽放？''我生命的意义是什么？'"……

通常人在追寻生命意义的过程中，往往会遭遇各种挑战和困惑，然而，也正是这些挑战让人更加坚强成熟。意义追寻者不会被困难击倒，而是能积极应对，并从中找到生命真正的价值。在困境中找寻到的意义更加深刻真实。她的先生吴振豪说，过你自己想要的生活，活成你自己想要的样子。我想这就是作者单丹喜爱写作的原因，也是通过写作获得的最大收获。

史铁生在《病隙碎笔》中写道："生病也是生活体验之一种，甚或算得一项别开生面的游历。这游历当然是有风险……但凡游历总有酬报：异地他乡增长见识，名山大川陶冶性情，激流险阻锤炼意志，生病的经验是一步步懂得满足。发烧了，才知道不发烧的日子多么清爽。咳嗽了，才体会不咳嗽的嗓子多么安详……终于醒悟：其实每时每刻我们都是幸运的……"珍惜每一天的生命，感受每一刻的存在，做好每一天的自己，这是单丹一直坚持的，她也确确实实做到了，她以实际行动激励着同伴，她永远向阳的精神也鼓舞着我们每个人。正如她歌中唱的那样"活出个样来给自己看，千难万险脚下踩，啥也难不倒咱，只要你的心中有情有爱，风里走，雨里钻，刀山雪岭也敢攀……"

邢东洋

XING DONGYANG

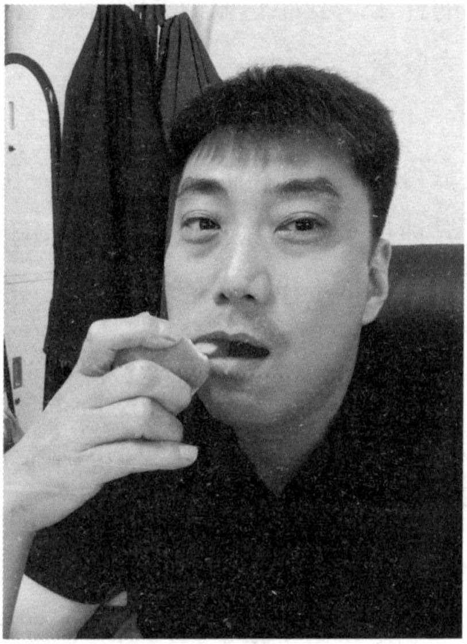

1984年生，辽宁省作家协会创联部四级调研员。小说、诗歌作品散见于《鸭绿江》《百花园》《小小说选刊》《诗潮》《诗歌月刊》《海燕》等刊物。

灵魂注入的时刻

——读小隐诗歌《蔡说洁不喜欢他的父亲》

几个月前一次出差，晚上回酒店，在原本只作为背景音的电视上，偶然看到一部叫做《极地》的系列纪录片，讲述高原藏民的故事。有个片段我印象深刻：格拉丹东雪山脚下，一户牧民家里新生一名女婴，他们把附近最受尊敬的活佛请到家里为孩子取名。我清楚地记得那个画面，活佛问过孩子的生辰，思量后对家里的长辈说，这是最圣洁的神山对你们的赠予，就叫她梅朵卓玛吧，雪山的女儿。年轻的妈妈眼神里带着感激，用手指轻抚襁褓中婴儿的眉心，对她亲昵地说道：孩子你有名字了。

这是首关于名字的诗。我读到它时不自觉想起上述画面。2002 年出生的青年诗人小隐，发表过一系列以“蔡说洁……”为题的诗歌。把一个名字大大方方写于诗题，这本身就是一种宣言似的命名。而从这首诗的最后一节，读者似乎可以得出所以如此的由来。

对父辈的反叛是青春的一个主题，它同时也是一种对于自我的建立。我想起一首类似主题的诗歌，作者是一位辽宁的诗人前辈，题目就叫做《名字》：

父亲给我取了个名字
叫丁海明
我把它连同父亲的酒壶一起扔到大海里去了
我重新给自己起了个名字
叫丁海明

诗人为万物命名。这多少有点像是灵魂注入的时刻，因此诗人的创造被认为美妙且具有神性；而在相对的层面，名字又是可以“连同父亲的酒壶一起扔到大海里去”的东西。诗中第三节属于蔡说洁的那句“名字也不是什么重要的事”，其所言看似对名字的否定，实际却是在为自己赋予权力，每个人都应是自己的命名者。

这首诗的第二节，作为一个提问，可以看作诗人的出场。但他在此处提出的问题却是一个错误：名字包含期待，而并不是对命名者自身的描述。所以某些时刻我会觉得这有点像是一首“情诗”，诗人小隐通过这首诗歌，某个角度看也完成了对他自己的塑造。

邢东洋

我之为我

——读吴悯诗歌《肉身成道》

我之为我的问题如同陷阱，使人困于某种不可自拔的玄思结界之中。我小时候偶尔会问自己类似的问题：我为什么是我？这个问题没有答案，所以它像一句危险的咒语，瞬间将我抛置于四六不靠的空间，仿如失重。

现在想来，那是关于意识的追问。因为不可回答，结果只能归于身体。我会想象在我体内的某处：胸腔，脑仁，我一直搞不清楚位置的丹田，或者不起眼的左手小指肚……总之，有个小到无法再小的“我”，在某处操纵着身体的一切。有点像二十世纪九十年代播放的动画片《魔神英雄传》，瓦塔诺操纵着他的神龙斗士那样。

这首《肉身成道》让我想起曾读到过谷川俊太郎的《模拟解剖学式自画像》。作为一首同样以自己肉身为底版的身体之诗，它在开头如此写道：“我吃了草莓。我有一颗金属填充的臼齿……”这是个有趣的巧合，仿佛不同时空的两位诗人背靠背在画板上作自画像，却不约而同都以自己的牙齿作为勾勒身体的开端。

当然，相似之处也仅此而已。谷川俊太郎在自己的诗中更多从与外界交互的知觉切入，以直言的方式叙说身体，直到以肉体的寂灭结尾，带有日本禅宗式的美学；而这首诗里则有更多象征，托义于身体又不止于身体，比如第二节中，身体的“各省、自治区和细胞的乡镇”，这表达新鲜又切中，通过词句的经纬构建出言此及彼的及物系统。

这是一首人文主义观念的诗歌。由“赞叹”开始，定下主调，如哈姆雷特独白：“人是一件多么了不起的杰作……”；结尾一节过渡到关于“工具”的否认，则会让人想到康德的名言：“人是目的，而非工具。”这里面隐含着从身体到理性的跨越。诗人以语言立身。最后一行对使用语言的强调，使诗作完整的同时，也赋予作品某些启蒙的意义。

身体的赞美诗

——读 e.e. 肯明斯诗歌《我喜欢我的身体》

周末，我在运动中受伤，膝盖严重积液，导致我几乎无法走路。

我陪妻子参加一次团建运动会，项目多数属于集体配合的趣味运动，但也有三对三篮球和拔河这种略带强度的比赛。联谊交流，我作为家属也被带上。我小时候参加过半专业的篮球训练，大学时还做过篮球队队长，所以有点运动底子，但同时膝盖也积累下劳损。这次因为是在妻子面前，多少有点逞能，运动后导致旧伤复发。

第二天我去医院检查，医生问诊后直接确诊为膝盖积液，甚至没拍片子没开药，告诉我只要休养就可以了，做做理疗，以后不要参加大强度运动，游泳除外。这结果与我自己预想的差不多，我妻子也放心了。

看病过程中，有一件事给我留下了印象。骨科诊室，排在我前面的患者是位年轻母亲领着的一个胖乎乎的小男孩。他笑嘻嘻坐在医生办公桌旁边的诊椅上，好奇地东摸摸西看看，不像有骨伤的样子。他妈妈讲，孩子的大腿有时会觉得疼，想确诊下是什么问题。大夫说，可是我没法看啊，小朋友成长发育阶段的一些问题，从医学影像上无法体现，建议到儿科，还是儿科更有经验一些。

我一瘸一拐地从医院离开。就在那个下午，我读到e.e.肯明斯这首《我喜欢我的身体》，对我当下的状况，这题目多么像一个讽刺和嘲笑，我自己甚至都禁不住笑了出来。

疾病与衰老，通常会触发我们对身体更加灵敏的体察。但它是孤独和负面的，是抛物线下坠的过程，包含着昔年已逝的遗憾和体谅。而爱，身体之爱，是另一种触发身体感知的形式。“我喜欢我的身体，当它和你的 / 在一起。它是如此全新的事物。”爱打破无所不在的孤独，身体卸下遮蔽与防备，全然的信任带来自由，交互缠绵，不分彼此，激起新生般的身体感知。

e.e.肯明斯喜欢在细节上玩些花样，比如小写自己的名字，以及本诗原文中拆分词语、错置标点等等。当然可以把这些技巧当成小把戏，但对于善于发掘文本隐藏信息的读者来说却并非没有意义。毋庸讳言，这首诗的诗文直接指向性爱中的身体经验，也因此被当作情色诗在作者1923年出版的第一本诗集《郁金香与烟囱》中被出版商删掉。事实上这首诗直白却并不庸俗，见多识广的当代读者肯定也不会认为多么有伤风化。我个人更愿意把它看作一首身体的赞美诗。对身体的明确体认，直接通向人之为人的确证，这比自以为是的、抹灭个性的歌颂更有人味儿，也更有现代性。

她是谁?

——读周焱诗歌《药》

她是谁?

单就这一首诗来看，诗中的“她”以第三人称代词出现。通过词句的暗示，我们知道这是一个生病的小女孩。以“药”为题，“她”是整首诗情感投射的焦点。诗中提到了她的爸爸和外婆，但没有讲明她与“我”的关系。也就是说，文本对于所提到的人物，作者并没有提供一个清晰完整的坐标。

这是比较典型的虚写，绝大多数情况下是诗歌独有的叙述方式。它使诗人描述的独特细节，可以转化为某种带有公式性质的情感方式，方便读者带入个体经验，扩大情感适配性。

另一方面，这种虚化焦点的处理，还类似于某种障眼法，使读者的聚焦不得不着眼于他处，比如一、二两节句尾处出现的“蚂蚱”与“蛤蟆”。这两个词，在意象上构造出某种模糊的童话感。甚至在声音上，不知有意还是巧合，产生轻声的押韵效果。

一、二两节使用了完全相同的分行方式。诗行长度、句法构成、音节停顿，以至相同位置的词性，都几乎按照“对仗”的方式严格排布。

这是有意为之的设计，通过构建一种模糊的秩序，呈现诗的美学氛围。

前三节中，“我”的行为读来有趣，却也隐藏了目的，设置了悬念。哪有小孩想吃药的呢？最后一行以外婆的祈祷做结，既解释“我”的行为，也是全诗情感的收束。

周淼是我的朋友。他在重庆生活，因公出差到过我所在的沈阳。来之前他特地跟朋友打听有哪些沈阳的诗人，我们因此结识。周淼在写作上倾向于口语化表达，但保留着很多传统的抒情成分。他不是尖锐的先锋诗人，但也并非保守。相反他对不同的流派、观念都抱持一种开放的态度，试图将各种技巧打造成自己在写作上趁手的武器。

某种角度上，诗是一种专注于塑造“我”的文体，所以“她是谁？”这个问题并不重要。这首诗收录在周淼个人诗集《袜子与武器》，是第二辑“家”中的第20首诗。如果你读过这本诗集，就会知道诗中那个让人心生怜爱的小女孩，是周淼的妹妹。

知道这些背景，读来会不会又有另一种感触呢？

邢东洋

独属于诗的感知

——读蔡仙诗歌《最小的火》

蔡仙到过一次沈阳。“贴地飞行”公号的几位朋友从沈阳北站接她，带她到附近一家小饭馆里一起吃饭。我们挑了一张角落里的方桌，她坐在芦哲峰的左边，黑铁的对面，第一次见面的小亮则像会议主持人一样独自坐在桌子窄侧。那也是我们第一次见到蔡仙。我们得知她毕业于名校导演专业，她不吃肉，喝了不多的一些酒，抽烟。

蔡仙不是她的笔名。我特意问过，她说身份证就是这个名字。这让我想到第三代那些著名的诗人：杨黎、万夏、韩东、何小竹……这些本就透出诗意的名字，难免不让后来的诗歌写作者心生羡慕。好听好看的名字是一个诗人应该所具备的，而若本就如此，那简直就该是天生的诗人。

蔡仙因写诗与我们相识。在我看来，她的诗歌观念与芦哲峰相似，书写上直言直说，怎么说话怎么写，拒绝修辞意义上的诗意。她用口语写作，但并不是严格意义上书写事实诗意的“口语诗”诗人。

在一首表达诗歌观念的诗作中，她这样写，“我观念里 / 诗就 15 行以内吧 / 我瞎估摸的……实在说不完 / 就别说了”。当然这并非诗歌的真理，也无须呆板地执行。但蔡仙的诗的确大多短小、干净，没有旁逸斜出的枝杈。她的句子与诗行简单普通，但读起来，有不少会让人特别吃惊。蔡仙喜欢在诗中书写细微与精妙的感知，好像她有一根天线，能接收到宇宙暗物质微弱的信号，然后用诗，把这些告诉给别人。

在这首诗里，蔡仙描述了生活中一个极小的细节。方法论层面她几乎完全贯彻了前述理念，即直言直说，摒弃修辞，以及不超过十五行。在所指上，这首诗几乎没什么可讲，它坦荡直接，没有皮里阳秋的私藏，诗虽短小，却完整自足。

这是细微的生活截面，如电影一闪而过的两三个镜头，或叙述文体中很难区分于其他段落的不到两行的文字。而当它以诗的形式呈现时，诗人抓住的是“最小的火”几个字，火的颜色与形象，最小的热与光亮。这不是“一瓢饮”的飘逸洒脱，而更像是一份需要双手围拢呵护的、最微茫的温暖和希冀。

这是独属于诗的、动人的传达与感知。

邢东洋

相互的凝望

——读夏午诗歌《落日很美》

欧内斯特·海明威 19 岁时曾作为红十字救援队的救护车司机，在欧洲参加第一次世界大战。他在前线被炮弹炸伤了双腿，转移到意大利米兰接受治疗并休养。1918 年 8 月 29 日，养伤期间的海明威在给母亲的一封信中写道："妈妈，我又一次陷入了爱情。"

在《海明威书信集》收纳的近 600 封书信中，这封信给我留下很深的印象。一方面，因为知道作家的这段经历，日后将作为素材被他写到不朽的《永别了，武器》之中：信中他对妈妈提到的"爱情"，就像埋藏的一个线头，将于未来牵引出一部文学史上的杰作；另一方面，这位读者心中以硬汉形象著称的小说大师，在给母亲的家书中，少见地呈现出一个孩子气的形象。

这种反差感还挺有趣的。类似的例子还有：我曾在一个视频片段里，看到迈克尔·乔丹的母亲在 NBA 名人堂演讲。她提到迈克尔在大学期间写给她的一封信，他把手上的钱花光了，希望妈妈提前给他寄 20 美元。这位在篮球运动甚至整个体育史上，职业生涯最成功和富有的传奇明星，无数球迷的偶像，在妈妈的谈笑中又变回成一个窘迫的少年。

母亲是这样一种存在：在她们旁边，硬汉和传奇都仍然是一个孩子。

这首诗与前面想到的母亲看待孩子的着眼点不同，它提供了一个回看母亲的角度。两种视角恰好构成一种相互的凝望。

诗人夏午在诗的开头写到落日。“今天落日很美。”这很容易使读者与妈妈的六十岁产生意象和修辞上的联想。但在接下来的部分，我们马上又看了作者对这种联想的反驳：“世界上没有什么事物可以替代 / 我的妈妈，我也不愿意 / 把我的妈妈比作任何事物。”

这三行直接对读者阅读惯性的消解，初看好像是一种“调皮”，或书写形式上的玩笑。但事实上诗人此处的用意不在“捣乱”似的破坏，反而是着力于建立，建立一种对落日之美全新的看待方式：意在摒弃意象联想中“却已近黄昏”所附加于时间上的紧迫和遗憾。而这也正是对母亲六十岁“不高兴，也不悲伤”的情绪来由。

每一个母亲身份的确立，除了生物学上的出生之外，还理应包括无限细小且涵盖母亲与孩子彼此一生的相互构建。这无比复杂，却也可以非常简单，正如诗的结尾所说，“我的妈妈 / 仅仅是我的妈妈”。

田　璐

TIAN LU

1989年5月出生，中共党员，大学学历，硕士学位。2011年6月毕业于沈阳农业大学农业水利工程专业，为辽宁省委组织部选调生。2011年7月参加工作。现任辽宁省作家协会机关党委办公室（人事处）四级调研员。

不必较真

——读刘震云《一句顶一万句》

当我有情绪的时候，当我分不清自己做的是对是错的时候，当我迷茫在一件事里找不到出口的时候，我喜欢静静地去看一本书——《一句顶一万句》。总能想起作者刘震云的那句话：“做人不必太真诚，其实大家都很虚伪。厕纸不能擦嘴，大肠却是菜肴，洗脚水不能用来洗脸，却总有人在游泳池里潜水……”生活，真的不必太较真！

人生在世，草木一秋，一个人的孤独不是孤独，一个人找另一个人，一句话找另一句话，才是真正的孤独。有一个能和自己说得上话的人的，是生活里的幸运儿，而大多数人的生活都是在寻找和自己说得上话的人。

《一句顶一万句》是第八届茅盾文学奖获奖作品，也是刘震云先生的巅峰之作。故事里有三个代表性的人物，他们代表着社会里的一群人，这些人看似沉默寡言却满腹言语不知与谁诉说，亲人抑或朋友，很难找到一个真正能和自己说得上话的人。

书中最具代表性的第一个人物是杨百顺，虽然名字是百顺，但事实上却是事事不顺。刚开始的时候杨百顺和他的父亲一起做豆腐，后来和父亲闹掰了，离家出走。学过杀猪、信过耶稣，甚至给别人的菜园当过监督，但始终漂泊不定。最终改姓，“倒插门”，当了上门女婿，娶了离婚的吴香香。就在他本以为生活终于安稳的时候，吴香香和一个银匠私奔了，留下了和前夫的女儿巧玲。本以为下半辈子会孤苦无依的杨百顺意外地发现和年幼的巧玲说得上话。不幸的是，巧玲在陪着杨百顺寻老婆的路上被人贩子拐走了。命运似乎就这样在不断地捉弄他，杨百顺再也没有能说话的人了，于是他离开了故乡……杨百顺是生活的孤独者。

书中第二个代表人物是教书的老汪。与杨百顺读书少不同，老汪是个很有文化的人，也懂得人情世故，但是他依然是个孤独的、找不到知己的人。老汪对《论语》有着深刻的研究，但他的学生很难理解他，学生的幼稚浅显让他深感孤独，师生之间没有学术上的共鸣。时间长了，他也不再愿意去讲《论语》了。老汪的女儿灯盏在一次意外中不幸去世了，老汪身边再也没有了亲人，他远走他乡，下半辈子靠着捏面人过活。老汪是灵魂的孤独者。

书中第三个代表人物是牛爱国，也就是被人贩子拐走的巧玲的儿子。牛爱国是个不善言辞的人，但他事业稳定，为人踏实，经人介绍娶了妻子庞丽娟。牛爱国不爱说话，庞丽娟也不爱说话，两个蔫葫芦瞅着挺登对，但是生活不久就产生了隔阂，这种隔阂说不清道不明，简而言之，就是没话说。这个家外人看起来风平浪静、和和睦睦，只有这两人心里明白，根本过不下去。最终庞丽娟与别人私奔了，而牛爱国逃不出轮回般地也踏上了杨百顺的寻妻之路。途中，牛爱国遇到了饭店老板的小媳妇章楚红，经过一番畅谈后，瞬间明白了他终于找到了能和自己说到一起去的人。但是迫于现实，牛爱国只能放弃与章楚红交往，继续走在寻妻的路上。原来那抵得上一万句话的一句话也要出现在适宜的时间、正确的时机才行。牛爱国是觉醒的孤独者。

对于孤独的人，知心话一句足矣，但始终奢侈难寻。这本书力透纸背地揭露了现代人的孤独感，也给正在感受孤独的人指明了一个方向：向前走，遇得上、遇不上，寻得着、寻不着，都别太较真了，在适宜的时候遇到适宜的同行者是莫大的幸福，而遇不到或不逢时才是生活的常态。

不必较真！

改革进行时

——读张洁《沉重的翅膀》

断断续续地读完了《沉重的翅膀》，这是一本写改革的书。我没有出生于那个时代，对那个时代总体还是比较陌生的。通过对作品的阅读，我感受到了那个时代的特殊性及改革开始试图冲破积年的重负，带着沉重的翅膀起飞时的种种艰难，翅膀因决意改革的执着而沉重，更因这份沉重而厚积薄发飞得更高更远。

该小说最初发表于1981年，1984年修订后获第二届茅盾文学奖，是第一部反映改革初期生活的长篇小说，正面描写了工业建设中改革与反改革的斗争，歌颂了党的十一届三中全会的正确路线。作者以其敏锐的视角，从不同角度、不同层次、直接或间接展现出改革过程中时代变化和本质面貌。小说浓墨重彩地描绘出郑子云、陈咏明等人为改革而进行的斗争，着力表现他们对国家、社会的使命感和责任感，敢于在面对旧观念、旧习惯时不妥协，义无反顾、一往无前的精神。

作品把改革大潮之下的种种人情世态进行了全方位的描写，细腻真切、淋漓尽致地展现出众多个性鲜明的人物形象。在对郑子云与田守诚两位人物的刻画上，对比强烈、泾渭分明。在政治上，一个是坚持党的原则，时刻把党的十一届三中全会精神贯彻落实到实处；另一个则是阳奉阴违，口头拥护。在思想上，一个是坚持党和人民的利益高于一切，个人利益服从党和人民的利益，在为党的事业奋斗的过程中，工作热忱勤奋，敢说敢做敢担当，起模范带头作用；另一个是完全把党和人民的利益置之脑后，改革不改革不重要，只关心权力地位能否保得住，一切言行举止先探风向，看气候，然后再决定步子迈不迈，任人唯亲，笼络人心，拉帮结派。在人性上，一个是为人刚毅正直，光明磊落，办事公正有度，心中无私；另一个是两面三刀、见风使舵，把官帽子和自身利益看得重于一切的利禄之徒，私心很重。作者通过描绘改革者与阻碍改革者两种不同的政治态度和思想观点，两种不同的人生观和世界观，两种不同的认识问题和处理问题的方法和立场，突出了社会发展进程中，改革前进与僵化保守，尊重现实与墨守成规，两种思想观点，两种做事态度的一场较量，揭示了改革面临的复杂性和艰巨性。

顺应时代潮流进行改革是大势所趋，推陈出新势在必行，任重道远。改革是历史的必然，是发展的必需，更是人心之所向。改革只有进行时，没有完成时，随着改革的不断深入，遇到的困难及问题就会越来越多，要敢于向积存多年的顽瘴痼疾开刀，破除思想观念的束缚；要敢于触及深层次利益关系和矛盾，破除利益固化的藩篱；要敢于直面矛盾，敢于较真碰硬，以与时俱进、时不我待的精神做改革的参与者、贡献者。

田　璐

红日初升，其道大光

——读吴强《红日》

《红日》是一部以解放战争为题材的经典红色小说，它以1947年发生在江苏的涟水，山东的莱芜、孟良崮三场连贯的战役作为中心，讲述了中国共产党华东野战军与国民党的王牌军74师之间展开的大规模战役的故事。

小说全景式的战场描述，带给了我极大的震撼。文中首先描述了发生于1946年年底的涟水战役，由于国民党军队既有装备和数量的优势，又有美国的支持，所以此战以国民党军队攻占涟水，解放军因伤亡惨重而被迫撤退作为结局。之后，描述华东野战军重整队伍，总结经验吸取教训，迅疾地拿下了莱芜，以此战大捷作为过渡。小说着重描述了孟良崮战役，让我印象最为深刻。1947年4月，张灵甫率领王牌军74师，再次向沂蒙山区大举进攻，华东野战军把敌人逼进了孟良崮一带，包围了起来，此时国民党的外围后援部队又把华东野战军包围了起来，企图与74师里应外合，一举歼灭华东野战军，情势十分危急。但华东野战军上下一心，一面抵御外围敌军，一面集中火力24小时内攻上了孟良崮的高峰，经过三天三夜激烈的战斗，华东野战军英勇的战士们把躲藏在山洞里的

74 师师长张灵甫和他的残兵败卒统统歼灭。

看完小说我有几点思考：孟良崮战役敌军 45 万，拥有飞机、坦克等先进美式装备，在军事上占有绝对优势；而我军只有 27 万，而且是小米加步枪，军事上明显处于劣势。最后却是我军全歼国民党王牌师第 74 师，粉碎了国民党的重点进攻，扭转了华东战局。这场战役是如何取胜的？人民群众为什么铁了心要跟共产党走，全力支援解放军打胜仗呢？

首先是中国共产党的正确领导。中国共产党的成立就是为了中华民族的独立与解放，中国共产党始终秉持着为人民服务的宗旨，始终站在人民的立场之上。在政治上，中国共产党团结一切可以团结的力量；在军事上，制定了一系列正确的方针政策，为战争的胜利提供了可靠的保证；在经济上，在解放区开展土改运动，农民踊跃参军，积极支援前线。团结就是力量，只有团结起来，才能在正确的道路上不断前进、不断取得胜利。

其次是信仰。信仰是什么？在一场战争中，军人有着什么样的信仰很重要，就是要知道为谁而战。这样才会义无反顾，才会视死如归。小说中，国共双方在信仰上形成了鲜明的对比，一个是对信仰的推崇，一个则是信仰的丧失。共产党人不仅知道为什么而战，而且知道为中国人民谋幸福、为中华民族谋复兴，哪怕流血牺牲也在所不惜，战争的胜利就是信仰的胜利。

最后是民心的支持，是人民选择的结果。“得道多助，失道寡助”，爱护、保护人民的利益才能赢得人民的大力支持。当人民群众的利益受到威胁时，共产党人总是挺身而出全力保护，处处为老百姓做好事，受到群众高度赞扬；军队纪律严明，事事处处维护群众利益，不拿群众一针一线，深得人民群众的欢迎和支持。共产党人从普通党员到高级干部为了捍卫人民的利益不惜抛头颅、洒热血，赴汤蹈火，前赴后继，让老百姓深切感受到共产党是为自己谋利益的，是靠得住、信得过的政党，所以人民一心一意要“跟着共产党走”。人民军队和人民群众形成利益共同体，官兵不分、军民不分，亲如一家。中国共产党就是在与人民群众密切联系中不断发展和壮大的，就是在人民的支持下取得了一个又一个的胜利，中国共产党来自人民、植根人民，为人民而生、因人民而兴。

“红日初升，其道大光，河出伏流，一泻汪洋。”在一百多年波澜壮阔的历史进程中，为了实现中华民族伟大复兴的历史使命，无论是弱小还是强大，无论顺境还是逆境，中国共产党都初心不改、矢志不渝，领导人民进行了艰苦卓绝的斗争，取得了举世瞩目的辉煌成就，为中华民族作出了伟大历史贡献。我们唯有不忘初心，方可告慰历史、告慰先辈，方可赢得民心、赢得时代，方可善作善成、一往无前。

文明的脚印

——读津子围《大辽河》

河流是孕育文明的地方，每一条河中都有自己的故事在流淌。这些故事是我们探索历史、见证文明的重要来源。所以，曾有很长一段时间，我非常喜欢带有“河”的文学作品，像沈从文的《长河》、萧红的《呼兰河传》、迟子建的《额尔古纳河右岸》等，这些都是从“河”开始展现一个时代的风貌、一个民族的性格、一段文明的本源。

津子围老师的《大辽河》也是这样一部带有浓浓黑土地气息的文学作品。他怀揣着敬畏之心穿越时空，探寻着辽宁母亲河的故事。这里既有时代的更迭，也有生态的变迁；既有故事里的爱恨情仇，也有故事外的山川日月；既有灿烂永恒的人物光辉，也有流转消亡的一瓦一阙。

书中作者用两条线相互融合互补，从故事到现实，生动地展现了辽河文化。在故事线中，他塑造了二哥、三哥、四叔等人物形象，他们没有具体的名字，却更像是一个时代的代表，拉近了时间的距离，产生了情感的共鸣。作者在辽河流域截取了八个不同的地理位置，对应了八个不同的历史时期，讲述了八段不同的人物故事，仿佛随着悠悠的河水探寻一段文明的发展。二哥与辽代的招苏台河、四叔和堂弟与清初的东辽河、老舅与清末的辽河中游、堂妹与抗日战争前的辽河下游、二姨和二姨夫与新中国成立前后的浑河和太子河、三姐和三姐夫与二十世纪六七十年代至今的辽河干流、四表哥与上古时期的西辽河……这些故事看似独立却又有勾连，将跨越千年的历史景观连缀成一个有关中华文明起源与传承的故事。这里有少数民族的政权更迭，有南北文化的相互融合，有流域文明的传承沉淀，也有最平凡的人间烟火，此时的大辽河是感性的。而书中的另一条线——现实线，则要理性很多。在现实线中有对辽河历史的考证，有对地理生态的探索，更有对人文风貌的解读。这本厚厚的《大辽河》竟像是作者用脚步一步步丈量出来的一般，每一步都夹杂着对母亲河浓浓的情感。

“观天地知精微，观众生知深情，观自己知感恩”，我想津子围老师的创作感悟对我们每个人的写作都有很大的帮助。自二十世纪八十年代开始，津子围老师对小说形式的探索一直没有停止，《大辽河》无疑是一次他在小说形式上的自我突破。津子围老师将这次写作命名为“走辽河”，一个“走”字，不仅是对作家创作过程中实勘精神的概括，更是“非虚构”小说的存在方式。在“虚构”与“非虚构”之间展开叙事，《大辽河》是流域文明书写的一次新探索、一种新的文学创作路径和姿态。

读《大辽河》就像在读我们自己的历史。我想很多人都会和我一样，因为一本书爱上一条河，因为一本书爱上一座城。

拿着幸福找幸福

——读福楼拜《包法利夫人》

最近总能刷到一些闪婚、拜金、“恋爱脑”的新闻，忽然之间让我想起了福楼拜的《包法利夫人》，这本曾经被列为禁书的世界名著，寥寥几笔，写尽人性。这本书自问世以来，引起了巨大的轰动。主人公爱玛有着深爱她的丈夫，但她始终沉浸在寻找完美爱情的幻想中，几度偷情、债台高筑，最终走投无路。

作品讲述的是一个受过贵族化教育的农家女爱玛的故事。爱玛出生于富裕的农民之家，被父亲当成贵族女孩来培养。跳舞、绘画、刺绣样样精通。不谙世事的她对风花雪月的爱情有着不切实际的幻想。有一次父亲的腿摔断了，医生查理·包法利前来救治。查理是一个勤勉懦弱的老实人，妻子刚去世不久，他在看病时爱上了爱玛。两个人不久后就结婚了。可是短暂的甜蜜之后，爱玛发现婚姻与梦想有着天壤之别。虽然查理对爱玛百依百顺，把她捧在手心里呵护，但是爱玛瞧不起当乡镇医生的丈夫，觉得他是一个平庸无趣的人。这样平静的生活过了很久。

有一天，夫妻俩去一位侯爵家里做客，爱玛偶遇了一位潇洒的男爵，上流社会的浮华生活和风流倜傥的男爵顿时迷住了爱玛，让她觉得这才是她想象中的生活。回到家里的爱玛更是不满现在的生活，她开始不停地与丈夫吵架。丈夫看着郁郁寡欢的妻子决定换个环境调节一下爱玛的心情，举家搬迁到了另外一个镇上，但是在这里爱玛又偶遇了一个年轻帅气的小伙子莱昂。两个人一见如故、志趣相投、相谈甚欢。莱昂蠢蠢欲动、眉目传情又羞于表达。爱玛暗自窃喜以为遇到了灵魂伴侣，可是最终莱昂为了前程转身去了巴黎。此时爱玛的心中充满了对莱昂的思念。她开始大肆购买衣服和奢侈品，希望通过这种方式来填补内心的空虚。这一切都被商人勒乐看在了眼里，他找到爱玛，向她推销各种时尚且昂贵的服饰和奢侈品，并且同意爱玛可以赊账。而这个时候有一个情场老手罗多尔夫一眼就看上了爱玛的美貌，也看穿了她的肤浅，于是他一心想要勾引爱玛。爱玛没能识破这个渣男的真面目，最后如痴如醉地沉浸在了偷情的欢愉中。爱玛想要私奔，却被只是想玩弄感情的罗多尔夫拒绝了。失恋的爱玛又遇到了莱昂，两个人旧情复燃。但是这个时候的莱昂已经变成了一个花花公子，像罗多尔夫一样对爱玛的感情并不认真，爱玛竭力想要挽留这段日渐枯萎的恋情并且借了很多钱用来享乐，而这一切，丈夫查理浑然不知。直到有一天，爱玛收到法院的通知，要在一夜之间把和商人勒乐借的八万法郎全部还清，否则扣押家中一切财产。她找勒乐求情被拒，找莱昂和罗多尔夫求助被拒，走投无路之下，爱玛服毒自尽。

爱玛的悲剧令人唏嘘，也给世人敲响了警钟。人生的许多不幸其实是拿着幸福找幸福导致的。包法利夫人深受爱情小说的荼毒，没有精神目标，把全部意识都放在幻想美好爱情里，精神空虚，只能不断地用金钱和自以为是的爱情来刺激自己的生活。她不够独立和坚强，丝毫没有意识到一个人将生活寄托在别人身上是一件多么危险的事情。她所追求的最终也不过是一片虚幻。

小人物的大成就

——读余华《许三观卖血记》

有些人仅仅是活着就已经拼尽全力。如果你觉得生活太难，不妨就去看看这本《许三观卖血记》。小说以博大的温情描绘了磨难中的人生，以激烈的故事形式表达了人在面对厄运时求生的欲望。

许三观是个普通工人，他为了解决生活困难，靠十二次卖血渡过了人生中的一个个难关。许三观是三个儿子的父亲，他第一次卖血是因为好奇，听村里的女人说能卖血的人身体结实，没卖过血的人娶不到老婆，他就去了县城的医院卖了四百毫升的血，挣到了三十五元钱。他知道卖血前要喝很多水，水多血就多，等卖完血之后要去吃一盘炒猪肝，喝上二两黄酒，这一套流程下来才算完美。许三观拿着这三十五元钱都不知道要去干什么，村里的人不是用卖血钱盖房子就是娶媳妇。许三观想了想干脆告诉四叔，他想结婚了。他看上了两个女人，一个是他们厂子里的女工林芬芳，一个是小吃店里的服务员许玉兰。这两个年轻姑娘的共同点就是漂亮。许玉兰还有个“油条西施”的名号。不过，许玉兰当时正和何小勇谈恋爱，但是许三观不管这回事，请许玉兰吃饭，去许玉兰家里劝她父亲把许玉兰嫁给自己。就这样，许玉兰和何小勇被许三观给拆散了。

在许玉兰和许三观结婚的头五年间，许玉兰先后生下了三个儿子。他最喜欢大儿子许一乐，但许一乐并不是许三观的亲生儿子，而是妻子许玉兰和何小勇生下的孩子。直到许一乐九岁的时候，许三观才知道这个事实。这个事实让许三观怒火冲天，他和许玉兰产生了激烈的冲突。从此以后，许三观在家里什么也不做，只等着许玉兰来伺候他，美其名曰是对许玉兰犯了生活错误的惩罚。许三观虽然知道了许一乐不是他的儿子，但是他第二次卖血还是为了一乐。许一乐打伤了方铁匠儿子的脑袋，方铁匠索要一大笔赔偿费，他不赔钱，方铁匠就带人拉走了许家的东西，无奈，时隔十年，许三观又想到了卖血。两次卖血，心境不同。第一次是用卖血的钱娶了他认为很美丽的姑娘，心情愉悦；第二次卖血是为了给媳妇和别人生的孩子抵债，此时的媳妇也早已不是当初那个美丽动人的姑娘。在他心里，许玉兰可以与泼妇画上等号了。许三观开始与林芬芳诉苦，为了报复妻子，许三观与林芬芳偷偷走到了一起，为了给林芬芳买东西，许三观第三次卖血。第四次卖血是1958年的“大跃进”之后，全民大饥荒，无论他老婆许玉兰怎样精打细算也不能填饱一家人的肚子，在一家人喝了五十七天玉米粥之后，许三观又找到了李血头。第五次卖血是因为下乡当知青的一乐生病了，此后为了救一乐，许三观一边让许玉兰护送一乐去上海，一边设计好旅行路线，在六个地方上岸，“一路卖着血去上海”。这一路卖血几乎要了许三观的命，但是最终保全了全家人，一乐也脱离了危险。多年以后，当许三观一家“不再有缺钱的时候”，他又突发奇想，想再卖一次血，可已经没有人要他的血了。

故事结束了，很感谢余华老师没有留下一个悲惨的结局，许三观也像他的名字那样拥有着可贵的人生观和价值观，他虽然也有污点，但是善良而又伟大。在一次次大义面前，善良的许三观每次都选择牺牲自己，他的一生都在为别人付出。我又想起来余华老师的那句话：爱不是我多有钱、有多么大的智慧和成就，而是我把一切给你。关键时刻，替你挡风遮雨。

王艺霖

WANG YILIN

1987年生，中共党员，毕业于东北大学文法学院，现就职于辽宁省作家协会。

『择一日午后，品味书韵，分享经典，这便是「午后文学时光」，在这里，我们于交流中碰撞思想，于思考中丰盈内心。』

驿路古村的新生

——读老藤《草木志》

《草木志》讲述了位于小兴安岭的一个叫做墟里的东北边陲村落，那里有一个北地植物王国，墟里村曾是古驿站，有300多年的历史，在合并村庄的大趋势下，如何让它活下去？于是，“我”和墟里村村民众志成城，打了一场故乡保卫战，在大家的努力下，建成了“都柿桥”，打造出“驿路·遇见”文旅融合项目，古驿路被重新连接起来，古老的驿路文化在新的时代背景下得到赓续，实现了真正意义上的乡村振兴。

《草木志》是一部思想性、艺术性、文学性俱佳的长篇小说，具有独特的艺术魅力和深刻的思想内涵。

一是多维度视角下新时代主题性创作。近年来，一大批反映时代的主题性创作作品为广大读者喜闻乐见。老藤的作品便是其中的佼佼者。一方面和他的工作经历有关，他曾在多地多个党政部门从事行政工作，对国家发展的重大战略决策、政策导向有着深刻洞悉，所以，他对主题性创作有着深入的理解与认知。2023年11月，他在北京语言大学“中国作家公开课”以“主题性创作解析”为题做了讲座，2024年7月31日在《文艺报》发表文章《“硬核”软用，彰显主题性创作的柔性》，为大家深度剖析了主题性创作的重要性、写作手法和创作价值等。另一方面源于他作为一名作家的高度的社会责任感和使命感。他常说："时代现场文学不能缺席，作家不能缺席。"于是，我们从他的一部部作品中看到城市发展、工业重振、脱贫攻坚、乡村振兴……《草木志》就是成功的范例。

《草木志》不是单一地讲述乡村振兴，没有把新时代乡村振兴题材写作变成一种简单的主题写作，没有过分拔高人物，没有过分突出宣传主题，没有把作品写成一个能人、一个钦差、一个所谓精英，振臂一呼就能实现山乡巨变的"套路"作品。而是把乡村化为无形的生活形态，渗透到每一个人物、每一处情节里，不断探索拓展新时代主题性写作的深度与广度，切入乡村振兴、生态保护等多个维度，聚焦文化传承、守正创新、文旅融合多个视角，呈现新时代山乡巨变，对主题性写作具有重大的引领与示范价值。

二是对人与植物间微妙关系的探寻。以文学的目光观照动植物，书写大自然中每一种值得书写的动植物，既是中国数千年的文学传统，也是老藤长久以来的文学关注，就像他在创作谈中所说"做万物之歌者"。他在关注人的同时，把人与动物联系起来，发现了动物中潜藏的灵气，于是，驴、猞猁、鹰、蛇等十几种动物及多种昆虫走进了他的文学世界，比如《熊出没》《蟋蟀为谁而鸣》。

《草木志》则开启了他对人与植物间关系的探索。作者创新性地以植物来喻人，从植物的角度观察人、比喻人，打通了植物和人的精神关联。早在他的散文《杏树的脾气》中就写过"杏树一发脾气，人就没有好果子吃"。作者笔下的花草树木不仅有生命，而且有灵性，甚至有脾气、有痛感。老园丁告诉过我们，"植物是懂人话的，它们和人一样渴望听到表扬而不是指责"。《草木志》中每个章节的题目均为一种植物，有打碗花、拉拉秧、杨铁叶子、四角菱、老地榆等三十四种植物，作者通过对每种草木的外形、色泽，再到内在的品格、特点、用途的描绘，由物及人，将这种特点和书中人物性格、精神、气质相联系，隐喻出各不相同的人物形象，引出他们身后的故事。草木赋予了人物灵魂，也承载着乡村丰富的传统文化、民间风俗和处世哲学，由此组成了一部别开生面的草木志。

三是乡村振兴中文化的传承与发展。从祖籍胶东湾到东北黑土地，再到渤海之滨，其间又曾在辽西挂职，作者在东北生活工作了50多年，这片土地是他创作取材的富矿，作者说乡村是他的精神原乡，他从不掩饰对乡村的深厚情感和对曾经生活过的土地的眷恋。他深植于乡村自然生态与人文精神的厚土之中，乡村的历史与当下、传承与发展在作品中通过风土人情、日常言行、乡间谚语、民间传说等以文学形式呈现出来，从《刀兵过》《战国红》《北地》一直延续到《草木志》，作者笔下的乡土传统、乡村伦理，始终蕴含着宽容、智慧、坚韧、勇敢、变通等精神品质，阐释着中华优秀传统文化的博大精深。

乡村振兴，不能忽视乡村的传统文化，传统文化需要传承，也需要发展。只有对传统文化进行创造性转化、创新性发展，历史悠久的古村落才能在现代化进程中，实现真正意义上的振兴。正如作者所说，乡村的发展不能是千篇一律的，需要因地制宜，振兴发展要更多体现在内涵发展上，而不是扒掉老宅、砍光老树，在耕地上建厂房，只有统筹好产业、生态、文化等诸多要素，才能保全乡村功能，乡村发展才能持续。

敬畏自然　敬畏生命

——读老藤《北障》

老藤的长篇小说《北障》2022年出版，这是一部以生态环境为主题的文学作品，从文学角度践行了习近平总书记“两山”理念。在国内几乎很少见生态文明主题的小说体裁文学作品，这也从侧面反映了作者老藤作为一名作家的高度社会责任感和文化使命感，他将文学作为传承民族文化的载体，通过作品为传统文化塑魂、为时代发展赋能。正如老藤自己所说：“对于文学，我怀着一颗敬畏之心，十分看重作家的责任感。文学创作需要守正创新，需要有勇气和担当去书写我们身处的伟大时代和深深热爱的这片土地。”他的作品也确实和他的创作理念做到了相互呼应，同频共振。

《北障》主要讲述了人与动物的斗争，以及警察和猎手的博弈，写出了野生动物的机巧与精明、狡猾与智慧，表现了大自然的博大与浩瀚。作者将东北风俗、文化同儒家传统文化相融合，既有对自然的钟情，又强调了人在自然中的价值与位置，将他对生态文明的理解融入了小说的创作。

地域风情鲜明。小说的开篇，作者用地方志引出北障：“黑龙江省山为北障，山之大者曰内、外兴安岭。内岭环卫诸城，外岭限俄罗斯，冈峦起伏，联络群山，诸水多出其下。——清·嘉庆《黑龙江外记》。”之后在小说中用很大篇幅描绘了北障的四季美景和各类珍奇动物及东北名木，并对其进行了知识科普，向读者真实展现了大兴安岭林区的自然景观、林区的风俗文化和生态。同时，作者不仅对林区的大自然熟稔，更是对生活的基本原则有着充分的认知。比如，人爬到老柞树上歇息，先把两根香烟揉碎，涂抹在树干上，据说蚂蚁蛇虫闻到烟味就会自行避开；黑熊体壮如牛，满身黑色，如同一个移动的煤堆，直立起身时胸前露出一团白毛，恰好是心脏的标志，“造物主不知什么原因用一团白毛来标注黑熊的致命处”，等等。

人物形象鲜活。作品中有两大核心人物，“猎手终结者”胡所长和猎手“一枪飙”金虎。三林区派出所所长胡霄汉，人如其名，“骨相峥嵘，发须皆黄”，一到三林区担任林业派出所所长就许下要当三林区“猎手终结者”的诺言，他到三林区后收缴枪支、安装监控。胡所长时常话里有话地敲打猎手们，警告他们“别让咱们事儿上见”，他对猎手有敏锐的“嗅觉”，还高度警惕、时时关注着金虎，甚至用望远镜监视金虎的一举一动。林区的猎手迫于威压，悉数将猎枪上交。金虎是三林区最有名的猎手，身为猎人的后代，半辈子驰骋山林，外号“一枪飙”。金虎虽然上交了猎枪“红箭”，但没有放弃猎手的身份和坚持，在为红夔报仇时坚持不再动枪，认为“用猎套而非猎枪捕获猞猁更能证明猎手的本事”。金虎和胡所长是猎手与“猎手终结者”之间的较量，两者之间的矛盾从故事开始一直贯穿到结尾，但二人其实都是在坚守各自的信仰，虽然有矛盾但并不冲突，因为他们都带着对生命和自然的敬畏。

传统文化内涵深刻。作者对中国传统文化深有研究，尤其是儒家文化，曾出版过《儒学笔记》《儒林漫步》《孔子另说》几部儒家文化随笔集，对儒家文化有着独特的见解。在《北障》中，万物有灵使猎手们对自然充满敬畏之心，猎取猞猁不叫“打猞猁”，叫“猎猞”，“打，体现的是藐视，就像大人打小孩，很容易；猎，体现的是重视，就像势均力敌的两个人搏斗，需要斗智斗勇”。金虎放掉了被套的银狐，因为“站上的猎手有个不成文的老规矩，要把狐狸当朋友待”。当金虎亲眼看到狼身上舍生忘死的母性时，他才明白人类残忍冷漠的猎杀制造了多少罪孽。这些都践行了作者的生态观：大自然的生命来之不易。就像作者在创作谈中所说“永远不要低估动物”。这种人与动物、自然之间的情感共通，正是对儒家思想中“仁”的精神的弘扬。由此可见，作者给故事、给人物都赋予了中国传统文化的精魂。

湘西父辈的英雄史诗

——读彭学明《爹》

曾经有一部回忆母亲的散文集出版十年，五次加印，发行量超过百万，这本打动无数人的书，名字叫做《娘》，作者彭学明，多次任茅盾文学奖和鲁迅文学奖评委，2023 年，彭学明再携新书归来，并一举拿下 2023 年度中国好书，这一次，他为我们讲述了一个更为悠长曲折、催人泪下的故事，小说以湘西这片风景独特的热土为背景，巧妙地将嘉善阻击战、湘西剿匪、抗美援朝、改革开放这些历史节点融入故事之中，展现了历史的波澜壮阔。在书中深情探寻父辈们艰难的人生踪迹，记录了二十世纪三十年代至九十年代的湘西往事。家国情怀、英雄气节、民族大义贯穿作品，这里有过往几十年的时代奔腾，有湘西儿女间的情义、信义、豪义，还有那些没有变凉的血液、依旧滚烫的梦，一部有麦家《人间信》和陈忠实《白鹿原》阅读体验的书，风格强烈，情感浓度极高。这部 700 多页沉甸甸的《爹》，从情节到人物，流畅饱满，不矫揉造作，不刻意煽情，遣词用句如文火慢煮，润物无声，恰到好处。

这本上下两册的书，我大概用了一周的时间读完，震撼有之、落泪有之。小说中的“爹”是一个典型的湘西男子汉形象，他英俊、聪颖、勤恳、善良，12 岁时父母抱病双亡，只剩他和四个弟弟妹妹孤身于世，于是他以弱小身姿，将彼时分别只有 8 岁、6 岁、4 岁、2 岁的弟弟妹妹拉扯长大。他聪明能干，学会木匠手艺，成为当地技术高超的彭木匠。他不仅把弟弟妹妹们养大，还乐于跟随正义之士惩恶扬善，参加抗战、参加志愿军。在他身上，我们看到了湘西男儿们的壮志凌云、英勇善战，也看到了他们对家国大爱的坚守和执着。

小说的情节线索非常清晰，即作者对父亲从憎恨、不原谅到最后理解、和解的情感转变。这一转变不仅贯穿了小说的始终，也精准地反映了许多“后面一代”对前辈的误解，由于对前辈本身、对前辈的经历不够了解，往往会产生不认同，甚至产生误会、误解。在作者自己的记忆里，自己从出生伊始，他和母亲就被父亲抛弃，自己是被母亲一个人历经千辛万苦抚养成人的。于是和麦家一样，彭学明对父亲只有恨意。在很长一些年里，对于父亲的过往，他并不知晓，也不愿知晓，但是在这一年，他寻着内心复杂乡愁的召唤，放下成见，走进了往事，走进了那个他出生的村庄，也走进了这段对自己的疗愈和救赎。在小说中，聆听长辈们讲述“爹”的往事，小叔和干爹轮番把“爹”那些侠肝义胆的事说给“我”听，在亲人的回忆中，“我”拼图般地连缀起“爹”那曲折精彩的一生，内心的坚冰也一点点化解，最终由对父亲的误解、疏远、仇视转化为感恩之心。也许是字里行间涌动着的情感狂潮，也许是这位父亲的魅力太过耀眼、经历太过传奇，也许，只是因为这人间的亲情，悲欢离合，总是能轻易让人共情。

作者笔下的“爹”又不单纯是他一个人的爹，而是整个湘西父辈，通过一个个的战争场面来写湘西父辈是怎么去劳师远征、主动抗战的。顾家齐师长率领的八千湘西子弟全部毅然为国尽忠；龙光烈在迫害审问中视死如归；为了护送苏联飞行员舍身成仁的三叔；朝鲜战场上慷慨捐躯的吴点金……就连田平，一个十恶不赦的土匪，他也有国家大义、民族大义。“爹”的形象不仅仅是个人的，也象征着对国家的忠诚和热爱。展现了个人命运与国家兴衰的紧密联系，反映了湘西父辈那一代人对国家的深厚感情和民族责任感。

总之，这是一部感人至深、充满家国情怀的长篇小说。由湘西见中国，是对乡土中国的深情凝望与守候。爱家，才会爱国。有国，才能护家。我们不能忘记，那段风云激荡的岁月，更不能忘记，那些曾经虔诚守护这片热土的我们的父辈……

王艺霖

饮食之道　人生之味

——读葛亮《燕食记》

《燕食记》是葛亮继《北鸳》后潜心耕耘 6 年的全新长篇小说。整本书 527 页，42 万字，入围了 2023 年茅盾文学奖提名作品。这本书以美食为引子，沿岭南饮食文化的发展脉络，讲述了荣贻生、陈五举师徒二人的传奇身世及百年老字号“同钦楼”的薪火存续，见证了个人史、家族史、行业史、民族史，波澜起伏，浩浩荡荡。作品写的不仅仅是饮食，更是岭南深厚的文化底蕴，为我们勾勒出中国近百年社会变迁、世态人情的雄浑画卷。整部作品延续葛亮的写作风格，笔触深沉有力，字里行间如文火慢煮，让人在阅读的过程中深陷其中，读完后又久久回味。

燕食，即午餐和晚餐。《燕食记》可以理解为“食记”，关于吃的故事。中国人有句名谚：民以食为天，食以味为先。葛亮应该是做足了美食功课，《燕食记》中的“食”令人眼花缭乱，对于美食的描述可以说是如在眼前、如在碗里，让人垂涎欲滴。就拿书中对于虾饺的描写来说：“虾饺皮讲究烟韧，须以澄面和水晶粉混合，最关键的是澄面撞落热水时，撞得好和水温够，全靠经验所致。配料规定严格，虾三只，肥肉四粒，笋五粒，每粒大小均匀，如此配料口感丰富饱满。肥肉里面有水分、笋和香油里也有水分，足以让虾饺汤汁充盈。另一要诀，虾要用碱、盐腌制。遇上碱，虾肉纤维便慢慢收缩，紧致非常。再用水冲至虾体硬爽，脱水后起了胶，这才算大成了。”作者不仅将制作的过程娓娓道来，还对菜系烹饪时的材料分量、种类与制作细节进行精细的刻画，足见其对粤食的研究。

由饮食到文化。从百年老字号同钦楼的兴衰，到太史第的传奇，美食不仅仅是满足口腹之欲的存在，更是承载着历史、情感与记忆的载体。每一道美食背后，都让人感受到饮食文化的魅力与力量。如：“礼饼以绫酥为首选，寓意荣华。而不同颜色的绫酥各有寓意，黄绫以豆茸做馅，寓意大金大贵；白绫则是五仁馅，代表新娘白璧无瑕；红绫馅料为莲蓉，寓意喜庆、鸿运当头。合桃酥和鸡蛋糕则代表‘夫妻和合’‘步步高升’。有些绫酥中还可加入蛋黄，则为彰显高贵、旺丁满堂之意。”同时，除了美食，还有独特的语言、风俗、建筑等方面。粤语俚语让故事充满了浓郁的岭南色彩和生活气息，仿佛置身于岭南的街头巷尾，听着他们讲粤语，和他们一起感受时代的变迁以及起起伏伏的命运。

由饮食到人情。在葛亮的笔下，美食不仅仅满足味蕾的享受，更是串联起五代人心灵与情感的红线。好姐妹托孤寄命，慧生含辛茹苦抚育荣贻生；叶七面冷心善，收留身患残疾的韩世江；阿爷悉心照顾孤儿陈五举，教他谋生的本事和眼界；荣贻生慧眼识英才，对徒弟陈五举倾囊而授……看似木讷的陈五举可谓是全书中最至情至性之人，当恩情与爱情冲突时，他选择爱情，入赘戴家，抛掉过往所学，从头开始钻研本帮菜。选择了爱情的他，也不忘师父恩情，即使师父再“嫌弃”，他依然每年带着妻子在师父“门口等上一两个小时，才走。数十年雷打不动”。妻子意外去世后，他更是对戴家不离不弃，以一己之力撑起了十八行。

由饮食到人生。在时代的洪流中，《燕食记》中人物的命运与美食的命运相互交织。饮食文化的传承，不仅仅是记忆的传递，更是一种精神的延续。葛亮把人生中的大道理隐藏在故事中。打莲蓉贵在熬，“去了莲衣，少了苦头，深锅滚煮，低糖慢火。这再硬皮的湘莲子，火候到了，时辰到了，就是要熬它一个稔软没脾气”。“好的叉烧包，好在一个‘爆’字，可是爆得好不好，全看一个分寸……就是要‘爆’开了口，恰到好处。这香味出来了，可又没全出来，让人入口前，还有个想头，这才是真的好。”包罗万象的厨艺，需要用一生去领悟去践行，所有的道理就都在践行中显露。《燕食记》写的是百姓，聚焦的是饮食，映射的是时代，咏叹的是人生。

梦想·勇气·力量

——读路易莎·梅·奥尔科特《小妇人》

《小妇人》是美国作家路易莎·梅·奥尔科特的作品，作品出版至今已经有 150 多年的历史了，其间被多次再版、改编，也被以不同的艺术形式呈现给不同年代的人们。作品中关于梦想、爱情、金钱、婚姻等永恒的话题给一代又一代的读者带去了勇气和力量。

这本书写于战争刚刚结束的 1868 年，是一部半自传小说，它讲述了十九世纪中期美国南北战争时期一个普通家庭里四姐妹的人生轨迹。作品描绘了作者亲身经历的家庭生活，父亲参加北军出征，四姐妹在慈爱的母亲陪伴下，过着清贫但富有乐趣的生活。故事开始时，四个不谙世事的小女孩，有着鲜明的性格特征，但也有着各自的局限性，大姐梅格大方得体，但有那么一点爱慕虚荣；二姐乔爽朗率真，但有时会毛手毛脚；三妹贝思是人见人爱的小天使，但很羞涩胆小；小妹艾米天真甜美，但有些骄纵任性。南北战争结束后，美国快速地进入了工业化时代，涌现出了大量的工作岗位，女性们纷纷走出家庭走上社会，女权主义迅速崛起，书中的女孩们突破了世俗的偏见，并在成长过程中，不断地修正着自己的价值观。新时代女性的价值观，在四姐妹身上也有着不同的表达。最终，她们实现了每个人自己定义的幸福。

作者用这四十几万字，完成了四姐妹生命中的成长和蜕变，她们通过自己的善良和勤劳找到了幸福，没有跌宕起伏的情节，但是展现了女性的美好品质和人格历练，充满了爱和温暖。

一是积极向上的生活态度。大女儿梅格美丽温柔，对爱情充满憧憬，她选择了一条不同于上流社会的道路，宁愿过清贫但真挚的生活；二女儿乔则是最具男子气概的一位，她热爱写作，勇敢追求自己的梦想，最终成为一名作家；三女儿贝思性格内向，但她心地善良，默默为家人和需要帮助的人付出，即使面对死亡也毫无畏惧；小女儿艾米则热爱艺术，梦想成为大艺术家，她的努力和坚持让我看到了追求梦想的勇气。这四个女孩各自有着不同的人生轨迹，在面对贫困、疾病和死亡时，她们都用自己的方式诠释了坚强与乐观，展现出了坚韧不拔的精神。

二是充满爱的家庭教育。作品中强调了家庭的重要性和亲情的珍贵，马奇家虽然不富裕，但是充满了爱和支持，这是对孩子家庭观念教育的良好教材。马奇太太不仅是一个慈爱的母亲，更是女儿们的知心朋友，她用自己的言行影响着女儿们，教会她们善良、勇敢、独立和感恩。马奇太太常说："我宁愿你们成为拥有爱情、幸福美满的穷人家的妻子，也不愿你们做没有自尊、没有安宁的皇后。"此外，书中还展现了浓厚的亲情、友情和爱情。四姐妹之间的深厚情谊、她们与邻居之间的互相帮助，以及她们与爱人之间的真挚情感都让人感到温暖和感动。

三是正向传递的价值观。整本书没有反面角色，每个人都呈现着人性中不同层面的善良、正直和健康的金钱观以及婚姻观，马奇一家本来有更容易的路可以选，但每个人都依从自己的内心，选了那条看似艰难，却每天能过得踏实幸福的路。作品唤醒了人们内心的美好，也让人们看到了自己心中理想的世界和自己想成为的样子。

遇见《娘》，读懂孝

——读彭学明《娘》

几年前，一次偶然的机会，邂逅了这部书。我基本是含泪读完彭学明的这部《娘》，被他文中炽烈的亲情、深重的愧疚和无尽的忏悔所深深感动。作者母亲去世十年了，在这篇长文之前，他不曾写下任何怀念的文字。不是不想写，是写不出，不敢写。《娘》是他第一次用文字表达对母亲的想念。天有多高，地有多阔，母亲的爱就有多大。

这部书以第一人称的形式回忆了自己从幼年直至母亲过世，母亲为儿女付出所有、熬尽血泪的苦难岁月。迫于生活，母亲带着儿女三次改嫁，可为维护儿子的成长，母亲毅然决定离婚并不再嫁，单身一人以铁人般的艰苦劳作，支撑起整个家庭。其间经历着自己濒临瘫痪、儿子为高考三次复读等重重磨难，但是母亲以中国妇女特有的吃苦耐劳与牺牲精神，无怨无悔支持儿子一路走出大山。作者以最真诚质朴的情感，谱写了一曲感天动地的母爱悲歌，感人肺腑，同时又饱含子欲养而亲不待的痛心和内心的真诚忏悔。

悔恨。几十年了，作者将他少时对娘的不理解，漠然相待，长大后对娘的种种作为的反感，甚至看不起等完全公之于世，晒于天地。作者的真诚让人震撼，也同时催人泪下。

为什么会对娘这样？是孩童时代的懵懂无知，是长大后受了世俗的偏见，是人性中的脆弱乃至丑恶遮蔽了眼睛，迷惑了心窍？当娘离开后，儿子才猛然发现，这个世界上真正最彻底、最无保留爱他，为他可以牺牲自己一切的人已经不在了，整个精神上的依恃、魂魄上的归宿已没有了。这种痛彻心扉的悲与怨，足以感天动地。也正是在这一点上，《娘》拨动了我们心灵中那根最柔软的琴弦。母亲是三春晖，儿女只是寸草心，这根寸草即使是用全部心血来报答母恩都不为过，何况儿女们对于母亲的用心是那么少。不幸的是，这一点，许多人都是在父母过世后才强烈地意识到。于是，“子欲养而亲不待”便成了中国人世代相传的箴言。

温暖。在偏僻的大山里，在社会的最底层，娘受尽了人世间几乎所有的苦难、委屈甚至凌辱，娘拼争，娘反抗，娘始终不屈服。娘几次改嫁，遭受了数不清的白眼和嘲讽，她为的是什么？是儿女的生存，是儿女能够长大成人。娘不仅缔造了儿女的生命，她还要耗尽自己的生命，以至于不惜放弃人的尊严去呵护她所带来的弱小生命。卑微的娘因此而伟大，苦难的岁月也让娘因此更加坚韧。

孝顺。书中说“几十年来，我从没站在娘的角度去思考过问题，总以我的行为方式去规范娘的行为方式，总以我的处事原则去强迫娘的处事原则。我总以为自己是为娘好，殊不知，我恰恰是害了娘。一个举目无亲的老人，偶尔打打麻将有什么错呢？一个孤独寂寞的母亲，想跟儿聊几句天有什么错呢？一个习惯了劳动的农民，想做点小生意来减轻儿子的负担，有什么错呢？即便风烛残年天天生病住院，又有什么错呢？做儿子的，难道就不能好好跟娘讲几句贴心话吗？难道就不能好好顺着娘的心去做点什么吗？孝顺，难道是要自以为是地以火药味和枪炮声来威逼父母服从？孝顺，孝顺，既要孝，更要顺，顺比孝大，先顺后孝。顺了老人心愿，老人开心快乐了，就是最大的孝。不顺老人心愿，老人不开心快乐，就是最大的不孝”。

作者的那个贫穷、弱小、平凡的母亲，其实就是天下母亲的缩影。母亲无所谓贫穷与富有、卑微与高贵。母亲乃是我们生命的来源，是我们血肉相连、不能选择、不可割舍的至亲至爱。她给了我们仁慈，给了我们温暖，给了我们一个家。不管母亲是穷是富，是尊是卑，我们都应该去爱她，去保护她，去捍卫她的尊严。作者在书中说：“我把母亲弄丢了。我无家可归了。”这句话真令我们深思再深思。娘是我们的母亲，民众也是我们的母亲，国家也是我们的母亲，中华文化更是我们的母亲。作为一个中国人，尤其是一个中国作家，在我们的心中永远不能把她们给弄丢了。若丢掉了她们，我们的精神便无可依恃，我们便无家可归。

曹瑞

CAO RUI

1989年出生于辽宁本溪，先后担任社区主任助理、教育局教育干事、财政局预算会计等职务，现供职于辽宁省作家协会办公室，负责财务工作。爱笑爱读书，喜乐喜交友。愿借『午后文学时光』，品一盏茶，交三两好友，读四五本书，话七八个故事，写九十篇心得，体会人生百味。

中国式孤独

——读刘震云《一句顶一万句》

在浩瀚的文学长河中，河南作家刘震云的作品始终以其独特的叙事风格和深刻的哲学思考独树一帜。《一句顶一万句》作为他的代表作之一，自2009年首次出版以来，便以其细腻的笔触、丰富的人物塑造和深刻的主题思想，赢得了广泛的赞誉，并荣获第八届茅盾文学奖。这部作品不仅描绘了中国式孤独的深刻内涵，还通过一系列看似琐碎却意味深长的故事，探讨了人生的真谛、人际交往的意义以及语言的力量。

一、情节设计：琐碎中的深刻

《一句顶一万句》分为《出延津记》与《回延津记》两部，通过不同时代的两段故事，讲述了以杨百顺为代表的普通人在生活中的挣扎与追求。小说没有宏大的历史背景，也没有惊心动魄的传奇故事，而是以河南农村一个小县城为舞台，通过一系列看似平凡却充满张力的情节，展现了人性的复杂和社会的多样。

杨百顺的命运是小说的主线。他原本是一个普通的农民，渴望通过自己的努力改变命运，但生活的重压和人际关系的复杂却让他屡遭挫折。他的一生充满了坎坷和变故，每一次选择都似乎将他推向更深的孤独。

然而，正是这些琐碎而真实的情节，让读者能够深切地感受到人生的无常和命运的无奈。

小说中还有许多独立又相互关联的故事，如老马和老杨的友情、老李和他娘的恩怨、吴摩西的人生经历等。这些故事虽然各自独立，但通过“一句顶一万句”这一主题巧妙地联系在一起，共同构成了小说的整体框架。这些情节看似琐碎，实则蕴含了深刻的人生哲理，让读者在品味中感受到生活的真谛。

二、人物塑造：鲜活而立体

《一句顶一万句》中的人物形象丰富多样，各具特色。他们来自不同的社会阶层和背景，有着各自的性格和命运。通过细腻的人物塑造，刘震云生动地展现了人性的复杂和社会的多样性。杨百顺是小说中的主人公，他的形象既普通又典型。他渴望改变命运，但又无法摆脱现实的束缚；他渴望找到能够说得上话的人，但又常常陷入孤独之中。他的经历让人感同身受，他的坚韧和执着也让人敬佩不已。

除了杨百顺之外，小说中还有许多令人难忘的人物形象。如老马和老杨这对看似亲密实则疏远的朋友，老李和他娘之间复杂的母子关系，以及吴摩西这个在困境中不屈不挠的农村青年等。这些人物形象不仅鲜活而立体，还通过他们的对话和行为，揭示了人们内心深处的想法和愿望。

三、思想内涵：孤独与寻找

《一句顶一万句》的主题思想深刻而复杂，其中最为突出的便是孤独与寻找。刘震云通过小说中的故事和人物，揭示了中国人内心深处的孤独感，并探讨了如何在这种孤独中找到属于自己的幸福和意义。

小说中的人物大多生活在孤独之中。他们渴望与人交流，但往往找不到真正能够说得上话的人；他们渴望被理解，但往往只能独自承受生活的重压。这种孤独感不仅体现在个人之间，还体现在整个社会之中。正如马云鹤所说：“中国人身上背负的十字架不是宗教，而是语言。”

在中国社会中，语言的顺畅流淌往往受到各种因素的制约，这使得人们难以找到真正能够理解和支持自己的人。然而，小说并没有停留在对孤独的描绘上，而是进一步探讨了如何在孤独中找到出路。杨百顺、吴摩西等人物虽然经历了种种挫折和磨难，但他们始终没有放弃对生活的热爱和对幸福的追求。他们通过不断的努力和寻找，最终找到了属于自己的幸福和意义。这种积极向上的精神不仅令人感动，也给人以深刻的启示。

四、艺术表现：简洁而富有哲理

《一句顶一万句》在艺术表现上也具有独特的魅力。刘震云运用简洁而富有哲理的语言，将复杂的情感和思想表达得淋漓尽致。他的叙述风格既平实又生动，既质朴又深刻，让读者在轻松愉快的阅读过程中，感受到人生的厚重和深刻。

小说中的对话是艺术表现的重要组成部分。刘震云通过人物之间的对话，展现了他们各自的性格和命运，也揭示了人际关系的复杂和微妙。这些对话不仅推动了情节的发展，还深化了对主题思想的表达。同时，刘震云还巧妙地运用了重复和对比等修辞手法，增强了小说的艺术效果。此外，小说在结构上也具有独特的魅力。它采用了双线并进的叙事方式，将《出延津记》与《回延津记》巧妙地结合在一起，形成了一个完整的叙事体系。这种结构不仅使小说更加紧凑和连贯，还增强了读者的阅读体验。

《一句顶一万句》是一部充满智慧和力量的作品。它以独特的视角和深刻的思考，揭示了人性的复杂和人生的困境。同时，它又以积极乐观的态度，鼓励人们面对挫折、追求幸福。这部作品不仅触动了读者的心灵，更启发了人们对生活、婚姻、家庭和人生的思考。正如刘震云所说："日子是过以后，不是过从前。"在未来的日子里，让我们带着这份对生活的热爱和追求，继续前行。

在人间烟火中寻觅灵魂的归宿

——读毕飞宇《欢迎来到人间》

文学的长河中，总有一些作品以其独特的魅力和深刻的内涵，成为时代精神的镜像，映照出社会的复杂面貌与人类的内心世界。毕飞宇的长篇小说《欢迎来到人间》便是这样一部作品，它以深邃的主题、丰富的人物形象、独特的叙事技巧和精湛的语言艺术，为读者呈现了一个既真实又荒诞、既痛苦又充满希望的“人间”。

一、作品主题：灵魂的探索与救赎

《欢迎来到人间》的故事发生在“非典”后期的市第一医院泌尿外科，以医生傅睿为核心人物，通过一系列医疗事件和社会现象，深入探讨了当代人的精神世界和灵魂深处。小说不仅是一部关于医者生存危机的作品，更是一部触及知识分子精神危机的著作。毕飞宇通过傅睿的遭遇和蜕变，展现了当代人在面对生活挫折、精神疼痛和灵魂堕落时的挣扎与呼救。

小说开篇便以“非典”即将结束的夏日为背景，营造出一种紧张而又微妙的氛围。泌尿外科作为医院的重点科室，却在短时间内接连出现肾移植病人死亡的情况，这一连串的意外事件不仅让傅睿陷入了职业危机，更让他遭遇了精神世界的崩塌。田菲的死亡成为压垮傅睿的最后一根稻草，他首次遭遇医暴，精神状态急剧恶化，逐渐走向疯癫。在这个过程中，傅睿出现了失眠、梦游、幻觉等一系列精神症状，这些症状不仅是他内心痛苦的外在表现，更是他灵魂深处对现实世界的反抗和逃避。

小说通过傅睿的故事，深刻揭示了当代社会中一些人的灵魂空洞和精神脆弱。尽管他们拥有体面的工作、幸福的家庭和社会的期待，但内心却缺乏坚实的自我地基，难以承受生活的重压。毕飞宇以傅睿为镜，映照出当代人精神世界的普遍困境，引发读者对自我、对人生、对社会的深刻反思。

二、人物形象：复杂多面的灵魂画卷

《欢迎来到人间》中的人物形象丰满而立体，他们各自拥有独特的性格和命运轨迹，共同构成了一幅复杂多面的灵魂画卷。傅睿作为小说的主人公，他的形象经历了从帅气儒雅、前途无量的泌尿科医生到精神崩溃、行为乖张的疯子的巨大转变。这一转变不仅是对他个人命运的深刻揭示，更是对当代知识分子精神危机的有力控诉。

傅睿的妻子敏鹿、同学亦同事的东君和郭栋夫妇、父母老傅和闻兰以及护士小蔡等人物，也在小说中扮演着重要的角色。他们与傅睿之间错综复杂的关系网，构成了小说丰富的情节和深刻的主题。敏鹿的温柔与坚韧、东君的冷静与理智、郭栋的世故与圆滑、小蔡的单纯与无知……这些人物形象各具特色，又相互交织，共同构成了小说复杂多变的人物群像。特别是护士小蔡这一角色，她在小说中的地位不可忽视。毕飞宇在小蔡身上倾注了大量的笔墨与心血，将其作为重点来书写。小蔡年轻漂亮、内心空虚、头脑简单的无知型利己主义形象，与傅睿的复杂多面形成了鲜明对比。她不仅是傅睿精神世界的一面镜子，更是小说中对人性多面性与复杂性进行深刻揭示的重要载体。

三、叙事方式：重建小说叙述的主体性

《欢迎来到人间》在叙事方式上进行了大胆的创新和尝试。毕飞宇摒弃了传统的“全知视角”或“上帝视角”的叙述方式，而是采用了一种更加复杂多变的叙事手法。他通过多个视角的切换和交织，构建了一个多维度的叙事空间，让读者能够更加全面地了解人物和事件的全貌。

这种叙事方式的创新不仅体现在视角的切换上，更体现在对叙述“主权”的掌控上。毕飞宇在小说中重建了小说叙述的主体性，重新掌控了小说叙事的“主权”。他通过对小说叙述绝对的“控制”，展现了讲述者的“主体性”，这种“控制”几乎是不可讨论的。在这种“主体性”的控制下，毕飞宇创造了讲述者主体性的帝国，在这里，讲述者就是“王”。

这种叙事方式的创新不仅增强了小说的艺术感染力，更提升了小说的思想深度。毕飞宇通过对叙述方式的革新，让读者能够更加深入地理解人物的内心世界和作品的主题思想。同时，他也通过这种方式表达了对小说叙述方式的新的理解和认知，对小说叙述方式的反复考量、比较后的坚定和自信。

四、艺术特色：语言、细节与象征的完美结合

《欢迎来到人间》在艺术特色上同样表现出色。毕飞宇以其精湛的语言艺术和丰富的细节描写，为读者呈现了一个既真实又充满象征意味的“人间”。小说的语言风格独特而富有张力。毕飞宇善于运用简洁明了的语言，将复杂的人物关系和情节发展清晰地呈现在读者面前。同时，他又善于运用比喻、象征等修辞手法，将抽象的思想和情感具象化，让读者能够更加直观地感受到作品的深刻内涵。

小说的细节描写同样令人印象深刻。毕飞宇通过对医院环境、手术过程、人物神态等细节的生动描绘，营造了一种紧张而又真实的氛围。

这些细节不仅增强了小说的可读性，更深化了作品的主题思想。此外，小说中的象征手法也运用得恰到好处。比如，傅睿的疯癫和梦游象征着他精神世界的崩溃和对现实世界的逃避；被水泥掩埋的哥白尼雕像象征着人类对真理和科学的追求与牺牲；光头“大师”发力拔出傅睿体内的“东西”则象征着对灵魂深处的救赎与净化。这些象征手法不仅丰富了小说的艺术表现力，更深化了作品的思想内涵。

《欢迎来到人间》是毕飞宇继《推拿》之后的又一力作。这部小说不仅是对当代人精神世界和灵魂深处的深刻揭示，更是对小说叙述方式的创新和尝试。毕飞宇以其独特的文学才华和敏锐的洞察力，为我们呈现了一部具有时代意义和文学价值的优秀作品。在未来的文学发展中，《欢迎来到人间》无疑将占据重要的地位，成为我们理解和探讨当代社会与人性问题的重要参考。

曹 瑞

音乐的灵魂与精神的救赎

——读格非《隐身衣》

《隐身衣》发表于2012年，是格非在“江南三部曲”之后继续探索现实题材的重要作品，是一部在当代文坛中独树一帜的文学力作，它不仅以独特的叙事风格和深刻的思想内涵吸引了广泛关注，更以对现代社会中个体存在状态的深刻剖析而赢得了读者的共鸣。

一、作品背景与主题

小说以北京的新老城区为背景，通过主人公“我”与好友小孔（即后文中的“毁容女”）的生活轨迹，展现了现代社会中个体在物质与精神、现实与理想之间的挣扎与追求。故事开篇便以主人公“我”的困境为引子，迅速将读者拉入一个充满现实压迫感的世界。主人公是一个以制作音响胆机为生的手艺人，他的生活并不富裕，甚至可以说有些落魄。然而，他对西方古典音乐的热爱却如同他生命中的一盏明灯，照亮了他前行的道路。这种对音乐的痴迷，不仅是他逃避现实的一种方式，更是他精神世界的支撑。故事的核心在于探讨如何在喧嚣的世界中保持自我，如何在复杂的人际关系中寻求真正的理解和归属。

二、叙事风格与技巧

1. 语言风格的转变

相较于格非早期的先锋派作品，《隐身衣》在语言风格上有了显著的转变。他摒弃了华丽的辞藻和繁复的修辞，转而采用直白而犀利的文字，使得叙述更加贴近现实，更加易于读者接受。这种转变不仅体现了格非对写作策略的自觉调整，也反映了他对现实生活更为深刻的洞察和把握。

2. 叙事结构的精妙

小说在叙事结构上同样展现了格非的高超技艺。他通过多线叙事和时空交错的手法，将主人公“我”的生活轨迹与丁采臣、蒋颂平等人的命运紧密相连，形成了一张错综复杂的关系网。同时，他又巧妙地利用音乐的元素，将各个章节串联起来，使得整部作品在结构上既严谨又富有层次感。

三、人物塑造与心理刻画

1. 主人公“我”的复杂性格

主人公“我”是一名以制作音响胆机为生的手艺人，具备良好的古典音乐修养。他隐忍内敛，过着自得其乐的隐身人生活，却在现实的重压下逐渐显露出内心的挣扎与矛盾。他对音乐的痴迷不仅是他逃避现实的一种方式，也是他寻求精神慰藉的重要源泉。通过“我”这一角色，格非展现了一个普通人在现代社会中的生存状态和心理变化。

2. “毁容女”的独特魅力

“毁容女”是小说中另一个重要角色，她与“我”的前妻玉芬形成了鲜明对比。虽然她相貌吓人，却拥有一颗纯良的心和对古典音乐的热爱。她的出现不仅为“我”的生活带来了新的希望，也成为“我”精神上的重要支柱。通过这一角色，格非传达了关于人性、宽容与爱的深刻思考。

3. 丁采臣的多元形象

丁采臣是小说中的一个神秘人物，他的出现和消失都充满了戏剧性。他表面上是一个黑社会头目，实则内心充满了对古典音乐的热爱和尊重。这种多元而矛盾的形象使得他成为小说中一个极具魅力的角色。通过丁采臣这一角色，格非探讨了人性的复杂性和多面性。

四、思想内涵与主题深化

1. 对现代社会的深刻反思

《隐身衣》不仅是一部关于个人命运的小说，更是一部对现代社会进行深刻反思的作品。小说通过主人公“我”的经历，揭示了现代社会中个体在追求物质富足的同时所面临的精神困境。格非通过细腻的心理刻画和生动的场景描写，展现了人们在现实与理想之间的挣扎与追求。他提醒我们，在追求物质生活的同时，不应忽视内心的声音和精神的追求。

2. 对人性与情感的深度挖掘

小说中对人性和情感的深度挖掘也是其重要特色之一。通过主人公“我”与“毁容女”、丁采臣等人的关系描写，格非展现了人性中的善良与宽容、爱与理解等美好品质。同时，他也揭示了人性中的自私与冷漠、虚伪与欺骗等负面因素。这种对人性与情感的深度挖掘使得小说具有了更加丰富的内涵和更加深刻的思考价值。

3. 对音乐艺术的独特理解

音乐是贯穿《隐身衣》全书的重要线索之一。格非作为一位资深的音乐发烧友，对西方古典音乐有着深厚的情感和独到的理解。在小说中，他通过音乐的元素将各个章节串联起来，使得整部作品在叙事上更加流畅和连贯。同时，他也通过音乐展现了人物内心的情感变化和精神追求。这种对音乐艺术的独特理解使得小说具有了更加独特的艺术魅力和思想深度。

五、音乐的灵魂与精神的救赎

《隐身衣》自发表以来便受到了广泛的关注和好评。它不仅在国内文坛上获得了多项大奖（如第六届鲁迅文学奖中篇小说奖），也在国际上产生了一定的影响。这部作品的成功不仅在于其独特的叙事风格和深刻的思想内涵，更在于其对现代社会和人性问题的深刻反思和独特理解。它为我们提供了一个观察社会、思考人生的新视角和新思路。音乐是《隐身衣》中不可或缺的元素，它不仅是主人公生活中的重要组成部分，更是他精神世界的救赎者。在小说中，格非通过多次描写主人公听音乐的场景，展现了音乐对于他心灵的抚慰和滋养。当他在现实生活中遭遇挫折和困境时，是音乐给了他力量和勇气，让他能够继续前行。这种对音乐的热爱和追求，让我深感震撼。它让我意识到，在物质至上的现代社会中，我们或许应该更多地关注自己的精神世界，寻找那些能够给予我们力量和慰藉的东西。正如格非在小说中所表达的那样，宝贵的财富都在我们自己身上，一切外在的失去都不足惜。

六、现实与理想的碰撞与融合

《隐身衣》不仅是一部关于个人命运的小说，更是一部对现代社会进行深刻反思的作品。在小说中，格非通过描写主人公的经历和遭遇，揭示了现代社会中个体在追求物质富足的同时所面临的精神困境。他让我们看到，现实与理想之间往往存在着巨大的鸿沟和矛盾。然而，他也告诉我们，只要我们勇敢地面对这些困境和挑战、坚持自己的信仰和追求、用心去感受生活中的美好和温暖，就一定能够找到属于自己的幸福和满足。

曹 瑞

乡村转型与人性的探索

——读乔叶《宝水》

《宝水》的作者乔叶是一位才华横溢的作家，她的作品涵盖了散文、小说等多个领域。在小说创作领域，她不仅创作并出版了《认罪书》《藏珠记》等长篇小说，还曾凭借《最慢的是活着》获得第五届鲁迅文学奖中篇小说奖。2022 年，她的最新长篇小说《宝水》由北京十月文艺出版社推出，被评论家认为是“目前为止写新农村建设、写乡村振兴的最出色的作品”，获得第十一届茅盾文学奖。

《宝水》是一部以乡村旅游发展为切入点的农村题材小说，真实细腻地描绘了当下的乡村生活和独属于乡村的人情世故，诉说别样的乡愁。全书根据春、夏、秋、冬的季节更迭分为四个章节，如同一幅长长的水彩画卷，在四时节序中将乡村风貌和村民境况娓娓道来。作者乔叶用朴实自然、平易生动的语言，不事雕琢，平白如水，却有强烈的“土气息、泥滋味”。读罢全书，我感触良多。

《宝水》的主人公地青萍，从小在城市长大，却因种种原因进入了乡村，开始了她在宝水村的短暂生活。然而，这短暂的一年却成为治愈她一生的美妙际遇。青萍由最初的“外来客”变成了“自家人”，她见证了新时代背景下乡村丰富而深刻的变迁，决然投身到与乡村同发展、共命运的事业中去。这是一个关于身份认同、情感归属和人生选择的故事，也是一个关于乡村如何接纳外来者，外来者如何融入乡村的故事。

在这部小说中，乔叶成功地构建了一个既虚且实的小小村落——宝水。宝水的神经末梢连接着新时代乡村建设的生动图景，也连接着当下中国的典型乡村样态。通过青萍的视角，我们得以一窥乡村生活的日常，感受那份独有的宁静与和谐。但与此同时，乡村也面临着种种挑战和冲突，如传统与现代、保守与开放的矛盾。正是在这样的背景下，青萍的经历和成长才更具意义。

除了青萍，故事中还有许多其他鲜活的人物，他们都是地地道道的农村人，有各自的性格特点、优点和缺点。但正是这种多样性和真实性，使得这部小说更加引人入胜。村子里那些朴实的人，构成了乡村人文生态，诸多清新鲜活的乡村故事十分接地气，大量微妙的隐秘在其中暗潮涌动。

乔叶对于乡村的描述并非仅仅停留在表面，她更深入地挖掘了乡村背后所蕴藏的深厚文化和历史。每一个细节、每一个场景都仿佛跃然纸上，让人仿佛身临其境。这也正是乔叶作为一位出色的小说家的魅力所在，她能够用平实的语言展现出深刻的思想和情感。

一、乡愁情怀

《宝水》让我深刻感受到了乡愁的情怀。作者通过主人公地青萍的视角，带领读者领略了宝水村的四季风光和人文风情。地青萍从小在农村长大，对家乡有着深厚的感情。她在城市生活多年后，因严重的失眠症选择提前退休，从城市来到宝水村，帮衬朋友经营民宿。在这个过程中，她渐渐熟悉乡村生活，寻回童年的印记，与村民建立深厚的友谊，最终彻底融入乡村，治愈了失眠的沉疴。这种乡愁情怀让我深感共鸣，也让我更加珍惜自己的家乡和乡村生活。

二、乡村变迁

《宝水》真实反映了新时代背景下乡村丰富而深刻的变迁。在政府部门、村民和返乡者等多方力量的参与和支持下，古老的乡村焕发出新的生机活力。传统的农业逐渐向旅游业转型，民宿、农家乐等新兴产业蓬勃发展。在这个过程中，乡村的人文生态也发生了变化，村民们的生活水平得到提高，思想观念也逐渐开放。这种变迁让我看到了乡村振兴的希望和未来。

三、人物形象

《宝水》中的人物形象栩栩如生，各有各的性格特点和优缺点。主人公地青萍是一个复杂而真实的人物，她在城市生活中感到厌倦和迷茫，在乡村生活中找到了归宿和价值。其他角色如九奶、杨镇长、大英、孟胡子、豆嫂等，都是地道的农村人，他们有着自己的故事和人生经历，他们的性格和行为都体现了乡村生活的真实面貌。这些人物形象让我深刻感受到了乡村生活的丰富性和多样性。

四、语言风格

《宝水》的语言风格朴实自然，平易生动，不事雕琢，平白如水。作者用平实的语言描绘了乡村生活的点滴细节和人物的情感世界，让读者能够感受到乡村生活的真实和美好。同时，作者也善于运用比喻、拟人等修辞手法，增强了作品的艺术感染力。这种语言风格让我感受到了作者对于乡村生活的深厚感情和对于文学创作的执着追求。

五、思考与启示

《宝水》让我深刻思考了乡村振兴的实践路径和方法。在新时代背景下，乡村旅游成为推动乡村振兴的重要途径之一。但是，乡村旅游的发展不能仅仅停留在表面上的景观打造和设施建设上，更需要注重挖掘乡村的文化内涵和人文价值。只有这样，才能真正实现乡村振兴的目标。《宝水》中的故事告诉我们，只有让村民成为乡村旅游的主体和受益者，才能真正激发他们的积极性和创造力，推动乡村旅游的持续发展。同时，《宝水》也让我认识到乡村振兴需要政府、社会、市场等多方力量的共同参与和支持，只有形成合力才能实现乡村振兴的目标。《宝水》无疑为我们提供了一个绝佳的观察和思考的角度。

曹 瑞

时间的奇幻之旅

——读刘亮程《本巴》

刘亮程的《本巴》自2022年出版以来，以其独特的叙事风格、深刻的主题意蕴和瑰丽的想象力，在文坛上引起了广泛的关注和讨论。这部以蒙古族英雄史诗《江格尔》为背景的长篇小说，不仅是对传统史诗的现代致敬，更是对人类生存状态、时间观念及文化记忆的深刻反思。

一、叙事结构的创新与时间观念的重塑

《本巴》的叙事结构堪称精妙绝伦，它打破了传统小说的线性叙事模式，采用了一种更复杂而富有层次的时间结构。小说中的时间被重新塑造，构建了一个没有衰老和死亡、人人活在二十五岁的神秘国度——本巴。这种设定不仅挑战了读者的阅读习惯，更引导我们深入思考时间的本质和人类对永恒的追求。

刘亮程巧妙地运用了梦境与现实的交织，使得小说中的时间流动充满了不确定性和奇幻色彩。梦境在《本巴》中占据了重要地位，它不仅是对现实的一种反映，更是对现实的一种超越和重构。小说中的梦境与现实相互渗透、相互影响，形成了一种独特的叙事张力。这种叙事方式不仅增强了小说的艺术效果，也深刻揭示了人类内心对美好而不可触及的母腹的怀念，以及对时间束缚的挣脱。

二、主题意蕴的深刻与多元

《本巴》的主题意蕴丰富而深刻，它不仅仅是一部关于时间的小说，更是一部深刻反思人类童年与民族历史记忆的著作。刘亮程通过构建本巴这个乌托邦式的理想世界，表达了对逝去的人类童年的怀念和对纯真与永恒的向往。在小说中，赫兰用“搬家家”游戏让大人们回到童年，洪古尔用“捉迷藏”游戏解放了拉玛国的成年人，而哈日王则用“做梦梦”游戏将整个世界置于他的梦中。这些游戏不仅充满了童趣，更寓意着人类内心对纯真和快乐的永恒追求。

同时，《本巴》也是对蒙古族英雄史诗《江格尔》的一次现代创编。刘亮程在史诗尽头重启时间，将土尔扈特部回归的历史与史诗的吟唱进行了联动，从而营造出一个似真似幻的文学空间。这种创作方式不仅丰富了小说的文化内涵，也体现了作者对原生文化的尊重和对文学艺术深刻的理解。通过对史诗的致敬和再创造，《本巴》展现了中华民族丰富的历史记忆和诗性智慧，同时也探讨了人类历史和文化的传承与发展问题。

三、艺术特色的独特与魅力

《本巴》的艺术特色鲜明而独特，它以瑰丽的想象力和诗意的语言赢得了读者的广泛赞誉。刘亮程以非凡的艺术想象力，将传统史诗的叙事逻辑进行了一次解构性再创造，为读者带来了一场视觉与心灵的盛宴。他以诗歌为骨、以散文为肉的写作技法，将《江格尔》这一蒙古族英雄史诗的精神转化为现代小说的语言，使得史诗的宏伟与小说的细腻巧妙融合。

在小说中，刘亮程运用了大量的梦境描写和象征手法，使得整个故事充满了奇幻色彩和哲学思考。他通过梦境与现实的交织，形塑了一个既遥远又似曾相识的世界，引导读者深入思考人类的生存状态和时间观念。同时，他还巧妙地运用了游戏这一象征元素，将现实与梦境、真实与虚构连接起来，使得小说充满了复杂性和多义性。此外，《本巴》的语言也极具特色，它既有散文的流畅与自由，又有诗歌的凝练与深邃，使得整个作品充满了诗意和美感。

四、文化价值的深远与广泛

《本巴》的文化价值不容忽视。它不仅是对蒙古族英雄史诗《江格尔》的现代致敬和再创造，更是对中华民族丰富历史记忆和诗性智慧的一次深刻挖掘和展现。通过对史诗的改编和重构，《本巴》不仅丰富了当代文学的创作题材和表现手法，也为读者提供了一个了解和认识中华民族历史文化的窗口。同时，《本巴》还具有重要的现实意义。它通过对人类生存状态和时间观念的深刻反思，引导我们思考如何在现代社会中保持内心的纯真和追求永恒的价值。在快节奏的现代生活中，《本巴》提醒我们要珍惜时间、珍惜生命、珍惜那些能够让我们感到快乐和幸福的事物。此外，《本巴》还通过对梦境与现实的交织、游戏与人生的关联等主题的探讨，为我们提供了一种新的思考方式和人生哲学。

《本巴》是一部充满想象与思辨的文学巨著。它以独特的叙事结构、深刻的主题意蕴、瑰丽的艺术特色和深远的文化价值，赢得了读者的广泛赞誉和学界的高度评价。刘亮程用他细腻的笔触和诗意的语言，为我们描绘了一个既真实又梦幻的世界，让我们在其中找到了对生命、时间与历史的新的理解。这部作品不仅是对传统史诗的现代致敬和再创造，更是对人类存在状态和文化记忆传承的深刻反思。它以独到的艺术魅力和思想深度，在文学的天空中熠熠生辉，成为当代文学中一颗璀璨的明珠。

草木间的乡村诗篇

——读老藤《草木志》

滕贞甫，笔名老藤，中国当代文学界的杰出作家，以其深邃的文学思考和细腻的笔触，创作了一系列广受好评的作品。其中，《草木志》作为他近年来的又一力作，不仅展现了新时代乡村全面振兴的壮丽图景，更深刻探讨了人与自然、人与草木之间的微妙关系，是一部充满诗意和哲思的作品。

一、创作背景与主题

《草木志》首发于《芙蓉》2023年第6期，并于次年由百花文艺出版社、作家出版社联合出版。这部作品入选了中国作家协会“新时代山乡巨变创作计划”，聚焦于新时代乡村全面振兴的时代命题。滕贞甫以其独特的视角和深厚的乡土情怀，将故事背景设定在黑龙江一座由古驿站演变而来的村庄——墟里村，通过驻村干部“我”和村主任邵震天等人的努力，展现了在党的乡村振兴战略引导下，小村庄如何因地制宜发展产业，推动中华优秀传统文化创造性转化、创新性发展，最终实现乡村振兴的壮丽历程。

二、艺术特色与叙事手法

1. 以草木喻人，寓意深远

《草木志》最显著的艺术特色之一，便是作者巧妙地运用了以草木分章的叙事方式和结构。整部作品每一章以一种或几种植物来命名，集中笔力来写与之相对应的人物。这种以物喻人的手法，不仅使人物形象更加生动立体，更在深层次上揭示了人与草木之间的内在联系。每一种草木的外在风貌和内在品格，都与人物的性格、精神、气质相呼应，形成了一幅幅生动而富有诗意的画面。

2. 散点透视与主线坚守

老藤在《草木志》中，既保留了散点透视的叙述风韵，又通过对叙事主线的坚守，弥补了结构上的松散。作品由二十几则生动的人物小传构成，每一则小传之间又相互联系，共同构成了墟里村的人物群像。这种叙事方式，使得整部作品既有宏大的叙事格局，又不失对细节的精致刻画，让读者在享受阅读乐趣的同时，也能感受到作者深厚的文学功底。

3. 浓郁的东北地域特色

《草木志》具有浓郁的东北边陲地域特色。老藤以其对东北乡村生活的深入了解和细腻描绘，将东北特有的生态环境、民俗事象和民间传说融入作品中，使得整部作品充满了浓郁的地方色彩。这种地域特色的呈现，不仅增强了作品的艺术感染力，也为读者提供了一个了解东北乡村文化的窗口。

三、人物形象与性格塑造

1. 驻村干部“我”

作为故事的叙述者，“我”是一个具有现代知识和理念的驻村干部。“我”来自省自然资源厅，带着满腔的热情和责任感来到墟里村，参与乡村振兴工作。在“我”的身上，我们看到了新时代青年干部的责任与担当，也看到了他们在新农村建设中的努力与奋斗。

2. 村主任邵震天

邵震天是墟里村的村主任，绰号“哨花吹”。他熟悉乡村生活的内里，深谙乡土伦理政治。邵震天的性格复杂多面，他既能以传统礼制化解乡村矛盾，又能在新时代背景下推动乡村产业发展。他的形象，是传统文化与现代理念相结合的产物，也是新时代乡村干部的典型代表。

3. 其他人物群像

除了“我”和邵震天之外，《草木志》还塑造了一批生动立体的乡村人物群像。他们有的勤劳朴实，有的机智勇敢，有的善良无私……这些人物形象的塑造，不仅丰富了作品的内涵，也展现了新时代乡村社会的复杂性和多样性。

四、思想内涵与主题探讨

1. 人与自然和谐共生

《草木志》通过人与草木之间的微妙关系，探讨了人与自然和谐共生的主题。在作品中，草木不再是无情的自然元素，而是与人物一样拥有生命、情感和灵魂。它们与人物相互依存、相互呼应，共同演绎了一场人与自然和谐共生的交响曲。这种对人与自然关系的深刻探讨，不仅体现了作者的生态意识，也呼应了对新时代生态文明建设的时代要求。

2. 传统文化与现代文明的融合

《草木志》还通过墟里村的振兴历程，展现了传统文化与现代文明相融合的时代趋势。在党的乡村振兴战略引导下，墟里村因地制宜发展产业，推动中华优秀传统文化创造性转化、创新性发展。这种融合不仅让传统文化焕发了新的生命力，也为现代文明注入了深厚的文化底蕴。

3. 乡村振兴的美好愿景

《草木志》以墟里村的振兴为线索，生动展示了中国人民追求美好生活、共建美丽家园的坚定信念和奋发有为、建功新时代的精神风貌。整部作品场景恢宏、人物丰满、情节生动，是一部反映伟大时代精神、生动讲述中国故事的优秀作品。它让我们看到了乡村振兴的美好愿景和广阔前景，也激发了我们为实现中华民族伟大复兴的中国梦而努力奋斗的豪情壮志。

《草木志》是老藤创作的一部具有深刻思想内涵和独特艺术魅力的作品。它以精湛的笔触和深邃的主题描绘了新时代乡村全面振兴的壮丽图景，展现了人与自然和谐共生的美好愿景以及传统文化与现代文明相融合的时代趋势。这部作品不仅是对新时代乡村生活的深情描绘，更是对人与自然关系的深刻探讨和反思。它让我们在享受阅读乐趣的同时也能感受到作者深沉的乡土情怀和家国情怀。

刘　维

LIU WEI

1990年生，重庆合川人。文学硕士，毕业于辽宁大学。曾任春风文艺出版社图书编辑，现供职于辽宁省作家协会网络文学部。文学评论散见于《鸭绿江》《哈尔滨学院学报》《宜宾学院学报》《职大学报》等。

涉过岁月的长河

——读迟子建《一坛猪油》

几个月前，我终于下定决心把家中的泡菜坛子扔掉了。一是因为用它做泡菜的次数很少，大多数时间都被闲置在厨房的角落里；二是我确实学艺不精，也没有用它腌制出什么太好吃的东西。把它从厨房挪出的那一刻，我忽然想起重庆老家那个深褐色的泡菜坛子。重庆那边的坛子，与东北腌酸菜的缸还不一样，都是头小肚圆，脖颈处留一圈加水的地方，外面还放一个碗状的坛盖。从小到大，吃了不知道多少从坛子里取出来的酸萝卜、酸豇豆、泡海椒、泡竹笋，却从没多看它一眼。想到这里，那个坛子里似乎装的不再是泡菜，而是一段回忆、一段经历。在读迟子建的短篇小说《一坛猪油》时，这种感觉尤为明显。

《一坛猪油》原载于《西部·华语文学》2008 年第 5 期，曾获《小说选刊》首届小说双年奖，是迟子建短篇小说中的名篇，她用“断代史”的方式书写了一个普通农村女人的后半生。作品讲述了 1956 年，三十来岁的“我”带着三个孩子，投奔在大兴安岭林场工作的丈夫老潘。临行前，同村的霍大眼主动用一个漂亮的坛子和满满一坛猪油，换了“我”的两间屋子。投奔丈夫的路上历经坎坷，但“我”始终好好保存着这坛猪油。

在老潘的同事崔大林护送“我”和孩子前往林场的路上，猪油坛子却不小心被摔碎。到了林场之后，“我”又因为难产，不得已在苏联境内生下了小儿子“蚂蚁”。崔大林也因为一只漂亮的绿宝石戒指，与扬州来的小学老师程英结婚。时光流逝，老潘因为“蚂蚁”在苏联出生的事情，在特殊年代被撤职。崔大林和程英也遭遇厄运，程英为了找戒指不慎落水而死，崔大林也因此备受打击，变得浑浑噩噩。“蚂蚁”在捕鱼时，意外捞到了那只戒指，崔大林这才坦白，当初这只戒指是藏在那坛猪油里的，坛子摔碎时他贪财起意将戒指藏下，没想到却酿成悲剧，“我”这才明白当年霍大眼对我的情意。多年后，老潘因病离去，临终前没见到因为爱情去了苏联的“蚂蚁”，成了他的一大憾事。儿孙满堂的“我”，回忆起当年从老家到大兴安岭的一路风雨，才明白那坛猪油虽然摔碎，却早已融进了“我”的命运。

在不到一万五千字的篇幅中，如此生动、形象地描述一个女人的后半生，迟子建的笔力可见一斑。小说情节跨越32年，为读者呈现了二十世纪中后期大兴安岭林场的生活，中间还反映了时代的风云变幻对普通人命运的影响。作品构思精巧，用一坛猪油联结起“我”投奔丈夫的艰难路途、生养“蚂蚁”的欣喜和不易。猪油中暗藏戒指的秘密又串联起崔大林和程英的不幸婚姻，在结尾处又与开篇这坛猪油的来历作了呼应，形成了巧妙的“闭环”。不仅如此，作品对人物形象的塑造也颇具功力，篇幅虽短，但主要出场人物都在有限的笔墨中显得鲜活而生动。朴实稳重的老潘、机敏英武的“蚂蚁”、前后反差很大的崔大林、对自己命运不甘的程英，连寥寥几笔带过的霍大眼、客栈夫妻、鄂伦春人、苏联姑娘，都无一不具有鲜明的特点，给人留下了深刻的印象。

作品在展现林场世外桃源般生活的同时，也蕴藏着相较于复杂城市生活，显得更为朴实的善恶价值观。“我”在投奔丈夫的路上见到想买猪油坛子又不想让老婆知道的客栈店主，就心生反感。老潘因为情急之下送“我”去苏联生产，自己主动向组织坦白，请辞所长的职务，也得到了组织的认可。“蚂蚁”长大后知道父亲是因为自己的出生地而遭殃，就经常跑到镇上保护父亲，最后也因为想为父亲洗脱“里通外国”的罪名而远走他国。相比“我”一家人的朴实善良，崔大林和程英夫妇就显得不那么单纯美好了。崔大林在帮“我”收拾打碎的猪油坛子时，一时财迷心窍，将藏在其中的戒指据为己有，为此也背上了沉重的心理包袱。程英作为南方来的知识分子，因为看上了这枚戒指，才与崔大林结婚，最后也因为婚姻的不幸和戒指的丢失而命丧江边。在这篇小说中，猪油是题目，也是总纲，影响了“我”一生的命运。而藏在猪油中的戒指更像是一面镜子，在小小的绿宝石上折射出人性的善与恶，它能映出霍大眼对“我”的长情，也能映出崔大林和程英的贪念，更深层次的是作者向那些在艰苦岁月中，因为时代浪潮而难以选择自己命运的小人物们投下的悲悯情怀。

岁月不居，时节如流，那些往事早已远去，唯有黑龙江依旧在“我”面前奔涌流过。这些文字像一根长绳，让我们沿着作者的指引，涉过岁月的长河，再去探寻时光在大兴安岭上、在这片黑土地中留下的痕迹。

隐身的哲学

——读格非《隐身衣》

从葫芦娃中的六娃，到《哈利·波特》中的隐形斗篷，隐身，是科幻与动画作品中经常出现的一种特殊技能，也是无数孩童曾经幻想拥有的超能力。随着孩子们逐渐长大，他们已不再相信这种违背科学原理的超自然现象。但成长的经历，就是伴随烦恼的旅程。在琐碎的日常生活、繁重的工作压力之下，很多人还是希望能将自己暂时隐藏起来，在音乐、冥想、垂钓甚至睡眠中放空自己，享受难得的心灵宁静。这些行为就像披上了一件件隐身衣，它们随处可见，对于试图通过它们缓解压力的人来说，却又难能可贵。格非的中篇小说《隐身衣》便讲述了一个"隐身"的故事。

《隐身衣》原载于《收获》2012 年第 3 期，荣获鲁迅文学中篇小说奖、老舍文学奖，英文版获美国苏珊·桑塔格翻译奖。小说主要讲述了主人公崔师傅喜欢古典音乐，以制作和买卖音响设备为生。曾经他靠着卖音响设备买房、养家糊口，而今时过境迁，只能守着有限的客户，勉强维持生计。后来妻子玉芬也跟人跑了，崔师傅在离婚后只能暂时寄居在姐姐家，但姐姐和姐夫却变着花样想把他赶走。此时朋友蒋颂平给他介绍了一个新客户丁采臣，崔师傅决定把自己收藏多年的一对珍贵音响卖给他，希望由此摆脱困境。原本一切进展得很顺利，但崔师傅却迟迟没有收到尾款。无奈之下，崔师傅又去了一趟丁采臣家，一个毁容女子接待了他，并告诉他丁采臣自杀的消息。之后崔师傅与毁容女一直生活在一起，还有了女儿。几年后，崔师傅突然收到丁采臣之前答应支付的尾款，却始终没有他的任何消息。

关于隐身衣，小说中提到了两次：一次是崔师傅介绍自己的职业是专门制作胆机的手艺人，由于从事这一行业的人极少，且几乎老死不相往来，他们“躲在阴暗的角落里，过着一种自得其乐的隐身人生活”。一次是提到北京闻名遐迩的商人，也是古典音乐发烧友界教父级的人物牟其善，传言中“无论他在哪个场合出现，你都不可能看见他，因为他穿了一件隐身衣”。两处关于“隐身衣”的描写都充满了暗示性。对崔师傅而言，他所从事的职业非常小众，几乎与社会相隔绝，许多人意识不到他们的存在，才会像隐身人一样活着。但他和普通人一样在生活和工作中也面临着诸多不如意：姐姐以诉苦的形式逼迫他搬家，妻子又跟别人跑了，想找朋友借宿被拒绝，遇到的客户多是自以为是的知识分子或者不懂音乐的商人，面对这样的“烦恼人生”，音乐成了崔师傅抵挡困顿生活的最好方式，也是他的“隐身衣”，让他暂时忘记痛苦，从现实的窘境中跳脱出来，获得内心的安慰。对牟其善而言，“隐身”主要是身份的变化，他既是商人，也是古典音乐发烧友，因为对音乐的热爱，使他与普通人区别开来。

小说反映了人与人之间的冷漠。在利益面前，亲情和友情变得不堪一击。明知道崔师傅处境艰难，无处安身，姐姐崔梨花尽管有两套房子，仍是编各种借口要把他扫地出门。为了要回房子，姐姐甚至把崔师傅介绍给一个得了癌症、口齿不清，还带着孩子的中年妇女。朋友蒋颂平不顾当年崔师傅的仗义相助，断然拒绝崔师傅住在他的厂房。面对破碎不堪的生活，音乐为崔师傅披上了一件“隐身衣”，但这种隐身也只能是暂时的，音乐结束，还是要回到一地鸡毛的现实生活。崔师傅的隐身哲学有点像阿 Q 的精神胜利法，因为有音乐，他才能继续前行。

值得注意的是，作品中每一章的题目都跟音乐有关。KT88、《培尔·金特》、奶妈碟、莲 12、红色黎明等，有的是音响器材名，有的是乐曲名。可以说，音乐在《隐身衣》中占据着十分重要的位置，它代表了不同人的精神生活。

小说中始终萦绕着一股浓郁的怀旧情绪。时至今日，崔师傅仍怀念二十世纪九十年代，那是古典音乐的黄金时代，也是他个人的辉煌时代。从大环境看，那时大家都在谈论古典音乐，以听流行音乐为耻，而今却正好反过来，古典音乐变成了小众爱好。对于崔师傅个人而言，九十年代他赚了钱，买了房，生活简单而幸福。九十年代过去了，他的处境变得越发艰难，甚至连栖身之所都没有了。这是崔师傅的个人悲剧，也反映了他所从事行业的兴衰。

《隐身衣》中设置了诸多留白，使得故事的真相被悬置起来，引人深思。如崔师傅的姐姐和蒋颂平之间过去发生了什么、丁采臣是否活着、毁容女的真实身份是什么、丁采臣与毁容女之间是什么关系、毁容女脸上的伤是谁造成的等都成为谜，似乎小说中的每个人都有一段不愿提及的往事，这种留白可以说是对先锋小说技法的延续。虽然整个小说故事性强、较为完整，但一到关键处，故事的连续性就被中断，变得扑朔迷离。这些留白是作者有意为之，没有在文中给出明确答案，而是让读者自己去解谜。作者借毁容女之口道出：“你要知道，这个世界上的一切，原本就是不明不白的啊……想把一切都弄得清清楚楚、明明白白，你恐怕连一天都活不下去。”或许这就是对文中多处留白的一种“注解”。

刘 维

寻求灵魂的救赎

——读毕飞宇《欢迎来到人间》

应该是在十多年前，我看过一部叫《黑天鹅》的电影，片中娜塔莉·波特曼饰演一个狂热的芭蕾舞演员，为了获得自己想要的角色，她拼命练习，甚至想过杀死竞争对手，最终在虚幻和狂乱之中“长”出了黑色的羽毛，用自己的生命演绎出了完美的黑天鹅。整部影片惊悚怪异，特别是女主角疯魔异化，带着黑色妆容起舞之时，观感颇为恐怖。十多年后，读到毕飞宇的《欢迎来到人间》中男主角傅睿精神崩溃时也后背发痒，不由得回想起娜塔莉·波特曼在电影里一根一根拔掉自己身上黑色羽毛的场景，令人胆战心惊。

毕飞宇的长篇小说《欢迎来到人间》首次发表于《收获》2023年第3期，这也是作家继《推拿》后，时隔15年推出的长篇力作。小说的主人公傅睿是第一医院的外科医生，日常工作便是救治患有泌尿系统疾病的病人。由于接连出现7位患者死亡的情况，并且都是出自他之手，傅睿陷入对自我的深深怀疑之中。在旁人看来，傅睿家世显赫、相貌英俊、医术高超，无论是工作还是家庭都是被艳羡的对象，但这样一个近乎完美的男人却有着自己的烦恼。在田菲父亲得知女儿抢救失败后，他夺下护士手中的盘子扔向傅睿，结果砸中了小蔡。也因此，傅睿开始关注小蔡。当他偶然在一个高端饭局上看到小蔡与他患者的儿子胡海结婚时，傅睿认定小蔡是被胁迫的，而他作为医生，有必要营救小蔡，何况在田菲父亲医闹事件中小蔡曾帮助过他。可当他把小蔡约出来谈心后，傅睿震惊了，小蔡并没有被胡海强迫，在傅睿看来，好好的小蔡变成了一个堕落的、被侮辱与被损害的女人。这样的变化傅睿不能接受，他认为要想彻底拯救小蔡得从她更深层次的灵魂着手。借助培训班同学郭鼎荣的私家车，傅睿在足球场开启了所谓的灵魂拯救之旅，他试图通过加速行驶来拯救堕落的小蔡，这使得小蔡呕吐不止，傅睿却认为小蔡的灵魂被拯救了，并且这样的治疗没有任何副作用。可以说，傅睿对小蔡的拯救经历了从肉体到灵魂两个阶段，其救治手段是疯狂的，从结果来看，傅睿并没有从灵魂上拯救小蔡，而想要拯救他人的傅睿自己也是一个病人，他却浑然不知，活在自己的臆想里，把工作和家庭弄得一团糟，也没法自救。最终在臆想和狂笑中彻底疯掉。

傅睿虽然是一名医生，但“医者不能自医”，他的种种病态行为并没有引起家人、同事、同学、患者的察觉，他们反而将傅睿某些怪异行为合理化，甚至认为这是他作为一名优秀医生的体现，令人匪夷所思。作品中有几处细节让人印象深刻。当傅睿凌晨两点直奔患者老赵家中了解其身体状况时，老赵和妻子没有丝毫抱怨，热情接待了他，后来老赵还将傅睿半夜专程探病的事写成文章在网上和报纸上发表，引起傅睿领导的注意。而当其父母得知这事后，也只是担心他睡眠不好，并没有觉察到他的异样。包括后来电视台要采访傅睿，其父母在连续多天打电话未联系上傅睿的情况下，仍坚持接受采访，丝毫没有担心儿子的状况。还有傅睿在培训期间严重失眠，每天凌晨在宿舍走廊拖地，机缘巧合被培训班领导知道后，作为优秀事迹让学员学习。这些在常人看来怪异的行为，傅睿身边的人都没有觉察。因为他们更关心傅睿的外在，没人关注他的内心世界。这与电影《黑天鹅》在某种意义上异曲同工，家庭的压力、外在的身份、对自己职业和为人尊严近乎病态的偏执，让傅睿最终精神崩溃。

《欢迎来到人间》中有多处留白，读后让人意犹未尽，很多事情悬而未决，留下了诸多想象空间。作品的结尾是开放性的，并没有给出一个明确的结局。毕飞宇以往的作品，如《平原》《玉米》等，大多关注农村的权力关系以及权力对人的异化，到了《欢迎来到人间》中，毕飞宇的关注点由农村转向了城市，更加关注人的内心世界，文字也变得更加风趣幽默。权力对人的异化在《欢迎来到人间》中也有所体现，主要集中在傅睿的职场生活，但主角不再是权力，而是更加关注人的精神世界。《欢迎来到人间》中，毕飞宇用大量篇幅描写傅睿的内心世界，书中还特意用变体字来体现他的内心独白，反映了现代人的生存压力。

有趣的是，作品名为《欢迎来到人间》，却尽写人世间忙碌生活所带来的困惑、挣扎与寻求拯救的过程。责任、期待、尊严、执念……让“傅睿们”终生生活在自己的“角色”之中，难以寻找真正的自我，更难以救赎他人的灵魂。大多数人只有在生命终结之时，才有放下包袱的勇气和坦然。如同《水浒传》中鲁智深临终一颂：“平生不修善果，只爱杀人放火。忽地顿开金绳，这里扯断玉锁。咦！钱塘江上潮信来，今日方知我是我。”

引领时代浪潮的先声

——读徐迟报告文学《哥德巴赫猜想》

前些年，一位叫做韦东奕的数学研究员在网上“火”了。起因是他在接受采访时，在镜头前头发凌乱、笑容腼腆、左手两个馒头、右手一瓶矿泉水的形象引发了网友的广泛讨论。有人觉得这种形象的人，不像是有着聪明才智的研究员。而我却从他的身上，隐约看到了大数学家陈景润的影子。或许是受徐迟报告文学《哥德巴赫猜想》的影响，这种木讷寡言、不修边幅、思维逻辑与常人不同的人，在我的认知中他极有可能是个天才。如果不是看过陈景润的照片和报道，我心中的陈景润，就应该和韦东奕“韦神”长得差不多。

徐迟的报告文学《哥德巴赫猜想》最初发表于《人民文学》1978 年第 1 期，紧接着于 2 月被《人民日报》全文转载，在当时引起了巨大轰动。作品讲述了数学家陈景润在童年时的不幸遭遇、在学生时代投身数学研究的满腔热忱，以及在困难的环境和艰苦的条件下，潜心钻研“哥德巴赫猜想”的顽强意志，热情讴歌了他在攀登科学高峰中的苦战精神和他对世界数学界作出的卓越贡献。

能将抽象的、高深的数学主题写得如此生动形象、令人难忘，作者徐迟的笔力可见一斑，不仅成功还原了陈景润痴迷、醉心于数学的人物形象，同时也细腻地描写了陈景润的内心世界。在作品的第九节中，徐迟着重书写了陈景润在木讷寡言的外表下，对于祖国建设事业和数学的深沉热爱。在语言风格上，作者既有刻画人物时的细致深刻，也有拓展想象时的大气雄浑。在作品的第五节中，作者将数学研究比喻成攀登世界最高峰珠穆朗玛峰的艰辛历程："他只知攀登，在千仞深渊之上；他只管攀登，在无限风光之间。一张又一张的运算稿纸，像漫天大雪似的飞舞，铺满了大地。数字、符号、引理、公式、逻辑、推理，积在楼板上，有三尺深。忽然化为膝下群山，雪莲万千。他终于登上了攀登顶峰的必由之路，登上了（1+2）的台阶。"这段文字曾惊艳了高中时初读这部作品的我，以至于在 17 年后的今天，读来依旧动人心魄。

可以说，《哥德巴赫猜想》融文学性、新闻性和政论性于一体。真实的故事情节、鲜活的人物形象，由此引发出作者对主题、人物乃至对整个时代走向的评论，使得这部作品拥有了超越文字本身的价值。

一部作品是否能成为经典，不光要看作品本身的艺术价值，还要看它所处的历史环境。1978 年初，国家正处于拨乱反正、调整经济的重要阶段。上一年的年末，中央决定召开全国科学大会，动员和组织科学界的力量，投入"四个现代化"的建设。在这个时候发表的《哥德巴赫猜想》正逢其时，《光明日报》《人民日报》先后全文转载，各地的广播电台连续播放，让它成为一个新的解放思想浪潮的先声。徐迟后来回忆这段时光时曾说："应《人民文学》的召唤，写了一篇《哥德巴赫猜想》，这时我似乎已从长久以来的冬蛰中苏醒过来。"

在这篇作品发表后不久，1978 年 3 月 18 日，全国科学大会召开，陈景润和 6000 多名重新回到工作岗位的科学家一起来到人民大会堂，陈景润被请到台上作了发言，还作为科学家代表受到党中央领导的接见。随着改革开放的大幕徐徐拉开，中国也迎来了属于自己的腾飞的春天。

时至今日，《哥德巴赫猜想》仍影响着一代又一代的读者。时代和社会的改革浪潮奔涌向前，在新时代新征程上，我们依旧呼唤像《哥德巴赫猜想》这样高质量的报告文学，呼唤陈景润这样的典型人物形象。写下这篇文章的时候，恰逢国庆将至，也借由此文，向那些为祖国发展作出突出贡献的科学家、向那些引领时代浪潮的作品，致以由衷的敬意。

刘 维

时间、游戏和梦境

——读刘亮程《本巴》

刘亮程的长篇小说《本巴》是一部关于时间、游戏和梦境的作品。《本巴》原载于《十月》2020 年第 5 期，荣获第十一届茅盾文学奖。作品以蒙古族史诗《江格尔》为背景，讲述了本巴国的洪古尔、赫兰与拉玛国的哈日王三个儿童之间的博弈，他们通过“搬家家”“捉迷藏”“做梦梦”游戏来拯救自己的国家和人民。小说将史诗、童话等融为一体，构筑了一个如梦如幻的奇异世界。史诗中原本残酷的战争，在《本巴》里被有意隐去，更多呈现为历史与现实、真实与梦境的交错与融合。刘亮程在文中还大量运用隐喻、象征等手法，使得整部作品充满了哲理性和思想性。

刘亮程曾说：“所有文学作品都在解决时间问题，作家重新安置时间、创造时间，让时间流逝、停顿，靠时间把控故事速度，作家通过对时间的操纵来完成一部文学作品，时间成了完成小说的手段。”《本巴》便是这样一部有关时间的小说，它倾注了作者长久以来对于时间的深度思考，时间成了作品的真正主角。

从时间上看，作者关于时间的处理是非线性的，显得与众不同。小说中几乎没有明确的时间线，我们看到在本巴草原上，除了洪古尔和赫兰，其他人都活在了 25 岁，并且在这个年龄上停驻了很多年。原本策吉、江格尔、阿盖等人都是在不同时间出生，但却因为共同的约定成了所谓的“同龄人”，且每个人长到 25 岁的时间长度也不一致。谋士策吉那时已年过 30，为了遵守约定，重新回到 25 岁；阿盖直接从 12 岁的早晨被江格尔拉到 25 岁；摔跤手萨布尔先从 23 岁跑回童年，又用两天时间走完 20 年的路，来到了 25 岁。可以说，《本巴》中的时间跟现实中的时间是完全不同的，它可以根据人的主观想法而改变，或前进，或停止，或倒退。

从空间上看，小说设置了史诗世界和真实世界两重空间，又在其中穿插着梦中世界，亦真亦幻，让读者在阅读中难以分清真实与虚幻，这使得整部小说的空间更为复杂、多元、开阔。两重空间的人物名字几乎相同，不同之处在于，真实世界中的人物是史诗中人物的扮演者，还多了说唱史诗的齐。这里的齐是小说的叙述者，创造了本巴世界和史诗《江格尔》中的人物。但齐并非一人，而是所有说唱史诗的人的统称。作者借谋士策吉之口道出：“洪古尔、赫兰、哈日王、江格尔，还有我策吉，都曾降生为齐，在那个世界里一出生，便会说唱所有的江格尔诗章。我们既在人世说唱史诗，又在史诗中被说唱出来，同时活在两个世界里。”正是在世世代代的齐的说唱过程中，本巴的故事被不断继承和丰富。

值得注意的是，虽然战争的主题贯穿始终，但小说在描写本巴和拉玛两个部落之间的斗争时，并没有从正面书写双方在战场上对峙的宏大场面，而是通过儿童视角，以“搬家家”“捉迷藏”“做梦梦”三种游戏形式来一较高下。我们在小说中更多看到的是梦中杀人，是两个部落之间的智力较量，而非简单的武力比拼。双方在用人方面也让人出乎意料。事关本巴草原的存亡与尊严，江格尔汗并没有派本巴身强力壮的勇士出战，而是让长不大仍在吃奶的洪古尔一人替他们远征拉玛，后来洪古尔失去音讯后，又派刚刚出生还没吃人世一口奶水的洪古尔的弟弟赫兰前去营救。而拉玛草原上直接是让还未出生的哈日王亲自作战。这场战争成了三个儿童之间的较量，让人感到不可思议。作者借用儿童视角淡化战争的残酷与血腥，让读者从自己的视角去感受其中蕴含的深意。

儿歌也好，童话也罢，在质朴诗化的文字背后，也可能会有血腥的战争和残忍的杀戮，更何况是描述民族历史的史诗。时代更迭，世界变迁，历史上残酷的故事通过温和的形式流传至今，也不失为先人对后人所表达的一种善意。不过，当我偶尔看到黑暗童话故事，读到一些儿歌背后的都市传说时，还是会心头一凛，似乎翻过页角，就会触碰到能够将人吞噬的黑暗力量。

美食中的“文”与“道”

——读陆文夫《美食家》

吃，是我们日常生活中无法绕过的话题。很多时候，吃这个看似满足人体日常需求的自然行为，承载了更多社会属性。亲戚朋友的聚会，要下馆子吃；社会关系的应酬，要连喝带吃；恋人约会，要吃出品位吃出情调；旅游观光，要吃出特色吃出回味……在这些时候，重要的是气氛、是环境、是拍出来照片的质量、是能不能达到主人或者客人的目的，而吃什么、怎么吃反倒不重要了。要想回归本源、纯粹地去享受美食，往往需要安静的氛围、饥饿的感觉，或者一颗尝遍天下美食却又永志不改的“好吃”之心。

或许有人会问，这种人真的存在吗？虽然我未曾亲见，但天下之大无奇不有，起码文学作品中就有这样的人存在。

陆文夫的中篇小说《美食家》1983 年发表于《收获》第 1 期，荣获 1983—1984 年全国优秀中篇小说奖；2018 年 9 月，又入选中国改革开放四十周年最有影响力小说。小说通过“我”的视角，讲述了朱自冶这个嗜吃如命的老饕从旧社会的资本家变成新社会的美食家的故事。朱自冶原本是个收房租的富人，平生没有其他喜好，也没有成家，唯一的兴趣爱好就是吃，而且精通各种饮食理论。“我”因为贫穷寄住在他家，不得已为他跑腿买各种美食。新中国成立后，朱自冶因为没做过坏事，依然过着优哉游哉的生活，靠寻求美食度日。而已经成为革命干部的“我”，为了让他自食其力，先是让朱自冶的车夫阿二不再为他拉车，又将一家名菜馆改造成了大饭铺，并推而广之，让朱自冶无处享受美食。为了吃上一口好菜，朱自冶不惜与旧社会政客的姨太太孔碧霞结婚。三年困难时期，朱自冶饿得皮包骨，和“我”一起去码头偷拉大南瓜，在这时候也不忘幻想一道叫南瓜盅的名菜。历经波折和磨难后，“我”和朱自冶再度重逢。“我”将曾经的大饭铺又改回了名菜馆，也致力于宣传苏州的美食。在成立烹饪学会的宴会上，“我”见证了朱自冶被人称为“朱老”并捧上了美食家的位子，回归到他人生原有的轨道上。

《美食家》可以说是二十世纪八十年代的经典之作，带有那个时代的鲜明特点，不再追求宏大叙事，而将关注点放在民间的路边街头，书写普通人在社会浪潮中的故事，与冯骥才的《俗世奇人》系列、邓友梅的《那五》《烟壶》等异曲同工，通过略显“奇特”的主人公，串联起当地的地域民俗、风土人情、饮食习惯等文化元素。朱自冶便是如此，他的吃以及为了吃的各种行为如同一扇窗，让我们看到了苏州的美食、评弹、大街小巷、澡堂文化等市井烟火气。

主人公朱自冶凭借他的毕生追求——吃，成为当代文学史上的经典形象。这一形象也因为陆文夫的细致描写而变得鲜明而立体。他不同于其他非黑即白的人物，具有多元复杂的特征。他的一生就是离他的人生终极目标——美食，忽远忽近的一生。旧社会时他靠收取房租为生，遍尝苏州美食；三年困难时期只能回忆自己看过的美食书、幻想南瓜盅聊以度日；改革开放后，他又摇身一变，成了烹饪协会的美食家，实现了自己与美食为伴的理想。他虽然曾是资本家，但从不欺压他人，始终保持着平和甚至有些懦弱的状态，不过面对“我”要将名菜馆改造，让他没有美食可寻的时候，他也会鼓起勇气和“我”辩论，为他的美食据理力争。可以说，他的生活、情绪、习惯等，都是围绕美食而变化的。“美食家”的名号，朱自冶确实受之无愧。

在《美食家》中，吃不仅仅是一种满足人体需要的自然行为，还包含了社会、文化属性，由此引发出饮食对社会、历史意义的讨论。朱自冶爱吃、会吃，但他并不自食其力，过去是依靠房产，后来是依靠老婆孔碧霞才能满足对美食的追求。“我”从小厌烦朱自冶的大吃大喝，作为餐馆经理时针对他所做的决策却无形中破坏了苏州的美食文化，以致干部群众也向“我”表达了不满。其中固然有一定的时代局限性，更多的是作家在探讨美食作为一个地区特色、一种文化传承的意义。追求以美食为代表的更高水平生活是人之常情，但我们既不能做朱自冶这样的“寄生虫”，也不能犯“我”这样的“幼稚病”，用健康的生活方式去追求高境界的文化形态，才是理想的人生态度。陆文夫用这两个看似对立实则又统一的人物形象，为读者讲述了在饮食和人生上的中庸之道。

如果有机会出门旅行，相信大多数人都愿意去品尝当地的美食。广式的叉烧、北京的烤鸭、西安的肉夹馍、上海的油爆虾……不过看了《美食家》之后，或许我也应该去尝尝松鼠鳜鱼、酒酿圆子、响油鳝丝、蜜汁火方了，毕竟美食与美景，都是人生的重要追求嘛。

赵禹佟

ZHAO YUTONG

辽宁沈阳人，毕业于辽宁大学文艺学专业。曾任军校教员、党史编辑工作人员、政务中心工作人员，现供职于辽宁省作家协会创作联络部。

草木情深

——读老藤《草木志》

《草木志》是老藤创作的一部长篇小说，小说以小兴安岭东麓的沿江镇墟里村——一个由古驿站演变而来的村庄作为故事背景，呈现了一位驻村干部“我”和一位有着乡村智慧的村领导“哨花吹”共同面对墟里村错综复杂的现实状况，化解矛盾、解决历史遗留问题、凝聚人心、带领墟里村振兴发展的故事。

作为书写新时代山乡巨变的作品，《草木志》写出了新意，它最大的特点就是以植物来喻人。其实以植物喻人的传统由来已久，上溯到《诗经》《楚辞》的时代，我们的文学就有这样的传统，可以说以植物喻人是中国传统文化中的一种独特的审美观，《草木志》极大地继承并弘扬了这一历史悠久的审美观和文学传统。小说的每一章都以植物来命名，将每种植物与一个脾气秉性相近的人相对应。这样大量地将植物与人物性格特点紧密且自然地联系在一起的写法，辨识度是非常高的，我们可以从多个方面感受到作者的巧思妙想。

对于人物塑造来说，以植物喻人可以实现快速、准确地给人物画像。人物是小说的核心，常规的人物描写方法诸如外貌、动作、语言、心理、神态等多是从人物的外部下笔，通过描写再不断地深入人物的性格内核；而以植物喻人正好相反，它是通过植物与人物的共性建立起两者的精神关联，从而快速地直抵人物性格内核，展示人物形象的深层次意义和内涵，然后再由内向外慢慢展开对人物性格的具体刻画。比如村里的会计石小东，作者在第五章开篇即介绍拉拉秧是一种茎、枝、叶柄都长着倒刺的植物，是“绊腿的障碍”，随即点出“拉拉秧是我对会计石小东的印象”，并解释石小东之所以与拉拉秧对应是因为他“是个有主意的人，村里研究什么事，如果他这棵拉拉秧一横，肯定无法通过。不是他故意捣乱，毕竟他经历得多，有许多过去的经验教训值得吸取”。接着通过石小东对于石锁上访一事的机智处理，突出了他看问题切中要害，能在关键时刻起到“绊腿”作用的性格特点。作品中有名有姓的人物有二三十个，几乎每个人物都以这样的方式出场，一出场就立了起来、活了起来，构成了墟里村的人物群像。这样的写法也勾起了读者的阅读兴趣，让读者忍不住好奇人物和植物究竟有何种关联。

从环境和情节的角度来看，以植物喻人既是在塑造自然环境，也是在推动情节发展。诚然，人物才是小说的主角，但作者并没有让植物完全沦为工具配角、沦为人物的附庸，植物本身也是在塑造作品的自然环境。比如小说里用于命名章节的植物如都柿、大花杓兰、狼毒草、达子香等均出自都柿滩，对这些植物的描写坐实了都柿滩“植物王国”之名。植物也在墟里的乡村振兴之路上扮演了事关生态、事关文旅开发等的重要角色，推动了情节的发展。比如在驿路开发时种满扫帚梅，又如作为驿路开发重要景观而免于被砍伐做筷子的白桦林。这既勾勒了山乡美好的自然风光，也体现了山乡巨变过程中对人与自然和谐共生的生态观的坚守；同时这种充满知识性的植物百科全书也让主人公“我”热爱植物的这一性格特点坐得更实了，人物更立得住了。

从地方文化和乡土记忆的角度来看，富有地域特色的植物为作品增加了强烈的东北属性。作者选取的都是东北大地的植物，作为东北人，当我看到拉拉秧、杨铁叶子、扫帚梅、臭李子这些名字的时候，感觉十分亲切；当读到植物与人物的精神关联时，更有种“原来这个植物还有这个特点”的惊喜感。这些亲切的带给人惊喜感的植物和书中充满东北特色的语言，比如那些歇后语，它们作为文学的地域标识，共同构成了属于东北的感觉结构，让处于同一片土地的人们能够通过这种地域标识，迅速拉近与作品的距离，增加对作品的兴趣。对于不熟悉这些植物的人来说，这种强烈的地域属性也不会成为阅读障碍，作者生动鲜活的语言和对植物进行的知识性的描写足以让人读得酣畅，让作品走向更广阔的天地。

动物园游览指南

——读花蚀《逛动物园是件正经事》

《逛动物园是件正经事》是一本书名很有意思的书。我通过对朋友的调查发现，大多数人逛动物园只是为了不那么正经的目的——玩。北京动物园研究员张恩权在本书的推荐序中也说：“不正经的动物园太多了，有些动物园甚至觉得自己本来就应该是个娱乐场所。”诚然，娱乐是动物园的重要功能，特别是在当下快节奏的生活中，动物园像是一个可以短暂逃离工作、逃离烦恼的避难所；但娱乐不应是动物园的全部功能，动物园也不仅只是有动物的公园或是游乐场。在作者花蚀看来，动物园是一个有原罪的地方，它剥夺了动物的自由；但从人类的角度来看，动物园又是一个必不可少的地方。现代动物园有三大目标，也可以理解为三大功能：第一，保护珍稀动物，留下它们的血脉，通过人工繁殖增加它们的数量；第二，增进我们对动物的认识，尤其是对行为学的认识；第三，为公众提供自然教育。作者认为：“一个动物园，如果做不到这三点，是不配称为现代动物园，也无法面对自身原罪的。”用上海动物园园长裴恩乐的话说：“动物园是宝贵的动物博物馆，展示的虽是动物，但传递的却是生命史、进化史，是自然的美与和谐。这样，逛动物园就是一件非常正经的事。”

正经的动物园是什么样的呢？作者教给我们一个指标，即能不能看到动物的自然行为。所谓自然行为，指的是野生动物在自然环境中天然展示出来的行为。只有把动物养好了，动物才会觉得它们生存在自己该生存的地方，才会展示出自然行为。可能我们在此前的游览中从未关注过动物园里的动物有没有自然行为，但我们大概都见过动物的不自然行为。作者列举了两种，比如熊向人类作揖乞食的行为，在自然中，野生动物碰到人类的概率其实很低，也不太会与人类产生互动，这种常出现在马戏表演中的乞食行为就不是自然行为；再比如动物单调、重复的行为，像豹子来回踱步，大象频繁甩头，很多时候游客会误以为这是动物活跃的表现，但事实恰恰相反，这是动物无事可做，太无聊了、被憋坏了导致的刻板行为。

动物园要怎样做才能促使动物展示出自然行为呢？作者认为良好的场馆设计和充足的丰容措施很重要。良好的场馆设计比较好理解，动物园的设计应当更多地以动物为本，模拟动物的自然栖息地，提供适宜的生活空间和环境。比如依托山地地形、原生植被和池塘把虎展区建在山坡上。丰容则关乎动物福利，动物福利越好，越可能展示出自然行为。丰容是基于动物行为及其自然习性改善圈养动物生活环境和条件的动态过程，通俗来说就是用一切方法来丰富动物的生活环境和生活情趣，满足动物的生理与心理需求，让动物生活得更舒服，减轻无聊和压力，促进动物表现出自然行为。比如给熊猫的笼舍引活水、装爬架，给豹的笼舍栽种矮树供豹遮蔽。此外，动物园还应当重视展示和保护本土动物，一方面由于环境相宜，本土动物容易养得好；另一方面，本土动物能够提高公众对本土生物多样性的认识和保护意识。

了解了以上这些，如何逛动物园的答案已经不言而喻了，那就是观察。在网络如此发达的今天，想知道一种动物长什么样子已经非常方便了，网络上的高清大图和各类的纪录片足以满足我们对动物长相的好奇。动物园的优势在于提供了一个窗口，我们可以调动视觉、听觉，甚至是嗅觉去观察动物在干什么、怎么干、为什么要这么干，去感受每一种动物的独特之处。即便我们不具备动物学的知识，也可以通过观察去了解自己喜欢的动物，感受自然的美好。

本书很有趣的一点是用了相当的篇幅介绍了全国几十家动物园，图文并茂地讲解了各家动物园的亮点，展现了动物园的行业水平，也教给读者逛动物园的方法。所以逛动物园前，不妨翻开本书，找到要逛的动物园对应的部分，快速了解重点，然后再实地观察，相信会获得不一样的游览体验。

成长绝非易事

——读苏珊·奈曼《为什么长大？》

美国哲学家苏珊·奈曼（Susan Neiman）的《为什么长大？》（*Why Grow Up？*）是一本关于成长的小书。书名听起来像心灵鸡汤，但一旦翻开它，你就会发现它探讨的正是我们小时候想过却从未正视过的问题——“为什么要长大”以及“如何长大”。全书文字量不大，仅 11 万字，但内容扎实厚重，给人以回答和启发，值得反复阅读。本文就此书的导言谈谈感想。

导言开篇，作者引出了一个话题，人对于成长感到焦虑这件事情，是具有超越时空的普遍性的。也就是说，“不想长大”是人类的共性。

为什么不想长大呢？大多数人的看法是，成年就意味着放弃自己的希望和梦想，接受既定现实的限制，屈从于生活。借助德国哲学家康德的观点，我们可以这样理解，在幼年时期，人对于世界是绝对信任的；而进入青春期之后，人意识到了理想（应然）和现实（实然）之间存在着巨大的差距，那种对世界的绝对信任慢慢变成了怀疑乃至是绝对的不信任。相信每个经历过青春期或者是正在经历青春期的人对于这种转变都深有同感。

在康德看来，仅仅意识到理想和现实的差距并不意味着已经成熟。

什么是成熟呢？康德给成熟下了个定义，“理性将自己从自我招致的不成熟状态中解放出来”。“自我招致的”说白了就是“自找的”，全句翻译成白话就是，成熟就是人自己主动选择成熟，而不是选择不成熟。这话乍听起来令人摸不着头脑，但仔细想想，你就会发现康德的良苦用心。“如果有一本书照顾我的理解力，一位牧师照顾我的良心，一位医生规定我的饮食，我丝毫不用自己费劲。只要我能付钱，我就不需要思考，别人会帮我打理一切事物。”没错，康德就是这么直白——懒惰和畏惧都是我们的本能。所以当理想和现实之间的鸿沟摆在眼前，逃避才是最舒服的解决方式。懒得去思考，害怕承担决定带来的负面结果，那么索性就逃避做决定，这就是自己主动选择不成熟。逃避既不可耻，又十分有用。怎么活都是一生，要是可以一直逃避下去，也没什么不可以的。但遗憾的是，大部分人最终都不得不直面成长。听过这样一句话，成长就是你的主观世界和客观世界之间有道沟，你掉进去了叫挫折，爬出来了就叫成长。一辈子不掉进沟里大约不是普通人可以奢求的，大部分人都会在某一天一脚踩空跌进沟里，灰头土脸地躺在沟底一边仰望星空，一边想着“我怎么能爬上去”和“我什么时候能爬上去”。爬上去的路是艰难的，成长从来就不是件容易的事。

作者告诉我们，“成长更多地关乎勇气而非知识”。我们需要有勇气去相信并运用自己的判断力。判断力是将普遍规律和范畴用于个别事物的能力，是我们分析和决断的能力。判断力可以后天习得，我们可以通过观察他人怎样运用判断力而为自己积累经验。但如何运用判断力则无法被习得。什么时候该做什么样的决断，这是件太个性化的事情，并不存在百分百的感同身受，但成长恰恰就是这样一件个性化的事情。所以我们需要有勇气去学会相信自己的判断力，而不是依赖他者。

此外，更重要的是我们需要有勇气去面对理想和现实之间的鸿沟——两者都不放弃。在这个问题上，我们常常被非此即彼的二元对立思维所裹挟。我们的歌里唱着“梦想总是遥不可及，是不是应该放弃”，我们的文学作品书写着“成年后我活成了自己曾经讨厌的样子”，似乎面对理想和现实，我们必须二者择其一。然而在作者看来，彻底放弃理想与彻底脱离现实两种立场其实都没有那么勇敢，有时这种决然更多的是自我安慰与自我感动。

真正的勇敢是什么呢？是调和理想和现实，“懂得理想和经验对我们有同等的要求，则需要更大的勇气。成长意味着尊重并尽自己最大的努力达到这些要求。尽管知道自己永远不可能完全成功，但不会屈从于教条，也不会绝望。只要你活的时间足够长，教条与绝望总会诱惑你。尽自己最大的努力使周遭的世界更贴近应然，但也不忽视它的真实面目，这是成年人应该做的事”。

什么样的经历对成长至关重要呢？作者给出的答案是旅行。这个答案可能会令人感到意外，但并不难理解。调和理想和现实，也就是调和自我与世界。因此理解世界变得至关重要。英国文化学者雷蒙德·威廉斯说过，“人类的一切危机都是理解危机”，而理解危机源于视角差异。旅行可以帮助我们获得多重视角下的经验，但前提是真正的旅行——融入当地，深入接触当地的文化，而不是拍照打卡式的旅行。旅游观光车上的文化早已日趋同质化，城市早晚高峰的公交车上或许还保有几许人情。

获得多重视角下的经验会提高人们对共性和差异的包容性；更重要的是，透过这种共性和差异，我们会发现不同的社会都在潜移默化地塑造着人们的观念。我们对于实然和应然的理解是如何被塑造的呢？这就是作者在正文部分即将讨论的主题。

成长是一场不会终结的革命，它绝非易事，更关乎勇气。“成长本身就是一大理想——一个很难完全实现但绝对值得为之奋斗的理想”，这就是苏珊·奈曼带给我们的勇气。

李 哲

LI ZHE

1990 年出生于抚顺，2013 年毕业于东北财经大学，从事审计工作五年，现任职于辽宁省作家协会。虽然专业与从事的工作都与数字有关，但不影响对文学和文字的喜爱，尤其在工作环境的熏陶下，更是有尝试动笔写作的想法。

在孤独中找寻

——读刘震云《一句顶一万句》

不知道大家有没有过这样的生活体验，说了很多话却说不到点子上，或者不小心说了不该说的话，或者被评价为所谓的不会说话。什么叫一句顶一万句，我的理解就是你说了一万句好话拉近两个人的距离，可能就因为那么一句话而分崩离析。有时候关系再好，但是一句话，也就可能把人得罪了；而别人的一句话，也有可能改变你的人生方向。关键时候关键人物的关键的话，就是一句顶一万句。

初读《一句顶一万句》觉得好难懂，感觉作者一会儿一个职业一会儿一个人，不知所云。但同时又想，精品就是精品，必然有其与众不同的深刻含义，因此耐着性子读下来。随着故事的不断深入，似乎逐渐触摸到了文章的核心——一句顶一万句，说话有着重要意义，文中好多处有所体现，比如“短处说到明处，一辈子没有把柄在谁手里”。秦家庄老秦的小女儿秦曼卿，很早就与丰茂源粮栈的少东家李金龙定了亲。可就在完婚前夕，这个大小姐却遭遇退婚。原来，李金龙从别人口中得知，秦曼卿少了一只耳朵，便觉得此女模样可憎，无法同床共枕。但实际上，秦曼卿的左耳朵只是缺了一个小耳垂。这是她小时候睡觉时，被老鼠咬的。看着老秦一筹莫展的样子，女儿秦曼卿却表现得很大度。她不仅爽快地答应退婚，还劝父亲想开点。秦曼卿说："下次再相亲，要把短处说到明处，一辈子没有把柄在谁手里。"是啊，短处既然存在，不妨自揭短处，变被动为主动。这是一种能力，更是在人际交往中最有用的语言。

小说讲述了农民杨百顺和外孙牛爱国内心深处的孤独。这祖孙二人，为了寻找和自己说得着的人，为了说出一句说得着的话，选择了背井离乡，浪迹天涯。整部小说分为两大部分：《出延津记》和《回延津记》。杨百顺，是故事的中心人物。杨百顺想上学却被父亲用假抓阄的把戏给阴了，他在短短的几年时间里干过许多活计，开始跟他爹在家做豆腐，豆腐做了一个月，就跟老杨闹翻了，后离家出走，剃头、杀猪、种菜、挑水、扛活、蒸馍样样干过。杨百顺被动而又随意地改写着人生，没有什么必须坚守的东西，可以因现实的利益而改变信仰。杨百顺与剃头的老裴互为朋友；与杀猪的老曾互为师徒；与外国人老詹也互为师徒……他与太多太多人有关系，而他的一生，似乎也在为了一个"说得顺心"而徒劳奔波。

小说中人物很多，有卖醋的、卖豆腐的、打更的、打铁的、剃头的、教书的、杀猪的、染布的、算命的、喊丧的、劈竹的、弹棉花的、赶大车的、打银器的、烧锅炉的，等等。一些次要人物以不多的笔墨稍作点染，就能够使人物顿时活灵活现起来，留给读者十分深刻的印象。他们中大多数人没有全名，仅仅是一个"老"字加一个姓。比如卖豆腐的老杨、剃头的老裴、打铁的老李……老詹、吴香香、老高、庞丽娜、曹青娥等，也都给读者留下了难忘的印象。其中令我印象最深的是章楚红，虽然用的笔墨很少，出现在作者笔下的无非是她与牛爱国相爱，以及通过他人之口转述的她跟丈夫李昆之间毅然决然分手的过程，但一个热情似火、敢爱敢恨、处事干脆利落的青年女性形象却已经跃然纸上了。这些人物形象的成功塑造，所体现出的，一方面是刘震云对于乡村中复杂微妙人性世界的精到把握，另一方面则是作者具备的一种深厚的艺术功力。

表面上看主要是在讲杨百顺和牛爱国两个人的历史，但只要对之细细咀嚼与回味，便会明白实际上是在讲“孤独”的历史。“孤独”世代相传，祖辈的故事在后辈的身上重演，祖辈的“孤独”也在后辈的身上延续。

李 哲

是荒诞也是现实

——读弗兰兹·卡夫卡《变形记》

“创作来源于生活。”我觉得《变形记》这篇小说非常能体现这句话。主人公格里高尔是在一个物质极其丰裕、人情却十分淡薄的时代里，一个底层小人物的代表。小说以主人公变为甲虫这一荒诞故事反映了当时人们的唯利是图，对金钱顶礼膜拜、对亲情不屑一顾，最终被社会挤压“变形”，反映了资本主义制度下真实的社会生活。我理解的“变形”有两层意思，一个是主人公由人变为虫的身体变形，细节之处就是最开始在吃的上面发生变化，放弃正常人的食物，选择坏了的奶酪；一个是家庭成员对主人公的态度变形，尤其他最爱的妹妹，由最初的关心哥哥，到最后甚至说出“我们必须设法摆脱这东西。我们照料他，容忍他，我们仁至义尽了嘛”的话语。

整部小说没有指明具体的时间、地点和背景，所有故事都发生在一个房间里，人物也只有几个，但是这并不影响小说的精彩，作者通过这部小说诉说自己内心的生活理想，蕴含了丰富而深刻的内容。小说集中展现了格里高尔在感情冷漠、亲情沦丧的家庭中的遭遇，而这种生活境遇正是卡夫卡自己的亲身经历，给他带来了一系列真实的情感体验。

卡夫卡的名声和他的产量是不匹配的，他生前默默无闻，默默奋斗，随着时间的流逝，他的价值才逐渐为人们所认识，作品引起了世界的震动，并在世界范围内形成一股“卡夫卡”热，经久不衰。

在捷克首都布拉格的一个繁忙购物中心，矗立着一座由捷克雕塑家大卫·切尔尼设计的超现实主义作家弗兰兹·卡夫卡肖像。肖像落成于2014年，由42层独立驱动的不锈钢板叠加而成，重量高达45吨。以纠结扭曲、形态不断变换的卡夫卡头像，表现其不断纠结反思、自我怀疑的一生。

读的过程中多次感受到家人的冷漠无情，尤其是父亲，父子之间好似无法正常沟通。比如小说中第52页第一部分最后“父亲从后面使劲推了他一把……他当即便血流如注，远远地跌进了他的房间，房门还在手杖的一击下砰地关上了”；还有第68页那一段描写父亲用苹果轰炸他的一系列行为，甚至苹果落在甲壳上都没有人帮他取走。读完，一种悲哀油然而生，父亲对家里每个人都有影响，所有家庭成员对格里高尔的冷漠，都是从父亲那儿传承下来的。卡夫卡一辈子都活在父亲的阴影下，对父亲既依赖又害怕，所以他无法过正常的生活。父亲从未给过儿子半句夸赞，令人失望却又很沉重，卡夫卡在父亲面前同样有着强烈的自卑感和敬畏感。这些都在小说中表现得淋漓尽致。

虽然说是变形记，但是其中也有不变的点，就是格里高尔的精神世界。他的责任感、对家人的尊敬，特别是对妹妹的爱，自始至终都是坚毅不变的。在小说中，格里高尔在变形之后，首先的反应不是担心自己的健康状况，而是担心公司会不会因此而解雇他，这种为家庭考虑的想法与他父母的行为形成了强烈的对比。

书中的“变形”不过是一种想象，结合生活实际，我们不会变成甲虫，但有可能成为病人。一旦丧失了一些生活能力，我们的家人是否会像对待甲虫一样对待我们？我们又会陷入什么样的境地？在时间和利益面前，人性往往是很脆弱的。当然这种说法有些悲观，这里只是就此小说想到的一种可能性。

每个人读这个故事都会有不同的感想、不同的内心起伏和情绪上的跌宕。在小时候看，可能会觉得，哇，好有意思的一只大甲虫，长大后再读就会有很心酸的感觉。卡夫卡创作的文学作品的主题，不同的读者从不同的角度，会有不同的感受和理解。有人认为《变形记》的主题是：表现人对自己命运的无能为力，人逐渐失去自我。也有人认为，格里高尔变成甲虫，最后死亡，其他家人开启新生活——现实是无情的。卡夫卡作品的魅力就在于对主题的不同理解。

邸　颖

DI YING

辽宁桓仁人，东北大学计算机专业硕士研究生，现就职于辽宁省林业和草原局。担任国内外多部杂志的责任编辑，出版诗集《枫叶心语》，文章多刊发于国家级杂志。曾获得辽宁省最佳读书人称号，入围全国第二届『夏青杯』朗诵大赛决赛，个人公众号发布的沈阳老建筑广受关注。喜欢在文学与艺术之中抒写美丽人生。

邱 颖

经典来自哪里

——读格非《隐身衣》

经典来自哪里？这是我在阅读《隐身衣》时思考的问题。为何一本7万多字的中篇小说能获得鲁迅文学奖、茅盾文学奖，我想还是因为浓缩的更是精华。

作者格非是清华大学的中文系教授，书中文笔简练，思路清晰。

当看到这本袖珍的小书，我立刻有了阅读它的自信。而真的读进去时，我又联想起一部著名的获奖小说《不能承受的生命之轻》。从文学作品产生的影响力看，都是不可估量的。

作者大胆写出在生活中遇到的婚姻家庭矛盾，在字里行间，有理性的思考，又是重拿轻放，让读者看起来是生活中很大的问题，在作者的小说中却又如此轻松。很多人在遇到困难时就萎靡不振，而主人公在婚姻发生变故，在妻子玉芬背叛家庭后，却如此宽容对方，选择和平地分手，又给前妻经济和生活的保障，这是一个男人少有的气度。在对待与姐姐、姐夫之间的亲情、感情时，也敢于揭露人性的真实。利己者与利他者，只是站的角度不同，他没有憎恨任何人。

在对待友情时，他的好兄弟蒋颂平以“聪明”的才智得到自己想得到的，他也从来没有怪罪过，依旧遵从自己的做人标准——吃亏是福。在与用户之间商品与劳动的交易之中，他尊重技术，尊重客户，以做好专业工作、做好事情为先。

很喜欢主人公对待专业的执着钻研精神，运用新材料、新技术，研究替代产品，这恰好符合科研人员的精神。他有钟爱他、信任他的老客户，也能创造出令音乐发烧友痴迷的高品质的音箱。你说人们在追求什么？追求一种内心的执念，在追求的道路上也更有乐趣。

整本小说离不开音乐、音响的元素。这是我很好奇的地方，会联想到自己曾经对音响的痴迷程度。记得《遥远的救世主》中写到“格律诗”音响，我 2007 年前后在网上各种寻找，就想买到这个牌子的音响。搜了很久，找了很久，后来才知道这个牌子市面是没有的。人生就是为了你所追求的事物不停努力。回到小说里，在最后一章中，主人公因为爱情，为了心爱人喜欢的音响，努力获取，这种获取就不惜金钱、等待，为了这份执着而奋不顾身。

“隐身衣”这三个字在文章中出现的次数不多。为何起这个书名？我在小说中看到一段话：“不论是人还是事情，最好的东西往往只有表面薄薄的一层，这是我们的安身立命之所。任何东西都有它的底子，但你最好不要去碰它。”所以，我们处理好人与人的边界效应，一切就很容易和谐了。

这部小说给我带来的共鸣很多，比如理工科人的研究，手艺人的世界，爱情的自私，那些悦耳的声音，等等，以及沈阳与北京在某种方面的相似之处，皆有一种在写身边的人与事情的亲切之感。

看看作者如何评价主人公：“主人公联结了泛泛的日常和纯然的艺术，让他得以生活在全然的自足中，最终成为拥有命运的人。”“生命本真，是摒弃虚假与伪装，拥抱真实自我的勇气与觉醒，是对生命的敬畏与尊重，也是与自然和谐共处的智慧。”

“让他得以生活在全然的自足中”，这句话耐人寻味，人生往往是在不知足中前进的，我最佩服主人公的就是他有一个平和的心态，在不公平之中，他是很安宁的，没有丝毫的抱怨，即使内心有一点点气愤，但他会接受一切已经发生的。这种心态怎么做到的？这是不是文学经典给人带来的反思呢？经典来自哪里？来自生活，更是指引我们应该如何对待生活……

放空，是一种新生

——读曼诺诗·左莫若迪《放空：无聊为什么能解锁创意与效率》

“我喜欢无聊的事儿。”——安迪·沃霍尔。

“无聊”，看似很消极的词语，却是工业革命的产物。科技迅猛发展，机器代替了人进行重复劳动，于是人有了更多的时间用于消遣和娱乐。

人们已经无法摆脱对手机的依赖，现代社会，离开手机几乎寸步难行。有实验测试过，一个人平均一天看手机 74 次，有的甚至拿放手机达到 200 次。各种工作、生活、社交、出行、支付等 APP 冲击着人们的生活，美国硅谷的软件工程师们通过研究多巴胺对大脑刺激带来的快感而设计出各种 APP，这里不单是游戏软件，更有工作软件、设计软件等，这些 APP 可以使得人们对其产生强烈的依赖性，并具有不断深入挖掘的潜力，以致人们即便工作都需要如机器一样，不能停息，必须进入深度工作状态，否则内心就特别空虚。这就是让人上瘾的 APP。

大数据已经深入每个人的出行和生活，人成为一个透明体，摆脱不了软件机器的控制，数字、算法，让人们游离在一种状态里。手机早已经不只是通话的工具，它更是一个现代化的生活用具。从自拍墙到手机控到拍照控；从鼠标手到手机手；从低头族到花眼人。人们在所谓的手机“毒品”中尽情沉醉，飘飘欲仙。

研究者做过实验，让人们去游玩，回来发现，人们用手机拍摄了上百张照片，问其感受，竟然全依靠照片来回忆，对现实场景的体验远不如回忆当时拍的照片来得直接。包括人的记忆也已通过手机进行“存储”，这样使得大脑的记忆功能减退。而碎片化的阅读，使得大脑的神经元连接也趋于间断性和短时间节奏性的转换。

出于好奇心，人类挖掘未知的领域，促进科技的发展，走向未来的世界。人与人的交流逐渐虚拟化，即便一个餐桌上就餐，还是更关注手机里的世界。

我们总倾向于去做自己喜欢的事情，正因为如此，我们极有可能停滞不前。对未知领域、不喜欢或者恐惧的东西的探索，正是我们突破自己的契机。

《放空》的作者是美国的曼诺诗·左莫若迪女士。这本书写出了现实状态下，人们对电子产品的依赖性，最后倡导大家放下手机，放空自我，通过自我约束、自我设限，让更多的时间回归现实。现实的体验，会感觉更真实。这仿佛又把前进的方向向回转，是否有必要走回头路，这是一个值得思考的问题。

放空，并非大脑的停滞，而是思绪的自由飘荡。它让我们从日常的烦琐与压力中解脱出来，这种看似漫无目的的状态，实则是在为潜意识的运作提供空间，让隐藏在内心深处的智慧得以浮出水面。无聊，也并非毫无意义地消磨时光，而是一种主动的自我沉淀。在无聊的时刻，我们有机会审视内心的渴望与真正的需求，重新校准人生的方向。

任何事物都需要有个“度”，如何把握这个度很重要，但手机的发展趋势是无法限制的，只能是每个人学会如何去利用好时间，在现实与虚拟中自由转换，关键要看我们的内心需要什么，人活着的意义在于什么。给自己一个时间与空间，让生活慢下来，好好思考，用心去感受这些看似平凡的时光所蕴含的无限可能。

放空自我，是一种回归，更是一种新生！

王在军

WANG ZAIJUN

辽宁省作家协会会员，中国散文学会会员，辽宁省散文学会理事，沈阳市于洪区作协副主席。作品散见于《沈阳日报》《沈阳晚报》《鸭绿江》《辽河》《党史纵横》。作品体裁主要有小说、诗歌、散文。多次在省、市征文大赛中获奖。

强者的赞歌

——读王蒙《霞满天》

读王蒙的作品总是让人有深刻的顿悟和感慨。

这部小说首先是故事性强。小说为大家讲述了一个令人敬佩的女强人的故事。蔡霞作为一名资深教授，在专业领域具有崇高的学术威望。作为一名女性，她又是一位典雅高贵的女神。王蒙在描写蔡霞出场的时候，充分发挥了小说的夸张手法。“以蔡老师的身材、风度、举止、穿着和笑容，更不用说她的知识学问经历名气，来到‘霞满天’长者之家，可说是春雷滚滚，春风飒飒，春雨潇潇，春花灿灿，一举激活了高端昂贵、似嫌过于文静的疗养院，引起了‘霞满天’的浪漫曲高度交响。一批男生休养员，特别是单身男生休养员，最小的六十岁，最大的一百零三岁，为之换了心情，换了发型，换了领带与裤缝。换了英国衣料、意大利裁缝、法国围巾，和不但是法国而且是戛纳附近的世界第二小国、面积二点零八平方公里的摩纳哥公国出产的三件套男化妆用品和德国亚马孙电动剃须刀。”

一部优秀的小说，必须有矛盾冲突。“作家阁楼”的创建者杰里·克利费说过，故事讲述包括五个关键的元素：冲突、行动、结局、情感和展示。

其中前面三个元素共同勾勒出了完整故事的外部轮廓。情感则是故事最为关键的元素，而展示是作家的基本技法。有了展示的能力，作家才能把故事写得栩栩如生。

在小说创作的五个关键元素中，冲突是排在第一位的。那么什么是冲突？渴望＋障碍＝冲突。可以说没有冲突就没有吸引读者眼球的故事情节。大家都看过著名作家曲波写的长篇小说《林海雪原》。高波押送小炉匠栾平去军分区的途中，突然发生变故，土匪们袭击小火车，导致小炉匠栾平趁乱逃跑了。这就是小说创作中的故事冲突。由于小炉匠栾平成功逃跑，才有了后来杨子荣在百鸡宴上智斗小炉匠的精彩故事情节。

我们返回来看《霞满天》这部小说，同样也是在适当的时候，巧妙地设计出了冲突情节。在小说的前面几章中，蔡教授已经被推到了近乎女神一样的境地。然而从第六章开始到第九章，情况发生了急剧的变化。变化的起因是蔡教授摔了一个跟头，如果说在日常生活中有人摔了一跤，是再正常不过的了。但是，摔倒的人不同，摔倒的客观环境不同，导致故事情节发展的不同，故事的情节就发生了急剧的变化，故事的主人翁蔡教授也发生了诡异的变化。一向以高雅、博学的形象而存在于人们心中的蔡教授，竟然患上了幻想症，开始了有失身份的胡言乱语。什么国家科技教育基金的获奖者，什么香港某学术基金会要支持她千万元人民币。最后，甚至认为自己要被授予军衔了，并且从少将晋升到中将，自己俨然是一位将军了。

小说是虚构文学。作者在把主人翁蔡教授描写成一位女神级别的人物后，突然把她变成了胡言乱语、心存幻想的痴人。我觉得这是作者有意加大落差，造成故事情节的矛盾冲突，向读者说明一个道理，事物和人的思维不是永恒不变的。在客观环境变化下，人的观念和思维也会出现变化。

一部好的小说作品，往往会出现让人难以预料的情节变化来增强它的故事性。在《霞满天》这部作品里，当人们为主人翁的变化感到惋惜的时候，在第九章以后，蔡教授又从低谷一步步地走向正常，让故事情节再一次起了变化。变化的起因竟然是“一批唱盘和U盘新款”。小说情节变化的跌宕起伏，更加突出了小说创作的五个元素：冲突、行动、结局、情感和展示。情感和展示正是小说创作的最关键元素。

《霞满天》这部小说从第十章开始，作品的故事情节进入情感和展示阶段。一个高贵清冷人物的面纱被揭开了，一个深受情感折磨而不畏挫折的坚强的内心世界被打开了，一个热爱生活、勇敢追求幸福的人被展示在读者的面前。

作者在书中写道：“你不可能信服我的命运。我的遭受，我的不幸，我的噩耗。屋漏再遭连夜雨，船迟偏遇打头风。走平路落马，进高厅撞墙。躺平偏中十分准，低头巧遇二把刀。绊跤星点石子，砸头颗粒流星。我敢问，谁见过比我更倒霉的老姐？”

作者在这一段中用精辟的语言，描述了这位蔡教授的坎坷经历。正是这重重的人生打击才更彰显出了她坚强的内心世界。这就是小说创作中关于情感和展示的部分。

在第十三章的最后几段话，作者写出了对主人翁所遭受心理打击的同情之语，用词很重：“真正的，挖心丢命吞噬蔡霞人生的大难横空出世！”作者在这一段中，竟然用了挖心丢命和吞噬人生的词语，可见将要发生的事情有多么严重。而且用了“没有比她这里发生的事更简单、更麻烦、更无耻、更自然、更无话可说、更丢人现眼的了……”把一切抨击的语言都用上了，最后还用上了省略号。

后来发生的事，证明了事情的严重性。在蔡霞身上先后发生了丧夫之痛和丧子之痛后，第二次婚姻中又发生了夫妻之间感情背叛的无耻事件。而这两个人一个是当年爱她爱到骨髓的薛逢春，一个是蔡霞教授一直视如己出、投入全身心培养，并供其上大学的李小敏。他们做出的苟且之事，是在蔡霞教授尚未愈合的伤口上又撒下的一把盐。至此，作者把《霞满天》这部小说的故事情节推向了最高潮。

在第二十一章中，有这样一段话令人深思，令读者感慨："世界怎么这么大，这么新奇，这么令人震惊？人生人生，你走不完你的人生，世界世界，你看不完你的世界。直至最后一分钟，你仍然觉得生未了，情未了，思未了，做未了；你仍然感觉到人生苦短，也就是人生甘甜，无论如何，请不要怀着对人间的冤屈与憎恨离世。"这段话，不正是我们今天探讨文学，探讨人生的收获吗！

邢一萌

XING YIMENG

1993年生人，毕业于辽宁大学，现就职于辽宁省高级人民法院。以书为镜，明辨是非，以知促行，公正司法。

法律与人性

——读荷马史诗《伊利亚特》

作为法院干警，我们在日常工作中经常与法律、正义和人性打交道。当我翻开《伊利亚特》，沉浸在书中英雄们的荣耀、愤怒和死亡中时，这些复杂的情感和选择让我不禁思考法律在人类行为和社会秩序中扮演的角色。法律并非孤立存在的，它与人性紧密相连。法律的裁决不仅仅是理性的结论，更是对人性与情感的综合考量。公正合理的裁决，需要建立在对人性的深刻理解和同情之上。

《伊利亚特》中命运与自由意志之间的张力让我沉醉。神明对人类的命运有着巨大的影响，但英雄们也在自由意志的驱动下做出了抉择，决定了战争的走向。这提醒我法律并非万能的，法律的滞后性意味着我们在实践中必须具备灵活性，来适应不断变化的社会环境和复杂多样的案件类型。要培养创新思维，积极探索法律适用的新途径，来解决新出现的社会问题。

《伊利亚特》也让我思考战争的残酷性。史诗中的英雄们为了荣誉和家园而战，但战争的结果却是无数生命的消逝和家园的毁灭。这让我对和平的价值有了更深的认识。作为法院干警，打击犯罪不仅是我们的基本职责，更是维护社会安全稳定的使命。我们通过公正审判确保法律的尊严和效力，同时也应致力于犯罪预防，加强法治宣传教育，深入宣传中国特色社会主义法律体系，突出宣传宪法、民法典，通过教育和宣传提高公众的法律意识，通过化解矛盾纠纷源头，治理、构建和谐社会，促进社会长治久安。

《伊利亚特》不仅是对古代英雄的赞歌，更是对法律、人性和社会秩序的深刻探讨。我从这部史诗中汲取智慧，它不仅丰富了我的精神生活，也为我未来的法律工作提供了新的视角和启示，帮助我在处理案件时更加注重法律与人性的结合，追求更加公正的裁决。我将珍惜这次学习经历，继续在法律道路上不断前行，以更加公正、理性的态度，为实现社会的公平正义而努力。

毕林旭

BI LIN XU

辽宁省作家协会会员，沈阳市作家协会会员，喜欢文学，曾在《沈阳日报》《辽沈晚报》《辽宁青年》《沈阳晚报》《妇女》等报刊发表诗歌、散文作品近百篇。

治愈心灵的《宝水》

——读乔叶《宝水》

收到作家乔叶写的《宝水》这本书时正赶上周末，我迫不及待地把自己关在书房里品味着书中的四季光阴。这是一部书写新时代山乡巨变的长篇小说，荣获第十一届茅盾文学奖。

小说以第一人称开篇，主人公地青萍长期受失眠症困扰，于是来到宝水村休养并帮朋友老原经营民宿。小说在春夏秋冬的四季变化中娓娓道出当下寻常的乡村生活，在宝水村生活的日子变得宁静而缓慢，但人情世故也经常把青萍拽回痛苦的回忆。青萍的父亲也是从乡村走出去的，后来为了给一个同乡借车而死于一场车祸，青萍因此对家乡福田村的感情是复杂的，爱与怨交织，包括对她的奶奶，那种爱恨纠葛的情绪让她长期处在痛苦的失眠状态。在对福田村的昔日追溯和对宝水村乡村建设的深度参与中，她对农村特有的人情世故有了更深层次的了解，村民按照自然规律从容地过着恬静的日子，一些古老习俗亦得以保存并见证恒常，青萍在宝水村生活时完全打开了自己，为村里人热情服务，不知不觉地活成了和奶奶一样的人，在乡土社会的人情伦理中开始了与家乡亲人的和解和自我治愈之路。青萍和老原的感情也和宝水村的生活一样，自然而然，水到渠成，这段不疾不徐的爱情，在时光中变得完美。

小说中的宝水村是由传统乡村转变为文旅小镇的典型样例，因多元力量的参与和支持，重新焕发出生机和活力。笔调温暖质朴，人物特点鲜明，方言很接地气，有身临其境的感觉。新时代背景下，各种新的元素融入其中，包括文旅小镇的建设、乡村支教、抖音等，透过归乡者的目光和思考，娓娓道出乡村建设的生动图景，乡土中国在看似平淡而重复的四季轮转里，蕴藏着繁茂多姿的故事和生生不息的力量。

用了两天的时间看完这部长篇小说，很久没有这样闲适地读书，而是习惯性地把时间切割成碎片，似陀螺般紧张忙碌。看似充实，深思却是空洞的麻木，就像小说的主人公青萍患有失眠症一样，我患的是“空洞症”。读完《宝水》这部小说，我开始重新审视自己的生活，人到中年，能不能像青萍一样学会取舍，不只是活着，而是真正地沉入生活并热爱生活。一切的想当然是那样苍白，完全沉浸在小说中的我明白了想象的村庄生活和亲历的村庄生活是不一样的。身为业余的写作者，我们该如何创作文学作品？正如小说的作者乔叶所说：“乡土文学在我们国家的文学脉络中有强大的传统，源远流长。”想要写好乡土文学作品，就要沉到乡间地头，努力深入乡村生活的肌理，切实感受到它们的脉搏。乔叶还说：“文学不是青春饭。只要你真正爱它，它可以喂养你一辈子。”什么是真正地热爱文学呢？乔叶用现实、优美的文笔展示着大自然的智慧和乡土的魅力，生命与灵魂的世界在乡音中变得辽阔，书中的春夏秋冬氤氲着余生，让我们更觉来日方长。

找寻爱的密码

——读艾伟《敦煌》

《敦煌》这篇小说是以心理活动描写为主体，从精神层面来分析两性关系的故事，作家艾伟的笔触细腻入微、鞭辟入里，理性而克制，行文没有多余的煽情与渲染，而是步步设伏，讲述了女主人公小项在追寻爱情道路上的所历所感，以及逐渐认识到爱情真谛的故事。作为一名女性，读完这篇小说，感触很多。

小说的女主人公小项，开始是一个从未谈过恋爱，乃至于连男人的手都没拉过的纯洁得如同一张白纸的女孩。像这个年纪的大多数女孩子一样，她对爱情充满幻想，有着一本写满自己小心思的日记本，并对爱情持有一种坚贞不渝的态度。对于自己的已婚闺蜜周菲的婚外情，她嗤之以鼻，并表示自己婚后永远也不会这样。小项婚后形象颠覆式逆转，大概是她自己都没有想到的。小项与男主人公陈波是经人介绍认识的，随着时间的流逝，两人走入了婚姻。没有经过轰轰烈烈的恋爱过程就走向婚姻的人，可能对爱情会有一丝向往，尤其是小项这样单纯的女孩，这大概也是小项对韩文涤产生莫名感情的原因。她恋上了一个自己想象中的韩文涤，在她的想象中，韩文涤变成了她最亲密的人。她幻想着自己正经历着一场可以全身心投入的恋爱，乃至无法自拔。这种近乎痴狂的单相思的背后，折射出小项对爱情的渴望，这是她与陈波婚姻中缺少的东西，也是他们婚姻悲剧的根源。

和卢一明相遇则更像是一场“艳遇”。没有感情的铺垫，没有细水长流的相处，小项就轻易地被卢一明追到手。她不顾一切地享受着来自身体上的欢愉，这也是在和陈波的婚姻中所缺少的。陈波的心理扭曲看似偶然，却也是生活秩序下的必然结果。在小说《敦煌》中，无论是深受心理问题折磨的陈波，还是被陈波不断惩戒却重新被俘获的小项，都如同惊弓之鸟一般，在堕落、忏悔与怀疑中展现人性深处的罪恶和自我拯救的过程。作为一名外科医生的陈波，其沉着冷静的外表之下，藏着偏执和疯狂。他深埋在自己内心的扭曲型人格被激发出来，而始作俑者正是小项。小项陷入了与陈波病态的纠葛之中，他时而正常，时而发疯，时而失控，时而忏悔，小项只能一个人默默忍受着这一切，忍受着身体上和精神上的双重摧残。这种情况从一定程度上反映了传统中国女性对待婚姻的态度，她们将婚姻视为自己生命中最重要的东西，尽管它已经面目全非，却还是想挽救它。在这种心理的驱使下，她没能抵挡住来自陈波的威胁，最终拒绝了留美博士秦少阳的求婚。她相信周菲戏中男女互相伤害又谅解彼此的论调，进而回到了陈波的身边。她固执地认为自己和陈波的关系正在慢慢变好，殊不知，破镜尚难重圆，更何况是早已变质的婚姻。不出意外，他们最终还是分开了，而且是在陈波母亲的帮助下，以一种极为彻底且残酷的方式分离。

我认为嫁妆红盒子是一个隐喻，是小说的线，它所承载的是一个沉重的封闭空间，当小项将生活囚禁于这个小红盒子中时，她所见的是温和的梦幻图景；而盒子打开之后，仿佛潘多拉魔盒中出现魔鬼，小项也陷入了逆反式的自我逃离。从精神出轨到肉体的沉溺，再到自我惩戒式的性爱悲剧，以及小项最后出走永城，都代表着她在人性边界的游荡与忏悔，是社会现象级的茫然，所以人们现在经历社会转型时期的人性撕扯是必然的趋势。

“她站在房间的窗口，看着拉萨傍晚的风景，内心茫然。天空已从浅蓝变成靛青色，那么透亮，好像靛青色的另一边就是天国。这是个安静的城市，神无处不在，有一种庞大的威严在四周生长，让人卑微得不想发出任何声音。远处的拉萨河闪耀着亮晶晶的波光。她久久地凝视着远方，好像就此可以看到自己的去处。这时，‘叮’的一声，进来一则短信，一个陌生号码发来的，短信没有署名，上面写了一句话：你好吗？在敦煌听一位画家讲起一个女人，想起你。”

我非常喜欢小说结尾的这段，个人觉得它是整部小说的高潮，完全超出了我对这篇文章的想象和预期，意料之外的开放式结局，留给了读者无尽的想象空间。好的小说像一面镜子，照耀着我们内心隐秘的想象、欲望和生活。艾伟是一位敏感而又深刻的作家，抓住了这个时代男女情感与婚姻的最本质也最无法言说的症结，将一个女性情感变故的样本呈现在读者面前，无法解决，没有答案，让人叹息而惆怅。从这个故事中我们可以梳理出隐藏的男权架构对于女性的压迫，在现代婚姻中，女性不允许做出错误选择，一旦她的情感选择逾越了社会道德规范的预设轨道，必将永远被钉在耻辱柱上。不单是陈波，小说中的其他男性无论事业和个人如何优秀，在性别观念上的束缚都是沉重的。他们都接受不了情感的波涛，或伪装婚姻幸福，或因失恋而疯狂玩乐进行报复，其本质都还是视妻子或女友为自己情感的奴隶，必须服从他们的节奏，接受他们的支配，没有去留的自由。而对于男性本身呢？由于篇幅的关系，我就讲这么多吧，跟艾伟老师学习，留下开放式的结尾，但愿人人都有自己的答案。

关　巍

G U A N　W E I

教授级高级政工师。辽宁省作家协会会员，辽宁省散文学会理事，航空工业作家协会会员，沈阳市作家协会会员，作品散见于《军工文化》《辽宁青年》《航空画报》《中国航空报》《沈阳日报》等报刊。

“突然一亮”的那道光

——读陀思妥耶夫斯基《被侮辱与被损害的人》

读完陀思妥耶夫斯基《被侮辱与被损害的人》，合上书的那一刻，圣彼得堡的阴霾挥之不去，却欣喜于见到“突然一亮”的那道光。

陀思妥耶夫斯基，是与列夫·托尔斯泰齐名的俄国大作家。24岁时，即发表处女作《穷人》，一鸣惊人。40岁时，从流放地西伯利亚重返圣彼得堡，创作并发表了《被侮辱与被损害的人》。45岁时，其代表作《罪与罚》的出版，使之站上了世界文学的巅峰。

陀思妥耶夫斯基身处罗曼诺夫王朝亚历山大二世执政时期，俄国政治经济改革如箭在弦，社会动荡带给底层民众更多的困惑与迷茫、贫穷与无奈。陀思妥耶夫斯基着眼于“与人民的直接接触，在共同的不幸中与他们的兄弟般的结合”，着笔于“被侮辱与被损害的”底层民众，成就了这部《被侮辱与被损害的人》。

这部小说从“我”即万尼亚的视角来讲述主辅两条线：主线是管家伊赫梅涅夫的女儿娜塔莎与瓦尔科夫斯基公爵之子阿廖沙的情感纠葛，以及他们背后两个家庭之间的爱恨情仇，折射出社会现实中极度不公正、不公平的现状；辅线是流浪女孩内莉和妈妈、外祖父跌宕起伏的悲剧故事。

两条线的起因都指向了瓦尔科夫斯基公爵。

瓦尔科夫斯基公爵就是罪恶的源头、坏人的代表。他的财富都是从穷人身上欺骗、压榨、掠夺的，他的幸福都是建立在穷人身心的痛苦之上的。他“从来不肯为任何人放弃自己的利益”，骗你没商量，坑你没下限，因为他“没有任何羁绊，甚至不受任何义务的约束”。他所宣扬的“一切都是为了我，整个世界都是为我创造的”“整个世界都可能崩塌，化为乌有，但是我们会沉渣泛起，重新浮到上面来”，不仅是他及像他这类人的标签符号，更是他内心扭曲人性的真实写照。而“被侮辱与被损害的”代表人物娜塔莎，与阿廖沙私奔后“已经身不由己，完全失去了自制力”，娜塔莎这种自我牺牲式的付出，自我把控式的投入，及病态的语言与表现，令人瞠目结舌。

小说开篇即浓墨重彩地描写了一个“风烛残年、风雨飘摇，形单影只、无人照顾的老人”和一条“瘦得像具骷髅”的“倒霉的狗”，这就是当时俄国底层民众贫苦的生活写照，而他们的精神状态，恰如书中老人史密斯所说：“憋得慌！憋得难受！”假设通篇如此，非给读者读到崩溃不可。然而，“整条街突然一亮，满街上下沐浴着明亮的光。所有的房舍似乎骤然亮了起来”。流浪女孩内莉就是这道光，艰难困苦塑造了她坚强不屈的性格，侮辱伤害激发了她疾恶如仇的刚烈，厄运可以击倒她弱小的身躯，却不能摧毁她抗击困苦的勇气，即使面临死亡，她也能坚定而大声地喊出对坏人的诅咒、对这个丑恶世界的诅咒。“书上写着：要饶恕自己的所有仇敌。嗯，这句话我读了，但是我仍旧不饶恕他，因为妈临死前还能说话的时候说的最后一句话就是：‘我诅咒他’，因此我也要诅咒他，不是为我自己，而是为我妈妈我诅咒他……”虽然，内莉这道“突然一亮”的光一闪而逝，但她仍然像一道闪电，撕裂这阴沉暗黑的天空。

陀思妥耶夫斯基在“被侮辱与被损害”的苦难背后挖掘那些深藏的爱，

有恋人的爱、父母的爱、子女的爱、朋友的爱、陌生人的爱，甚至还有狗与主人的爱。本来这爱让人读来释怀，不带遗憾，不想书中爱的成分太过复杂，有真有假，有浓有淡，有迟到的爱，有早退的爱，有钱臭味的爱，有掌控欲的爱……林林总总，令人扼腕。

在“寒意肃杀，使人的鼻子感到灼痛；暮色茫茫，渐黑渐浓”的圣彼得堡，我更欣喜于见到“突然一亮”的那道光，内莉代表那个时代千千万万的社会底层民众，面对“被侮辱与被损害”，发出掷地有声的呐喊：“穷，不是罪过，有钱，欺负别人，那才是罪过。”

这就是陀思妥耶夫斯基要说的话。

正如鲁迅先生所评价的那样：“倘若谁身受了和他相类的重压，那么，愈身受，也就会愈懂得他那夹着夸张的真实，热到发冷的热情，快要破裂的忍从，于是爱他起来的罢。”

亓　雪

QIXUE

沈阳人，2024剑桥中国学联春晚执委，辽宁省音乐家协会会员，【王蒙文学院·环渤海文化】搜狐平台主编，《中华诗园》杂志执行主编，辽宁省音乐家协会《新歌诗》杂志文字编辑，中国音乐文学学会会员。

王蒙评点《红楼梦》对当今社会女性自我价值培养带来的启迪与思考

王蒙先生对《红楼梦》这部伟大的经典作品进行了深入的解读。他从多个角度分析了这部文学巨著的主要意义及社会价值，为我们提供了宝贵的启示。我将以先生对《红楼梦》的评点，以当今社会女性自我价值培养带来的启迪与思考为题，作些粗浅的分析。

首先，王蒙先生强调了《红楼梦》的写实主义特性。他认为，《红楼梦》是一部真实反映社会生活的作品，通过生动的人物形象、起伏的情节和富有特色的细节，展现了一个封建家族的衰落和现代社会的兴起。这种写实的艺术手法不仅增强了作品的真实感和可信度，更使得作品具有了深刻的社会价值和历史意义。

其次，王蒙先生还从情感与审美的角度对《红楼梦》进行了评价。他认为，《红楼梦》不仅是一部反映社会生活的作品，更是一部表达人生哲理、宣扬人性的作品。通过对贾宝玉、林黛玉等人物形象的刻画，以及他们之间的情感纠葛和思想碰撞，作者曹雪芹展现了自己对人性的深刻理解和对生命的独特感悟。同时，作品中的梦幻与现实的融合，也为我们提供了一个超越现实、追寻梦想的心灵避难所。

着重要介绍金陵十二钗副册中长得像水葱一般的四位女子。

让我们想象一下：阳光斑驳，洒在碧波荡漾的大观园的湖面上。在这如诗如画的景象中，《红楼梦》中的四位女子悠然显现。与她们的相遇，为这宁静的湖畔增添了几分雅致。

王蒙先生点评着这四位女子——薛宝琴、邢岫烟、李纹和李绮。她们的独特性格和命运如同四幅细腻的画卷，缓缓展开，引人入胜。

王蒙先生首先关注到的是宝琴。薛宝琴是一个美丽、聪明、乐观的女性，拥有坚强的意志和独立的思想。她的家庭背景较为优越，性格开朗，喜欢开玩笑，与贾母关系密切。薛宝琴在贾府中受到了欢迎，得到了尊重，她的性格和贾探春有所不同，她更加直接、坦率，敢爱敢恨。

薛宝琴的出现给大观园注入了新的希望。王蒙先生称赞宝琴的才华和非凡的审美，她独特的视角和敏锐的洞察力使其在众人中脱颖而出。然而，王蒙先生同时也指出，宝琴的命运充满了波折和坎坷。但是她用自己的行动告诉大家，只要心中有希望就一定能战胜困难，走向美好的未来。

接着，王蒙先生转向了邢岫烟。他认为邢岫烟的平和与包容是值得称赞的。他解释说："邢岫烟是一个典型的中间人物，她既不是主角，也不是配角。然而，她的存在却有着不可忽视的价值。"他补充道："她的温和与包容使得原本单调的世界变得更加丰富和多元。"

谈及李纹，王蒙先生赞扬她的勇敢和坚韧。他说："李纹是那种在困难面前不屈不挠的人。她的决心和勇气值得我们每个人学习。"他同时指出，李纹身上的这种勇敢并不是无知的蛮干，而是有计划、有目标的奋斗。

最后，王蒙先生给予李绮高度评价。他说："李绮的智慧和淡泊名利的态度让我深感敬佩。"他解释道："李绮的智慧不是表现在学问上，而是表现在对人性的理解和生活的态度上。她的淡泊名利，使她在物欲横流的世界里保持了清醒的头脑。”

若是将背景放在现代社会，我们将共同探索四位性格迥异的女子——薛宝琴、邢岫烟、李纹、李绮——人生的无限可能。

薛宝琴，一个典型的现代职业女性，精明干练，才情出众。她有一份自己的事业，且在业界颇有名气。宝琴代表了现代社会中那些追求自我实现、独立自主的女性，她们通过自己的努力，为社会的发展做出了积极的贡献。同时，宝琴也展现了女性应该如何在事业与家庭中寻求平衡，走出困境，提醒人们关注女性权益，倡导男女平权。

邢岫烟，性格内敛，淡泊名利，有着深厚的文化底蕴。她是一名教师，虽然收入不高，但深深热爱着自己的事业。邢岫烟象征着社会中的教育者和文化传承者，她们默默付出，为下一代的成长和文化传承做出了重要的贡献。然而，邢岫烟也面临着社会对教育重视不足的问题，需要社会各界对教育行业给予更多的关注和支持。

李纹，一个充满活力的年轻人，对未来充满热情和期待。她虽然家境一般，但凭借自己的努力，一步一步地实现着自己的梦想。李纹代表了那些勇敢追梦的年轻女性，她们不畏艰难，坚韧不拔，勇于挑战自我。她们的故事激励着更多的人勇敢地去追求自己的梦想，不畏困难，永不放弃。

李绮，性格豁达，乐观向上，有着强烈的家庭责任感。她在照顾家庭的同时，也致力于自我提升，不断学习新知识。李绮代表了那些默默为家庭付出的家庭主妇，她们为家庭的幸福付出了巨大的努力。同时，李绮也揭示了家庭主妇在家庭与事业之间的矛盾和挣扎，呼唤社会对女性的家庭价值的认可和尊重。

对这四位女子的人物分析，体现出她们每一个人都代表着一种力量和坚持，是现代女性的缩影。在不断变化的社会环境中，她们用自己的方式坚韧地生活着，努力实现自己的价值。

薛宝琴、邢岫烟、李纹、李绮这四个人物在《红楼梦》中各具特色，却同样承受着命运的磨难。王蒙先生通过对其三观的深入剖析，展现出她们面对困境时的态度与选择。这在现实生活中，对于我们理解人性的复杂性和多样性具有重要启示。

总结起来，王蒙先生以其七十年文学创作的积淀，为我们揭示了《红楼梦》中薛宝琴、邢岫烟、李纹、李绮这四个人物的三观及现实意义。通过深入探讨这些人物，我们不仅可以更深刻地理解《红楼梦》的文学价值，还能从中汲取人生智慧，指导我们在现实生活中坚定信念、勇往直前。在这个意义上，王蒙先生的文学创作无疑具有深远的影响和启示作用。期待他在未来的文学创作中，继续为我们带来更多的人生宝藏和深刻的思考。

徐　萌

XU MENG

辽宁省人工影响天气办公室工程师。多年保持对书籍和文字的热爱，读书已成为一种与『本我』对话的休闲方式。

徐 萌

命运交织下的灵魂颤音

——读考琳·麦卡洛《荆棘鸟》

《荆棘鸟》，一部如诗如画、荡气回肠的经典之作，宛如一曲悠扬而悲怆的乐章，在我的心灵深处奏响，余音袅袅，久久不绝。

考琳·麦卡洛以她细腻而绚烂的笔触，描绘出了克利里家族横跨半个多世纪的沧桑画卷。在那广袤无垠的澳大利亚大地上，爱与命运交织，欲望与禁忌碰撞，谱写出了一段段扣人心弦的传奇故事。

梅吉，这位宛如荆棘丛中绽放的玫瑰般的女子，她的生命充满了坚韧与柔情，不禁引人注目，惹人怜惜。从童年时对拉尔夫神父那懵懂而纯真的爱恋，到成年后历经沧桑的坚守，她的爱情如同燃烧的火焰，炽热而执着。然而，命运的捉弄却让她的爱情之路布满荆棘。拉尔夫，那个被宗教的神圣与世俗的欲望撕扯的灵魂，在权力与爱情之间徘徊挣扎。他们的爱情，是禁忌之花，美丽却注定充满了伤痛。

菲奥娜，被爱情背叛后，将一生的痛苦深埋心底，却依然以坚韧的姿态守护着家庭；帕迪，用他那宽厚的胸怀和勤劳的双手，为家人撑起一片温暖的天空；朱丝婷，勇敢地追求自我，挣脱家族的束缚，在现代社会中寻找属于自己的位置。书中的每一个人物都仿佛是一颗璀璨的星辰，在命运的浩瀚星空中闪耀着独特的光芒。他们的故事，或悲或喜，或壮烈或平淡，共同构成了这部波澜壮阔的人生史诗。

麦卡洛的文字如同一幅绚丽多彩的织锦，细腻地描绘出了澳大利亚的壮丽风光，那广袤的草原、无垠的沙漠、湛蓝的天空，仿佛都在诉说着生命的辽阔与无常。同时，她对人物内心世界的刻画更是入木三分，让我们仿佛能触摸到他们灵魂的颤抖，感受到他们情感的波澜。

“当我们把棘刺扎进胸膛时，我们是知道的。我们是明明白白的。然而，我们却依然要这样做。我们依然把棘刺扎进胸膛。”这是梅吉对爱情的执着，也是对命运的抗争。他们如同荆棘鸟，明知歌唱会带来死亡，却依然用生命唱出最动人的旋律。这种对爱情、对理想的无畏追求，令人为之动容，为之震撼。

《荆棘鸟》这部作品不仅是描绘爱情的凄美与执着，更表达了对命运的抗争和对人生意义的探寻。它揭示了人类在追求真爱和理想的过程中，必然要经历痛苦与磨难，但正是这种磨难赋予了生命深度和价值。

书中的人物在命运的漩涡中奋力挣扎，他们的选择和坚持展现了人性的光辉与脆弱。爱情成为他们挑战命运的动力，即使知道前方是荆棘满途，也义无反顾。这种对真爱的追求，超越了世俗的束缚和时间的限制，成为永恒的象征。

在这纷繁复杂的世界里，生命中的爱与痛苦、得与失，都是命运赐予我们的珍贵礼物。它们如同荆棘上的花朵，虽带刺却无比娇艳。我们在爱中受伤，在痛苦中成长，在得失之间领悟生命的真谛。

合上书卷，那悠扬的歌声仿佛依然在耳边回荡，诉说着生命的不屈与坚韧，爱情的凄美与永恒。《荆棘鸟》不仅仅是一部小说，更是一次对生命、爱情与命运的深刻探索，是用痛苦和挫折谱写的勇敢之歌。

徐　萌

在苦难的阴霾中找寻生命之光

——读史铁生《我与地坛》

“史铁生用残缺的身体，说出了最为健全而丰满的思想。他体验到的是生命的苦难，表达出的却是存在的明朗和欢乐；他睿智的言辞，照亮的反而是我们日益幽暗的内心。”这是华语文学传媒大奖对史铁生的颁奖词，也是我读完《我与地坛》后最深刻的感受。

地坛，这座历经四百多年沧桑的古园，在史铁生最绝望的时刻，以它荒芜却又充满生机的怀抱接纳了他。“它等待我出生，然后又等待我活到最狂妄的年龄上忽地残废了双腿。”这仿佛是命运的安排，让史铁生在这个寂静的园子里，开始了对生命的沉思。

“古园荒，地坛弃，残躯独徘徊。”走进《我与地坛》，我仿佛看到了那个坐在轮椅上的孤独身影，在满园弥漫的沉静光芒中，思考着生与死的问题。他曾一心求死，“两条腿残废后的最初几年，我找不到工作，找不到去路，忽然间几乎什么都找不到了，我就摇了轮椅总是到它那儿去，仅为着那儿是可以逃避一个世界的另一个世界”。然而，地坛中的一草一木、一鸟一虫，都用它们顽强的生命力触动着他的心弦。“蜂儿如一朵小雾稳稳地停在半空；蚂蚁摇头晃脑捋着触须，猛然间想透了什么，转身疾行而去；瓢虫爬得不耐烦了，累了，祈祷一回便支开翅膀，忽悠一下升空了；树干上留着一只蝉蜕，寂寞如一间空屋；露水在草叶上滚动，聚集，压弯了草叶轰然坠地摔开万道金光。”这些细微而生动的景象，让史铁生悟得生命的无常与坚韧，也让他明白：“一个人，出生了，这就不再是一个可以辩论的问题，而只是上帝交给他的一个事实；上帝在交给我们这件事实的时候，已经顺便保证了它的结果，所以死是一件不必急于求成的事，死是一个必然会降临的节日。”

在史铁生的笔下，母爱深沉而伟大。“有一回我摇车出了小院，想起一件什么事又返身回来，看见母亲仍站在原地，还是送我走时的姿势，望着我拐出小院去的那处墙角，对我的回来竟一时没有反应。”“多年来我头一次意识到，这园中不单是处处都有过我的车辙，有过我的车辙的地方也都有过母亲的脚印。”这样的描写，如泣如诉，让人心酸落泪。母爱如春风化雨，润物无声，却又如此深沉厚重，让人难以承受其万一。“谁言寸草心，报得三春晖。”史铁生在后来明白了母亲的苦心，然而子欲养而亲不待，这份遗憾与愧疚，成为他心中永远的痛，只得将这份痛凝为忠告，告诫青年人不要与最爱自己的母亲犯犟。

书中还描写了许多与地坛有关的人物，他们虽然平凡，却都有着自己独特的生命故事。那个漂亮而不幸的弱智少女，那个热爱唱歌的小伙子，那个捕鸟的汉子，那对从“攀”到“搀”的夫妻……他们在史铁生的笔下鲜活生动，展现出生命的千姿百态。“人生各有志，终不为此移。”每个人都在自己的生命轨迹中，努力地活着，追寻着自己的梦想和价值。

读完《我与地坛》，我不禁想起了苏轼的那句词：“莫听穿林打叶声，何妨吟啸且徐行。”史铁生在命运的打击下，没有沉沦，没有放弃，而是以一种豁达乐观的态度，勇敢地面对生活的苦难。他用文字书写着自己对生命的理解和感悟，也激励着我们在人生的道路上，无论遭遇多少磨难，都要笃定本心，坚定地前行。

“千磨万击还坚劲，任尔东西南北风。”史铁生在地坛中找到了自己的精神家园，也让我们明白了，生命的意义不在于长短，而在于我们能否以积极的心态去面对，能否在有限的时间里创造出无限的价值。正如地坛中的那些草木，无论经历多少春夏秋冬，依然绽放着生命的光彩。

《我与地坛》不仅是史铁生对个人生命的倾诉，更是一盏照亮我心灵深处的明灯，它让我对生命越发敬畏和珍惜。无论风雨如何侵袭，都要像地坛中的古柏，在波澜中坚守内心的宁静与坚定。时刻怀揣着对生命的热爱，对未来的憧憬，无畏前行。

康　桥

KANG QIAO

中国散文学会会员，辽宁省作协会员，辽宁省散文学会理事，沈阳市作协会员。在《辽宁日报》《海南日报》《安徽日报》《辽沈晚报》《诗林》《芒种》《沈阳日报》《沈阳晚报》等各级报刊及中国作家网发表作品数百篇。

康 桥

美在情景交融里，醉在诗情画意中

——读《朱自清散文集》

我是朱自清先生的粉丝，特别喜欢他的散文，尤其是他的写景散文，如《春》《荷塘月色》《桨声灯影里的秦淮河》《威尼斯》《绿》《秋》等经典名篇，从学生时代直到现在，不知读了多少遍。每次阅读《朱自清散文集》，都能获得精神上的愉悦，都有新的领悟、新的受益。

朱自清作为早期“文学研究会”的主力，是中国现代文学史上著名的散文家和诗人，是“五四”新文学运动的开拓者和实践者，一生勤奋多产，尤以其散文著称于世。从朱自清散文的独特性上看，他是一个擅长写景，并能做到情景交融的作家。他的散文往往在描写中抒发感情，在诗与画的交融中营造出优美的意境。这种风格和特色，在他的《荷塘月色》中表现得尤为突出。

首先，征服我的是这篇散文的语言。朱自清遣词造句的功夫极深，写景状物的文字特别优美，美得让人叹为观止。中国传统文化中的诗词歌赋、古典文学的审美观念，为他的文字美奠定了基础。同时，西方文化的传入也对他产生一定影响，使他在语言表达上追求用词精准、凝练、生动、形象、传神。所以行文自然流畅，收放自如，跌宕有致，诗意延绵，阅读时具有赏心悦目的快感。

在《荷塘月色》中，对动词的锤炼创造出了生动的意境，如描写月色时巧用“泻”“浮”“洗”等动词，以静态动写的方式，让画面生动、活泼起来，月色朦胧，让人遐思无限。叠词的运用使文章产生了音律之美，读来朗朗上口。如用“脉脉”写流水，使其变得蕴藉有情意；“曲曲折折”既描摹出路的弯曲，又展示出曲折之深以及叶叶相连的“曲径通幽”之美；“田田”逼真地呈现出满塘荷叶的形态；“亭亭”写出荷叶临风摇曳的绰约风姿。数量词的点缀丰富了事物形象，如“一丝”“一带”，将量词活用为形容词，强化、润饰事物的特性，展现出淡淡月光笼罩下荷塘的风韵和幽美意境。

巧用比喻、拟人手法，使表达的语言更鲜明形象、新奇灵动，精准地描绘出事物的形与神。如“婀娜”“羞涩”这两个词语以拟人手法赋予荷花生命力与情感，让人想象出荷花含苞待放、仪态万千的娇羞神韵；“像亭亭的舞女的裙”用比喻手法，让人联想出荷叶高而圆、飘逸舒展的婀娜姿态。还有对通感的运用，突破语言局限，强化事物的形象，更显新奇与活泼。如将“清香”比作“渺茫的歌声”，将嗅觉所感知到的清香转换到听觉中去品味与感受，生动地表现出荷花的风姿，引导读者展开联想与想象，丰富了描写的意态和气韵。

其次，《荷塘月色》的意境美，养眼、爽心、怡神，或清新，或明丽，或朦胧、幽深，亦真亦幻，虚实相间，具有很强的代入感，让人仿佛身临其境，沉浸其中，难以自拔。

《荷塘月色》的意境特点，我概括为这样几个方面。朦胧之美：如“满月”配上“一层淡淡的云”，构成朦胧如幻的画面；杨柳丰姿隐约，让读者产生若有若无的联想。时空交错：从有限的时空进入无限的时空，引发人生感和历史感。情感起伏：作者情感在现实和超现实之间徘徊，构成一波三折的驿动。心灵观照：“荷塘境界”是作者心灵对外物的观照，是主观心灵的折射。人文精神：在美好的情境中融入个人的理想与追求，具有独特的心灵体验和人文诉求。《荷塘月色》的意境之美，每次品读，总能撩动我的心魄，总会有新的感受和启发。

再者，就是寓情于景，情景交融，人景情合为一体，浑然天成。《荷塘月色》是朱自清先生写景状物、借景抒情的散文名篇，通过对景物的描写，融进真实的情感，让人不知不觉之中，走进作者内心，与作者同喜同悲，产生共情。

《荷塘月色》中，作者以生花的妙笔，情景交融地抒写了他特定时期的心情。文章开头“这几天心里颇不宁静”，不仅点明了作者的内心状态，也为全文奠定了基本的抒情基调。接着，作者通过对荷塘月色的细腻描绘，将自己的情感寄托于景物之中，使读者能够感受到作者内心的波动。比如，文中“曲折的小煤屑路”、“蓊蓊郁郁”的树、“淡淡的月光”等景物的描写，都隐含着作者的情感色彩。这些景物不仅是客观存在的，更是对作者内心世界的反映。随着作者在荷塘边漫步，其情感也在不断地变化。从最初的内心不宁静，到在荷塘月色中找到暂时的安宁和慰藉，最后又回到无奈的现实中。一次散步，写出了作者的一段幽曲的心路历程，伴随着作者的移步换景，借景抒情，我也完成了一次感同身受的心灵之旅。

朱自清的散文，似一泓清泉，滋润了我的文心，开启了我的文思，丰盈了我的笔触。他唯美的文字、真挚的情感、隽永的意境、多变的表现手法、超逸的艺术境界，永远是我学习的榜样，在文学创作的道路上，必将影响我的一生。

胸中蕴乾坤，笔下起风云

——读《毛泽东诗词集》

毛泽东，作为一代伟人，不仅是一位卓越的革命家、政治家、军事家、思想家，还是一位独领风骚的诗人、词人。在他的诗词中，我们可以看到革命家的气魄、政治家的雄才、军事家的胆略、思想家的深邃，以及真挚的情感与横溢的才气。他的诗词雄视千古、色蕴天地，撼五岳、荡四海。但凡是品读过毛泽东诗词的人，都会或多或少、自觉不自觉地为其诗词那“横空出世”、大气磅礴的独特魅力所激动、所感染，为之所叹服。

从小我就开始阅读、背诵毛泽东的诗词，这些诗词不仅是毛泽东个人情感的抒发，更是中国革命历史的见证，是中国人民不屈不挠、勇于奋斗精神的真实写照。通过阅读，我深刻感受到了毛泽东诗词的独特魅力，以及其中蕴含的丰富思想和深刻哲理。

诗词中的王者之气

毛泽东的诗词，首先给我的印象便是其王者之气。无论是描绘自然风光的《沁园春·雪》，还是回忆革命岁月的《沁园春·长沙》，都透露出一种磅礴大气、豪迈自信的气魄。这种气魄不仅仅体现在诗词的字里行间，更深深烙印在每一个读者的心中。毛泽东的诗词，如同王者之剑，锋利而充满力量，直指人心最深处。

在《沁园春·雪》中，毛泽东以“北国风光，千里冰封，万里雪飘”开篇，描绘了一幅壮丽辽阔的北国雪景图。随后，他笔锋一转，一一评点历史英雄人物，最终得出“数风流人物，还看今朝”的结论。这种超越时空的宏大视野，以及对未来充满信心的豪迈情怀，无不彰显出毛泽东作为一代伟人的王者风范。

革命乐观主义精神

毛泽东的诗词中，还充满了革命乐观主义精神。在艰苦卓绝的革命岁月里，毛泽东始终保持着乐观向上的态度，用诗词来表达自己对革命的坚定信念和对未来的美好憧憬。这种精神在《七律·长征》中体现得尤为明显：“红军不怕远征难，万水千山只等闲。五岭逶迤腾细浪，乌蒙磅礴走泥丸。”面对重重困难，红军战士们毫不畏惧，勇往直前，这种革命乐观主义精神激励着无数中华儿女为革命事业奋斗终身。

在《西江月·井冈山》中，毛泽东同样展现了这种乐观精神：“山下旌旗在望，山头鼓角相闻。敌军围困万千重，我自岿然不动。”面对敌人的重重包围，红军战士们依然保持着坚定的信念和昂扬的斗志，最终取得了胜利。这种在逆境中不屈不挠、勇往直前的精神，正是毛泽东诗词所传达的革命乐观主义精神的生动体现。

深刻的哲理思考

毛泽东的诗词不仅仅是对革命斗争和自然景观的描绘，更是对人生和社会现实的深刻思考。在《七律·人民解放军占领南京》中，毛泽东写道：“宜将剩勇追穷寇，不可沽名学霸王。”这句诗是对人民解放军在解放战争中的英勇表现的赞扬，更是对革命斗争策略的深刻总结。毛泽东强调要乘胜追击、彻底消灭敌人，不能因一时的胜利而骄傲自满、放虎归山。这种深刻的哲理思考，不仅适用于革命斗争，更对我们的人生道路具有重要的指导意义。

在《菩萨蛮·大柏地》中，毛泽东通过“赤橙黄绿青蓝紫，谁持彩练当空舞”的描绘，表达了对自然界的热爱和对人生哲理的思考。彩虹如同一条彩练在空中舞动，美丽而短暂，正如人生中的美好时光一样值得珍惜。毛泽东通过这首诗告诉我们，要珍惜眼前的美好时光，努力追求自己的梦想和目标。

鲜明的人民性

毛泽东的诗词中，还充满了对人民力量的肯定和赞扬。他坚信人民是历史的创造者，是推动社会进步的根本力量。在《七律二首·送瘟神》中，毛泽东写道：“绿水青山枉自多，华佗无奈小虫何！千村薜荔人遗矢，万户萧疏鬼唱歌。”这首诗反映了旧中国血吸虫病肆虐的悲惨景象，同时也表达了毛泽东对人民疾苦的深切关怀和消灭血吸虫病的坚定决心。最终，在人民的共同努力下，血吸虫病得到了有效控制，这首诗也成了毛泽东人民史观的光辉写照。

在《沁园春·长沙》中，毛泽东通过回忆青年时代的革命斗争生活，表达了对国家和民族命运的深切关怀和对人民的无限热爱。他写道：“恰同学少年，风华正茂；书生意气，挥斥方遒。”这句话不仅是对自己青年时代革命激情的抒发，更是对人民力量的肯定和赞扬。毛泽东坚信只有依靠人民的力量才能实现中华民族伟大复兴。

通过阅读《毛泽东诗词集》，我深刻感受到了毛泽东作为一代伟人的非凡才华和崇高精神。他的诗词不仅具有极高的艺术价值和文化内涵，更是中国革命历史的见证和中国人民精神风貌的真实写照。在未来的日子里，我将继续学习和传承毛泽东诗词中的宏大气魄、豪迈情怀、革命乐观主义精神、深刻的哲理思考和人民性的历史观，创作出更多观照现实、弘扬正气、反映人民心声、抒发家国情怀的诗词作品。

张梦佳

ZHANG MENGJIA

辽宁沈阳人，就职于辽宁省气象局，喜欢阅读各类书籍。

『阅读不仅可以拓宽知识，开阔眼界，更是提升内在、塑造精神世界的重要途径。以书为伴，仿佛生活中有位智者，在引领我前行。』

拥抱生活的勇气

——读岸见一郎、古贺史健《被讨厌的勇气》

《被讨厌的勇气》是日本作家岸见一郎、古贺史健创作的小说，是“勇气两部曲”的上卷。最早看见书名的时候，觉得这书名有点哗众取宠的意思，也有点类似现在人们流行说的“标题党”，比如“国家一级保护动物缘何命丧公务人员之手”，谜底揭晓却是武松打虎。再后来也看到很多名人推荐这本书，我想着，也许就是互相宣传吧。但直到我真的静心阅读这本书，才发现是自己肤浅了，这真是一本能帮助自我成长的好书。而且在阅读时，相较于恨不得一口气读完的小说，这本书反而像一顿美食，在我每次阅读了一定量之后便仿佛饱了，再读不进去，吸收不了，需要停下来好好思考，消化里面的内容，去对照自己的日常生活与习惯去发现问题，再决定以后的思维方式与行动路径，之后便又像饿了很久的样子，再去阅读，再去奔赴我的饕餮盛宴。

说到心理学，大家最熟悉的可能是弗洛伊德，而心理学三大巨头中的阿德勒和荣格可能不太被大家熟知。弗洛伊德认为童年映射了人的一生，现在讲得很多的“原生家庭”就是由弗洛伊德的思想衍生的。弗洛伊德的观点是原因论，认为所有事情都可以追溯其原因，且所有的现状皆由过去的原因所导致。但在研究弗洛伊德的思想时，我发现自己不开心，因为在研究的过程中，我可能会考究我的原生家庭或者我的成长经历，是什么使我成长为现在的自己，但是人不是十全十美的，都会有缺点，在研究这些内容的时候，人可能更容易钻入牛角尖，深深地陷入悲观情绪，去抱怨，心生怨怼。这时理智的人已经发现了其中的问题：人不能活在过去，更不能深陷其中。

阿德勒就是带我走出来的人。他认为如何看待过去发生的事情才最重要，甚至说过去的事情本身是不重要的，如何去成就想要的未来才是重要的，他更多地强调你想成为怎样的人，以及你是不是愿意为之努力或者克服现在心理上的一些问题。过去已无法改变，现在的每一步都在决定未来。说到克服心理问题，阿德勒直接指出了很多人不愿改变其实是内在原因，是为自己不努力找的借口与逃避的方式，是一种让当下仿佛变得“轻松”的方式。这其实也是一种心理需求，所以阿德勒也否认精神创伤。

阅读《被讨厌的勇气》也重新塑造了我对人际关系的看法，正确地看待人际关系会让关系变得轻松。同时，在这本书里我也学会了很好地接纳自我，我不知道大家有没有听过一句话，说外国人不敢让自己不开心，中国人不敢让自己太开心，这是由我们的文化影响的，但也代表我们在有些时候会压抑自己的情绪，所以如何正确地接纳自我，就是改变能改变的，接受不能改变的。快乐就尽情的快乐，悲伤就尽管去悲伤。接受每一种正常的情绪，可以开心到起飞不去伪装压抑，也可以低迷沉沦但不苛责自己。你可以，并且你有权利。无论是正面还是负面情绪，没有对错之分，不过是一种情绪，但是都要对结果负责，只要可以承担就好。

阿德勒认为活在当下才是真实的。我现在也认为，每一个当下都过得很好，那么未来势必不会差，也就少了杞人忧天的烦恼。而正确理解人际，认清自己和他人的关系，也就减少了对他人目光的在意，更能专注于自己的人生。

愿我们都能有拥抱生活的勇气。

赵 郡

ZHAO JUN

辽宁大连人，硕士研究生。现就职于辽宁省人工影响天气办公室。头条首发创作者。喜欢通过文字和照片同人们分享生活中遇见的点滴美好。独乐乐不如众乐乐，是对当下人生的态度。

漂行湘西，予人以爱

——读沈从文《湘行散记》

“过去的，有谁人能拦住不让它过去，又有谁能制止不许它再来？”

打开《湘行散记》前，我以为这会是一本通过描述沈从文先生即时所见来反映他对当时战乱所致灾祸的痛恨之情的书。读完这本书以后，我才知道，这本书是一个在故土河流之上的漂流瓶，里面承载了沈先生感受到的若干年来许多湘西人的哀乐。

《湘行散记》是沈先生与其夫人的书信合集。这些书信，是他对夫人“我行过许多地方的桥，看过许多次数的云，喝过许多种类的酒，却只爱过一个正当最好年龄的人”的爱情宣言，也是他对那方河域和生活在它上面的人们深挚的爱。

跟随着沈先生的文字，我看到了他记忆中的曾经的湘西；跟随着沈先生的叙述，我看到了他眼中的如今的湘西。

想来沈先生文笔之美，就在于他将自己所珍视的见闻加以自己的感情，充分地传递到其夫人的脑海中，让夫人能如临其境，感同身受。清澈见底的河水、难以忘怀的摇橹声、动人心弦的露水之爱……曾经的湘西就这样烙印在我的记忆之中。

1934年，沈先生再返湘西、重踏故土，顺着河流，再看记忆中的曾经。令人惆怅的是，无休止的战乱里，故土风貌破败不已，且发生了令人心痛的变化。令人感慨的是，看湘西人“在那里把每个日子打发下去，也是眼泪也是笑，离我虽那么远，同时又与我那么相近。这正同读一篇描写西伯利亚的农人生活动人作品一样，使人掩卷引起无言的哀戚。我如今只用想象去领味这些人生活的表面姿态，却用过去一分经验，接触着了这种人的灵魂”。

面对护船的水手、吊脚楼的妇人，沈先生以摆脱世俗眼界束缚的角度进行刻画。这些社会底层的人，虽然经受着生存的折磨，却仍不失情义与热爱。他们对于历史而言或许无足轻重，却生于自然，妥协于自然，努力生活，经寒暑交替，看日月升降。对于湘西山水之貌、湘西人生活之状态，沈先生不做干涉。“我觉得他们的欲望同悲哀都十分神圣，我不配用钱或别的方法渗进他们的生命里去，扰乱他们生活上那一份应有的哀乐。”沈先生极尽文笔之可能，将他的所见所闻形象地讲述出来，展现湘西人对于生命的珍惜，对于生活的努力，对于自然的尊重。

沈先生热爱湘西两岸直立的青山、高处清透的天空、晚间朦胧的月色。可是，让他付诸更多心思的，还是那些为生计奔波、为情感付出的可爱的人。这些可爱的人不论如何贫贱与艰难，都在那么认真且努力地生活，为自己，也为儿女。“在他们生活爱憎得失里，也依然摊派了哭，笑，吃，喝。对于寒暑的来临，他们便更比其他世界上人感到四时交替的严肃。”

沈先生浪漫的性情和细腻的写作风格，我认为大抵也是源于他对生活的深切热爱，以及对诚挚感情的向往与全身心付出。

予人以爱，情怀永在。

江　颖

JIANG YING

沈阳市公安局和平分局二级高级警长。全国公安文联会员，鲁迅文学院公安作家班学员，中国散文学会会员，辽宁省作家协会会员。

在人间照见自己

——读毕飞宇《欢迎来到人间》

历经十五年，毕飞宇新长篇《欢迎来到人间》终于“降临人间”。“欢迎来到人间”既是一句问候，也是对来到人间的人的一种期许。创作一部二十三万字的小说，对于获得过茅盾文学奖、鲁迅文学奖的著名作家毕飞宇来说，竟要耗费十五年，可见创作过程的艰难，毕飞宇一直在和自己较劲。新书发布会上，毕飞宇说，这本书是一场噩梦，是他写作生涯里第一次产生过放弃念头的小说，最后他终于用一场突兀的梦结束了一个虚构的故事，也结束了折磨自己漫长的噩梦。

《欢迎来到人间》以中国社会二十世纪九十年代以来的高速发展为背景，讲述了2003年“非典”结束后的夏天，某市第一医院的泌尿外科连续出现了六例死亡病例，全部都是肾移植病人，都死于深度感染的并发症。主刀的外科医生傅睿在遭遇第七位病人的死亡后，陷入了现实和精神上的双重危机。傅睿的焦虑来自他对完美的执着，小说围绕着生与死，展现出了另一重反复无常的新世界。

小说的开篇直白且平和。大段的文字描述，如同电影中的长镜头，以航拍俯瞰的角度环视千里马广场一周，最后停在第一医院主楼上的红十字架上。再以扑面而来的视角，穿过院落、大厅、连廊，停在泌尿外科，停在无影灯下医生傅睿的脸上，故事徐徐开启。人世间所有的关系都和医患关系一样，是纷繁复杂的综合体，毕飞宇在虚构的小说里，通过饱含人间烟火气的情节构建，让我们每一个人都能沉浸其间，照见自己。

傅睿的专业、职业、婚姻都是按照父母的安排，按部就班，稳扎稳打进行的。他从没怀疑过自己的能力，也不过分关注别人的生活。他整洁、自律、冷漠、高傲，给人高高在上的神秘感。在傅睿母亲安排下，还是医学院大三在读学生的王敏鹿与学长傅睿相亲。初次见面时，校园男神傅睿也会局促，也会腼腆，也会偷偷地打量女生，这让敏鹿觉出他不是不食人间烟火的高傲神话，从而在心里说出：傅睿，欢迎来到人间。一场“相亲”之后，这个自带光环、神一样存在的傅睿才从天上来到人间。

在连续七次的手术失败后，傅睿开始“降临人间”：不断地自我否定，精神纷乱如废墟。我特别赞同北京大学中文系教授戴锦华对傅睿的定位：“中国当代文学中，人物相对缺少现代性，而傅睿却是非常典型的现代人，是独特的、当下的中国人。”她认为：“傅睿不是个案，他就是我们，是光鲜行走在现世之中的我们，内心溃烂而空洞。”

在写作实践中，人物的心理层面是最难表达清楚的地方，也因此毕飞宇特意在这部分章节中用不同的字体区分现实与傅睿的幻觉。《欢迎来到人间》的语言是毕飞宇式的，带着强烈的意识流风格。毕飞宇擅长用层层递进的句式，表现人物内心的纠结、焦虑与挣扎；用步步为营的叙述，表现平凡事物日常景象下的波澜与危机四伏。跟着毕飞宇营造的语境，傅睿、小蔡、敏鹿、郭栋、老赵等人物就都“活”了起来，甚至高级培训中心操场旁断了头的哥白尼塑像，照片里站在柳树下的十五岁初中女患者田菲，也都有了呼吸。毕飞宇作品中的每一处细节都是平凡日常生活的琐碎，组合在一起，却既有现实感又富超越性。

当下，“人间烟火气”是内容生产的“流量密码”，本质是作家希望以人文关怀书写民生话语、关切现实生活。这部新书，毕飞宇突破了以往的创作风格，既关注了当下的时代，又写到了生与死的人生两端，铺设出两端之间的通道与逻辑，文字中饱含一名作家的气质与担当。

小说最后在一片广袤的冰雪中落幕，戛然而止，无疾而终。人间到底是地狱还是天堂？是苦海还是温柔乡？每个人，以及每个个体，在人生的不同阶段，都会给出不同的答案。面对世界性的忧郁泛滥，在连崩溃都往往静音的当下，我们该如何自处？读罢小说，掩卷沉思，尽管小说给不出具体答案，但借由这本小说，我们得以反思自己，思考时代，照见自己。放慢脚步，关注自己，关注灵魂，珍惜眼前人。

人间热辣滚烫，欢迎来到人间！

师小童

SHI XIAOTONG

辽宁省作家协会会员，辽宁省散文学会理事，辽宁省翻译学会会员，沈阳市浑南区作协主席，《沈水南风》杂志·微刊主编。

孤独是上帝留给人类的烦恼

——读刘震云《一句顶一万句》

我国当代著名小说家刘震云先生的《一句顶一万句》出版于2009年，两年后获第八届中国文学最高奖项——茅盾文学奖。这部小说之前没读过，借着省作协本期“午后文学时光”座谈讨论的机会，我认真阅读了这部刘震云先生小说创作的巅峰之作，领略了这位小说大家对人性的深刻洞察和讲述社会底层人故事的那种话本式的十分接地气的叙事风格。

这部小说一开始读让人有些不耐烦，如果我并不知道它是著名小说家获中国文学最高奖项的作品，可能会读不下去。因为小说开头出现的人物太多，简直弄不清谁是主角、配角，一个个市井人物，一幅幅风俗画面扑面而来，让人眼花缭乱，应接不暇。而正是这一个人物接一个人物的出现、一条线索引出另一条线索的写作风格，盘根错节、枝蔓横生、跌宕起伏，生动自然地展现了中国社会底层芸芸众生生活中的画卷。

《一句顶一万句》这部小说分《出延津记》和《回延津记》上下两部。上部《出延津记》讲述的是二十世纪初期，河南延津县农村一个叫杨百顺的农民，随着生存环境的变化，把自己的姓名一路改为：杨摩西、吴摩西，最后改叫罗长礼。杨百顺，名字叫“百顺”，却一辈子诸事不顺。

年轻时辗转做学徒，从跟他爹老杨做豆腐，到跟老曾杀猪，再到给老蒋家的染坊挑水，最后都被扫地出门。为讨生计，他由一个失败的西方神父给改名为杨摩西。不久，入赘到一个吴姓寡妇家，改随了女方姓吴，名摩西。不承想女方早已红杏出墙多年，东窗事发后跟隔壁银匠老高私奔了。吴摩西假借“找”老婆名义出走延津，寻找的路上丢失了唯一能“说得上话”的养女巧玲。为了找到巧玲，他不得不走出延津；七十年后，吴摩西的外孙牛爱国也遭遇了与其外祖父相同的状况。为疏解心中苦闷，牛爱国远走他乡，寻找与其母亲相关的往事，从而回到延津。杨百顺和牛爱国的一出一回，都是假借寻找出轨老婆的名义，去寻找一个人，跟这个人说上一句话。这一出一回，跨越近百年，构成了几代人的恩怨、上百年的情仇。

小说《一句顶一万句》里的《出延津记》和《回延津记》，表面上看主要是讲外公杨百顺和外孙牛爱国两个人的故事。但读后认真咀嚼、仔细回味就会发现，实际上是在讲祖孙两代人的“孤独”史。“孤独”世代相传，祖辈的故事在后辈的身上重演，祖辈的“孤独”也在后辈身上延续。孤独是一个永恒的话题。千百年来，许多文人墨客都在用自己独特的方式表达这个话题。著名作家刘震云的长篇小说《一句顶一万句》被称为中国版的《百年孤独》。小说通篇看似都是些鸡零狗碎、家长里短的小事，却又集中笔墨于这些事中的诸多对话，营造出了一万句的喧嚣感。人的一生中要说数以万计的话，却只有一句话是最紧要的。读《一句顶一万句》，会共情到自己内心深处有话却无人诉说的凄凉和孤独。虽然我们处在一个喧嚣的时代，但因每个人的环境、地位以及各自的利益和立场不同，人与人之间的交往往往缺乏真心。相互能说知心话的朋友少之又少。所以，绝大多数人都活在孤独之中。“一个人的孤独不是孤独，一个人找另一个人，一句话找另一句话，才叫真正的孤独。”对于书中这句内涵深刻的话，我自己深有体会。

“小的时候，就朦朦胧胧地希望有一个同龄人懂你。同性也好，异性也罢，彼此间同喜乐，共分忧。长大了，希望变成了渴望。啊，多么渴望有一个人懂你！年长也罢，年幼也好，彼此的苦乐同担共享。人到中年了，渴望变成了愿望。但愿有这么一个人，同性也好，异性更妙，彼此间的一切，干啥还分你我？时至今日，那份初心已成奢望。幻想着会突然出现一个人，梦里也罢，现实更佳，彼此间心心相印，灵魂共融。啊，已经满头白发了。最初的希望怎么还在风霜雪雨中悄然流浪？一双坚韧的隐形翅膀已带你飞过无数次绝望。你坚信，终会有那么一天，生前也好，死后也罢，一定会实现这一祈盼终生也未能如愿的美好理想。”

刘震云先生的这本小说中，有一位叫汪梦溪的教书先生，教了十几年的私塾。一生也没遇到“说得着”的人。于是，他只能以荒野暴走的方式来纾解心情。读到此处，我会心一笑。我也时常以旷野暴走或登山的方式来疏解深藏于心底的那份孤独。

由此看出，有些人的孤独可以通过读书、听音乐、爬山或旷野漫步等方式排解。而那些生活在社会底层的芸芸众生，对孤独的排遣方式通常是寻找另一个人说出“顶一万句”的“那一句话”。为此，他们要在复杂坎坷、缠绕纠结的生活道路上苦苦挣扎着，突破重重的心灵壁垒去寻找一个能交心的倾谈对象。读了这部长篇小说，使我更能看清人是脆弱的，更是孤独的。脆弱需要支撑；孤独需要友情，需要倾诉。夫妻间一旦无话可说了，相互就没了支撑，就陷入了孤独暗夜。这时，自然就会去外面寻找友情支撑，寻找他人倾诉。很久以前我看了份资料，是美国社会学家对美国国内百万家庭进行调查。调查结果显示：美满的婚姻只占三十七万分之一。也就是说，三十七万个家庭中，才有一个家庭是真正幸福美满的。由此可见，既然婚姻的不幸是普遍的，人类的孤独之痛苦也就在所难免了。

刘震云先生是一位绝顶聪明的作家。他二十岁考入北京大学中文系，而且是当年河南省的文科高考状元。二十世纪九十年代初，我读过他的《塔铺》《一地鸡毛》等小说，这些作品始终聚焦于社会底层的小人物。而且，叙事风格也始终未变。比如《塔铺》的开头："九年前，我从部队复员了，回到了家。用爹的话说，在外四年，白混了：既没入党，也没提干，除了腮帮上钻出些密麻的胡子，和走时没啥两样……"《一地鸡毛》的开头："小林家一斤豆腐变馊了。一斤豆腐有五块，二两一块，这是公家副食店卖的。个体户的豆腐一斤一块，水分大，发稀，锅里炒不成团……"这部《一句顶一万句》的开头是这样的："杨百顺他爹是个卖豆腐的。别人叫他卖豆腐的老杨。老杨除了卖豆腐，入夏还卖凉粉……"

刘震云先生是一位河南籍作家。由此我想起了许多河南籍作家中如雷贯耳的名字。比如，写出《康熙大帝》、《雍正皇帝》和《乾隆皇帝》的二月河；写出伟大历史小说《李自成》的姚雪垠；《谁是最可爱的人》的作者魏巍，魏巍先生凭借长篇小说《东方》荣获了第一届茅盾文学奖。从古至今，河南都是一个文学超强的省份。古代二十四位大诗人中，河南就占了八位。他们是：杜甫，刘禹锡，韩愈，白居易，李商隐，李贺，崔颢，岑参。今天，荣获中国最高文学奖项——茅盾文学奖的河南籍作家已有九位。他们是：魏巍，姚雪垠，李凖，柳建伟，宗璞，周大新，刘震云，李洱，乔叶。河南还有一位被称为"短篇小说之王"的刘庆邦，更有一位大名鼎鼎的作家阎连科，他被誉为"中国的荒诞主义大师""中国的卡夫卡"。

尹立欣

YIN LIXIN

辽宁省作家协会会员，辽宁省散文学会会员。在《解放军报》《沈阳日报》《沈阳晚报》《今日辽宁》《刊授党校》《军嫂》等报刊发表文章二百余篇。

春风再吹奋进号

——读李英儒《野火春风斗古城》

《野火春风斗古城》最早是在二十世纪七十年代读到的，那时候，我还是一名学生，有一次去同学家，见她正在看一本已经被翻得很旧的书，我抢过来看了几眼，立刻被书的内容吸引了。我软磨硬泡才把书借到手，回家后饭也不吃，觉也不睡，一口气读完。我被书中的英雄人物所感动，那惊心动魄、荡气回肠的抗战故事深深地印在我的脑海中。

《野火春风斗古城》是作家李英儒根据冀中地区抗日斗争史实，撰写的一部长篇小说。书中情节升腾跌宕，人物立体鲜活，着重塑造了杨晓冬、金环、银环以及杨母等一批抗日英雄形象，描写了他们在敌后坚持地下工作，不畏艰险，不怕牺牲，团结一切可以团结的力量，出色地完成了党组织交代的任务，热情讴歌了中国人民在中国共产党的领导下，顽强不屈、艰苦卓绝，同侵略者血战到底的英雄气概。正如作者在序中所述的那样：“抗日战争时期，被党派往敌占区做地下工作的同志，都抱着光荣感与责任感来接受党的委托。打入内线之前，他们怀有‘肩担真理、怀抱革命’的凌云壮志；到敌占区后，抱着‘虽在敌特监视下，更在群众保卫中’的开朗态度……对于这些忠心耿耿埋头为党工作、创造了丰功伟绩、留下了可歌可泣事迹的同志们，任你有多好的歌喉、多饱的笔墨也是唱不尽写不完的。

《野火春风斗古城》这本小说，就是从上述诸英雄人物的生活和斗争中，东鳞西爪地选取了一些零星片段写成的。拿它与实际生活比较起来，犹如从波涛万顷的海洋里汲了一瓢水，从浩瀚无边的原野里抓了一把土。

这部书的主人公是游击队政委杨晓冬，在抗日战争的艰苦时期，他接受党的委派，乔装打扮，深入敌占区，进入古城，发动群众，瓦解敌伪，与敌人展开了一场斗智斗勇的生死较量。古城地下交通员金环、银环姐妹俩以及进步群众们，积极配合杨晓冬开展瓦解伪治安军的工作。在与敌人周旋过程中，金环为了拯救伪治安军团长，英勇就义，为革命事业献出了宝贵的生命。杨晓冬的母亲更是一位深明大义、正气凛然的英雄母亲。在敌人大搜捕中，杨晓冬和母亲不幸被捕，敌人为了获得地下党情报，想尽各种办法，花言巧语，威逼利诱，让杨母说出党的秘密。杨母识破敌人的诡计，她怒斥敌人，当着儿子的面，跳下楼去，壮烈牺牲。银环在杨晓冬的帮助和带领下，成长为一名更加坚定的革命战士，她继承姐姐的遗志，全力帮助杨晓冬完成了党交代的策反任务，自己也收获了一份沉甸甸的感情……

春风杨柳万象新。最近，我又捧起这部红色经典，脑海中再次浮现出那些抗战英豪的身影。我重读他们的名字，寻觅他们矫健的身姿，感受他们激昂的脉动，追求他们笃定的信仰。我敬仰杨晓冬不惧困难，越是艰险越向前的大无畏英雄气概；我敬仰金环坚贞不屈，为了完成任务，不惜牺牲自己的献身精神；我敬仰杨母一身正气，宁死不屈，勇于面对死亡的胆略雄心；我敬仰银环投身革命，意志顽强，为党的事业奉献青春的豪迈情怀。

本书最触动我心灵的是杨母牺牲那一幕。世上哪个母亲不心疼孩子，哪个母亲舍得丢下孩子？但在生死关头，为了保护古城地下党组织，杨母决定宁可牺牲自己，也绝不出卖组织，更不能给儿子增添负担。这位伟大的母亲，在做出这个决定时，回头看了儿子一眼，这一眼，饱含着母亲对儿子深深的不舍；这一眼，是对儿子的叮咛和嘱托；这一眼，惊天地、泣河山。之后，她老人家毅然冲出门去，纵身跳下，为革命流尽了最后一滴血。

每次看到这里，我的心情都久久不能平复。这是怎样的英雄气节啊！对于一位老人来说，这需要多大的勇气啊！我们的党之所以能历经百年风雨，战胜千难万险，正是因为有一大批这样的共产党员和普通群众，为党拼上性命，抛头颅、洒热血。“野火烧不尽，春风吹又生。”有着坚强信念的共产党人，前仆后继，英勇奋战，他们用自己的青春热血，谱写了一曲曲震撼山河的英雄战歌。

春风吹拂过祖国的锦绣山川，也吹响了踏上新征程的奋进号角。《野火春风斗古城》这部红色经典，吸引我们的不仅是跌宕起伏的抗日斗争故事，还是它带给我们的更深刻的思考，让我们不忘奋斗历史，珍惜来之不易的幸福生活，在新时代的伟大征程中，策马扬鞭，奋勇向前。

宋迎嘉

SONG YINGJIA

辽宁省工业和信息化发展研究院 PMP 项目管理师，国家高级营养师。爱生活，爱旅行，爱读书。发表过多篇学术性文章，是《易经》和中医爱好者。

追寻真实的自我，体悟人生的真谛

——读赫尔曼·黑塞《悉达多》

赫尔曼·黑塞的《悉达多》，这部散发着宁静之光的诺贝尔文学奖作品，仿佛让我找到了修心路上的同行者和指路人，不依一方教义，问心而寻道。

在《悉达多》中，黑塞以佛陀时代的印度为背景，展开了他对世界、对人生的追问。小说的主人公悉达多是佛陀同时期的修行者，婆罗门之子，全书用史诗般的语言，讲述着他从避世到入世、从鄙世俗到爱众生、从寻道到得道的过程，他在一次又一次的磨难与迷茫中，在自我否定与自我超越的过程中印证："你是从自己的寻求中，通过自己的道路，运用思维，借助禅定，透过认识，经由觉悟而成就你自身的，而非任何教义。"每个人都有着自己独特的心路历程，而这一心路历程又必然由自己来证悟。

条条大路通罗马，世界只有一个"罗马"

35岁前，我想探寻生命的意义，儒家教我"修身""天下大同"，佛家教我"无执念""普爱众生"，道家教我"放下""返璞归真"；35岁后，我想求索世间真理，王阳明教我："人人皆圣人，真理不在书上，而在我们心里。"我觉得，无论哪种教义，只是通过不同的路径和方式，试图引导人们接近那唯一的真谛，但若真想探寻到，还需走进自己内心深处的本真里。

智慧非知识，非才能，非学问。知识自见闻而来，才能自禀赋而来，学问自条理而来。智慧则是以知识、才能、学问为辅，从自身体认、觉解、证悟而来。人们可以发现智慧，运用智慧，可以因智慧而创造出奇迹，但连佛陀都无法用语言表达出证悟时刻所获得的解脱和智慧，教义是知识，一个人的觉悟唯有通过自己的体验得来。

不存在的时间，存在的当下

悉达多在河边发现了时间不存在的奥秘，我也开始思考，为什么我们从出生起就相依相伴的“时间”会是不存在的？

再想想，也对。

时间是人类给出的一个概念，因为有记忆，因为有日升月落，因为有死亡；时间是相对的，我们经历过度日如年，也经历过转瞬即逝，所以我们的生命长度不一；时间是局部的，仅限地球使用。后来看到《时间的秩序》一书，又从物理学的角度解读了时间的本质，还提出了时间随高度、速度、质量不同而发生的变化，这样看来，时间还真不大靠谱，那什么才是真的？

答案是：当下。

最真实的世界，是我们在正念中感受的当下。过去是记忆，是被扭曲篡改了的；未来是构想，是未真实发生的。没有什么会在过去或未来存在，唯有当下的喜怒哀乐贪嗔痴、酸甜苦辣味杂陈才是真实的存在，了解真实的自己，才能找到更好的自己。

我的世界因“我”而在，请向内心找世界的真谛

大部分人都是书里所说的“儿童心智的人”，因为得到些金钱名利而高兴，因为失去些许而恼怒，被其裹挟一生，浑浑终老。回头想想，金钱名利才是这世间最美味的“毒药”，让人们追逐，迷了本心，失了本性，沦为“俗人”。悉达多体会过一无所有的沙门苦修，也尝尽世间荣华情爱，他尽情体验了人世，用眼睛，更用心，心里的本真火种在“大死一番”中觉醒，在证悟一刻爆发，那一刻，他感受到了财富、情欲的虚妄，新生的是如婴儿般纯净的智者，他自由、快乐、平和、圆满……

你我皆凡人，如何得真谛?

悉达多说：“最重要的事是能够去爱这个世界，不去藐视它，不去憎恨世界和我自己，能够怀着爱、赞叹和敬畏之心来观察众生。”用充满爱的眼睛去观察世界，也必将回馈给你一个充满爱的世界。

王阳明说：“良知即天理，圣人之道，吾性自足，不假外求。”建议按照“无善无恶心之体，有善有恶意之动，知善知恶是良知，为善去恶是格物”四步进行修习。

老子说：“道可道，非常道。”只有片面的真理才能被语言表达，语言也只能表达出片面的真理，所以同样的书教出不同的人，所有表达得出的观点都具有两面性。而智慧，是对世间统一进行思考，并能够感受到这种统一。当生命不再束缚于任何单一的“声音”时，思想便汇聚统一，不再与任何意志作对，能够感受到内在的圆满。

我仍是一个在迷雾中打转的求索者，我想达成：如仅一世，体会到心中光明；若有轮回，那在这一世把自己的灵魂打磨得更澄明些。世界和一切经历都是为我提供体验和感悟的媒介，我对自己说：“为人生的意义，多关爱家人；为自己的幸福，少做些比较；为自我的价值，努力做些益事。”以此初定自我修心三步：

1. 与世界、自己和解，提高爱的能力，先亲亲，后仁民，最后爱物，心有博爱，也有薄厚亲疏之分。

2. 保持正念，感受良知，敬畏不欺骗良知，以德行之知为始，做该做之事。

3. 保持稳当、快乐，洒脱行事，不瞻顾、无回护。做个超脱之人，或可在心中萌出这真谛之光。

此时的我 37 岁，待 10 年后，会是怎样的心境？

张秀姿

ZHANG XIUZI

辽宁省高级人民法院宣联处三级主任科员。研究生毕业于辽宁大学比较文学与世界文学专业。

『文学曾是我的专业，也是一辈子的爱好，却不是我的职业。』

张秀姿

与命运抗争，为荣誉而战

——读荷马史诗《伊利亚特》

初读此书，本以为此书晦涩难懂，但实则不然，《伊利亚特》的完成度极高，可谓一气呵成。

荷马史诗的历史背景是持续十年之久、造成了无数牺牲、苦难与荣耀交织、最终由希腊取得胜利的特洛伊战争。这是一场由世间最美的女子海伦为导火索的战争，为争夺“金苹果”，三女神中的爱与美之神阿佛洛狄忒帮助帕里斯将海伦拐回特洛伊，希腊人与特洛伊人进行和平交涉不成，从而进军特洛伊。在“人民的国王”阿迦门农的率领下，希腊联军几经周折抵达并登陆特洛伊海岸，前九年，战争一直僵持不下并没有取得任何实质进展。

在第十年，战争迎来决战。阿迦门农因为掳获了太阳神阿波罗祭司克鲁塞斯的女儿，使得希腊联军遭受瘟疫，包括“阿开奥斯人（即希腊人）中最英勇的人”阿基琉斯在内的希腊各联邦首领们前来劝说其归还克鲁塞伊斯的女儿，却起了争执，在争吵中阿迦门农决定收回亦是抢走阿基琉斯的战利品（包括已经与其产生深厚感情的女伴布里塞伊斯），这就使得阿基琉斯受辱愤怒而拒绝出战。《伊利亚特》就是从这儿开篇，史诗围绕阿基琉斯的两次愤怒展开。“女神啊，请歌唱佩琉斯之子阿基琉斯致命的愤怒，那一怒给阿开奥斯人带来无尽的痛楚……”阿基琉斯退出战场，如此重要的英雄人物，从此在战场中缺席。但是作为主角的阿基琉斯却又“不在而在”，不时出现在他人的故事里、他人的言语里，在被烘托也被刻画着，让我们对这一角色印象深刻，对他在战场中复出充满期待。

阿基琉斯的退出直接导致希腊联军接连败退，形势危急。特洛伊人在其首领“头戴闪亮铜盔”的赫克托尔的带领下不断取得胜利，甚至一度兵抵希腊联军的海船防线和大本营，即将把希腊联军赶回大海。阿基琉斯的好友亦是好兄弟帕特洛克罗斯身着阿基琉斯的铠甲出战，被赫克托尔在战争搏斗中击杀。好友死去，“悲愤的乌云罩住了他的心灵”，阿基琉斯盛怒，这是第二次愤怒，“赫菲斯托斯为阿基琉斯制造铠甲”，阿基琉斯披挂上阵，特洛伊战争迎来全面决战，他重回战场全力抵住特洛伊人的进攻并杀死赫克托尔，被愤恨包裹的阿基琉斯凌辱了赫克托尔的遗体。

史诗中最令人动容的一幕到来，读来让人潸然泪下。特洛伊老国王普利阿莫斯，也就是赫克托尔的父亲，只身前往阿基琉斯处，哀求阿基琉斯将其儿子的尸体归还，老人将心比心，让阿基琉斯想想自己的父亲，阿基琉斯被老人感动，将赫克托尔的遗体归还。阿基琉斯为好友复仇的悲愤在这一刻被一位父亲的哀伤洗净。史诗在赫克托尔的葬礼中结束。

史诗中英雄人物在出战前，命运似乎已经被注定，赫克托尔与妻儿诀别，帕特洛克罗斯与阿基琉斯告别，他们向家人、好友告别，明知死亡即将来临却依然要为荣誉而战；即使赢得胜利的一方，也在战胜对方的同时，被对方告知死亡的预言。史诗环环相扣，以提前公布结局又不断给人期待的高超艺术手法吸引着读者。

文学作品之所以可以经久不衰、历代传唱，是因为古老的作品总是映照今天，这也是读万卷书的意义吧。

荷马史诗《伊利亚特》提出并探讨了许多重要的哲学和道德问题，像勇气、荣誉、自由和正义等，被认为是古代希腊英雄主义的完美体现。其中蕴含了丰富的古希腊命运观，一方面，曲折与必死的命运是优先于人的绝对的存在；另一方面，人与命运的抗争又迸发出强烈、鲜活的生命意识。这些思想既强调命运的必然性，又强调生命主体与命运的抗争，是古希腊人对“人”透彻深入的认识，更是人文主义精神的绽放。史诗中多处都向英雄表明其将死的命运，帕特洛克罗斯、赫克托尔，包括阿基琉斯的死亡都是提前被预知并告知他们的，但是英雄依然不为所动，仍要为荣誉而战，他们仍要追求他们想要的正义，对死亡的无畏无惧、对荣誉的珍视、与生命的抗争……值得我们尊重，也让我们感动。人生亦是如此，“人固有一死，或重于泰山，或轻于鸿毛”“你无法延长生命的长度，却可以把握它的宽度”……大抵都是这个道理吧。

史常锋

SHI CHANGFENG

1985年11月出生于黑龙江省齐齐哈尔市，军队政治工作专业硕士研究生，2007年6月入伍，历任排长、政治指导员、干事、训练队长，2023年11月转业到辽宁省法院工作，现任省法院政治部组织人事处一级主任科员。

《伊利亚特》和《封神演义》的阅读比较

之前对于荷马史诗都是通过历史课本、电影和短视频进行侧面的了解，只是知道故事的梗概和一些碎片化的信息，借这次读书活动的机会，才第一次完整地阅读了《伊利亚特》这本书，从刚开始阅读，就让我想起了高中时期曾经读过的另一本书——《封神演义》。我感觉这两本书虽然体裁不同，但在叙事方式、时代背景、人物关系上有很多共通的地方。

两部作品中关于战争的起因描述相似

《封神演义》写的是周人与商人的战争，却也得到了阐教和截教神仙的帮助。《伊利亚特》主要叙述的是特洛伊人与希腊人的战争，但也有奥林匹斯诸神介入其中。《封神演义》第一回就讲商纣王贪恋女娲娘娘的美色，写诗轻薄女娲娘娘，结果被女娲娘娘看到了，当即就表态说："若不与他个报应，不见我的灵验。"《伊利亚特》对战争的起因，在第二十四卷进行了交代，主要因为特洛伊国王帕里斯得罪了赫拉和雅典娜两位女神，才给特洛伊带来了战争。所以，从某种程度上说，这两部作品中的战争都是因为凡间的人得罪了女神，是有神明参与的战争。《伊利亚特》有一个情节很有趣，争吵女神投下写有“赠给最美丽女人”的金苹果，引起三大女神的争夺，就连宙斯也调和不了这个矛盾，便让特洛伊王子帕里斯作裁判，裁判结果让神后赫拉和智慧女神雅典娜非常不满，最后引动了希腊人和特洛伊人之间的战争。这也给我们法院干警带来一点启示：司法裁判工作责任非常重大，必须审慎对待，一旦裁判失允，可能会造成不可估量的后果。

两部作品中关于宿命的描述相似

两部作品都大篇幅提到了宿命对书中人物的支配，甚至连神明也无法抗拒。在《伊利亚特》中，“强大的命运”是一只看不见的手，经营着万事万物。人逃不过命运。捷足英勇的阿基琉斯也要“命中注定死在富饶的特洛伊城下”“强大的赫拉克勒斯也没有能够躲过死亡，尽管克洛诺斯之子宙斯对他非常怜悯，可最终他还是被命运和赫拉的嫉恨征服”。神明也不例外。宙斯看到自己的儿子萨尔佩冬死去时也只能一叹：“可怜，命定我最亲近的萨尔佩冬将被杀死。”命运就是套在万物之上的法条与枷锁，就连众神之王宙斯也必须遵照命运的指示来行动。而《封神演义》第一回也指出即使是神仙也不能望断他人气数，一切都有“命运”或“劫数”来掌控。第一回：女娲娘娘见到商纣王竟然轻薄自己，随即大怒骂道：“殷受无道昏君，不想修身立德以保天下，今反不畏上天，吟诗亵我，实在可恶！我想成汤桀而王天下，享国六百余年，气数已尽；若不与他个报应，不见我的灵验。”可见娘娘发威也要注意成汤的气数。可这气数并非女娲娘娘所能控制，后话说“二位殿下殷郊，殷洪来参谒父王……正行礼间，顶上两道红光冲天。娘娘正行时，被此气挡住云路；因往下一看，知纣王尚有二十八气运，不可造次，暂回行宫”。可见娘娘在气数面前亦是“不敢造次”。在第八十二回中，元始天尊曰：“尘世劫运，便是物外神仙都不能免，况我等门人又是身犯之者，我等不过来了此一番劫数耳。”这种在《封神演义》中多次出现的“劫数”与《伊利亚特》中的“命运”一样，是神都无法超越的界限，是一种限制神灵活动的规则，它就像是万物之间的各种联系，一件事的发生会导致事情的接连发生。小说中还多次提到“封神榜”上有名的神和凡人“合该此处尽绝”。两部作品中的神明也无法随心所欲地做自己想做的事情，他们的行为必须与所谓的“命运”或“劫数”相契合，否则即使是神也会因违反“命运”或“劫数”而受到劫难。在神明与命运的问题上，我们可以用希罗多德的话来概括这一思想：任何人都不能逃脱他的宿命，甚至一位神也不例外。

可见，即使是神明也不可以随心所欲，否则也会自食其果。这也给我们带来另外一点启示：不论任何人，都必须遵循一定的规则，并且对规则持有敬畏之心，任何人都无法凌驾于规则之上随心所欲、为所欲为，即使是神明也不可以。

陈宵瑜

CHEN XIAOYU

辽宁沈阳人，喜欢面向天空发呆、面对黑暗思考，喜欢文字和朋友，一枚文艺女中年。

陈宵瑜

再读莫言《蛙》有感

《蛙》是莫言先生2011年茅盾文学奖获奖作品，又在2012年年末，成为莫言先生获得诺贝尔文学奖时的代表作之一。全书并没有跌宕起伏的情节，作者也并未凭借精巧的构思或是华丽的辞藻吸引读者。虽说横亘了六十年的新中国岁月，但读起来没有沧桑厚重之感。阅读过程中，我们更多的像是一个看客，透过时光，看到人们在田间日复一日地劳作，看到他们在某一个时点上的喜怒哀乐，看到小人物的内心世界，每一个人都是鲜活生动的。

六十年来，对于国家每一项与生育有关的政策，小说里的“姑姑”都是坚定不移的执行者。鼓励生育的新中国成立初期，姑姑接生了无数婴儿。1965年年底，国家限制生育了，身为未婚大姑娘的姑姑，又成了“男扎”手术的操刀医生。“文革”十年，姑姑因为与叛逃飞行员谈过恋爱而饱受摧残。1979年开始，姑姑在很多人眼里又变成了魔鬼，因为她扼杀了上千个“违法怀孕”的妈妈肚子里的胎儿。姑姑年老后，嫁给了专门捏泥娃娃的手艺人郝大叔，一生没有孩子。姑姑始终无法面对自己的内心，认为自己的双手沾满了鲜血，这种精神上的折磨胜过肉体上的千刀万剐。

我们透过平凡朴实的描写，沉默地望着那个年代，望着那些一心想生个儿子的男人们，望着那些不惜性命也要超生的女人们，望着那片写满了文字和符号的土地。每一个个体其实都很无助，因为人总是脱离不了时代。可时代的洪流不论如何滚滚向前，都很难涤荡根深蒂固的思想。我们的民族和历史，是一部伟大的征程，也写尽无数女性的奉献。我们每个人，都只是时代里的一个草根，会发自内心地萌发出坚韧和质朴，也难免因力有不逮而发出一声叹息。

在政策面前，姑姑没得选择，试图超生的人没得选择，母体里萌动的生命没得选择。每个个体承受的巨大痛苦，都是旁人无法感同身受的。永远没有绝对的正确与错误。对大多数那个年代的独生子女来说，能够降临人世间，能够幸福地成长，能够嗅到青草的芬芳与杜鹃的花香，都是一件十分幸运的事情。

我曾经对书中的两个细节很感兴趣， 一是根据描述，“蝌蚪”（原著中一婴儿）的爷爷订购牛奶来喂养新生儿，这似乎有点违背常识：新生儿是不能喝鲜牛奶的。二是“小狮子”刚刚生产（男主人公的前妻因引产丧生，姑姑的助理“小狮子”爱慕男主多年，终于嫁给他并通过辅助手段高龄产子），就抱着襁褓里的孩子“推门而入”，这好像也有点违背自然规律：产妇刚刚生完孩子，就能“推门”？要知道，文中的“小狮子”，当时已经是五十几岁的“高龄”了啊。

直到自己也成为母亲，再读这本书，我才恍然大悟：新生儿的确不宜喝鲜奶，可对一个刚刚来到这个世界的小生命来说，生存的愿望何其强烈！每一个生命的诞生都是奇迹啊！没有奶粉、没有母乳，喝鲜奶照样能活下去，活着就是最好的见证。而“小狮子”刚生完孩子就能自己走，也是一个母亲的本能，即便刚刚生产，筋疲力尽，母亲也可以为自己的孩子做任何事情。可以说，任何一个小生命降临人间、任何一位女性成为母亲，都是亿万年里的无数转瞬成就的万丈光芒。

为了一段历史，为了一些忘却的纪念，为了更深刻地理解：生，容易；活，容易；生活，不容易。让我们再次阅读莫言先生的《蛙》。

红白人生：谁是你心里的那朵玫瑰

——读张爱玲《红玫瑰与白玫瑰》

像剥粽子一样一层一层地“略略读懂”张爱玲，我用了几十年的时间。初二那年，看许鞍华导演的电影版《半生缘》，始终是惆怅，看不到习以为常的团圆结局，却更觉得男女主人公痛得那么真实。大二的时候买了一本盗版的《张爱玲文集》，本是当言情小说看的，后来，每次重读，都有不一样的感受，人性里的龌龊如芒在背，仿佛越是无情的东西，越是无法逃避。毕业、成家、生子以后，每年都会重新翻翻这本书，翻着翻着，就翻出了心里的结：凡是装糊涂的，都是因为太明白。

张爱玲的小说，有个特点，就是“无情”。她把人性的贪婪和虚伪，用白描的手法，冷漠地揭示出来。比如《红玫瑰与白玫瑰》，故事发生在二十世纪三四十年代的上海，家道中落的佟振宝留学归来，爱上了老朋友的太太王娇蕊，也就是红玫瑰，但后者是有夫之妇，于是他选择放弃，娶了自己并不喜欢的白玫瑰。后来婆媳发生争执，母亲被气回了老家，振宝迁怒于妻子，没想到又发现妻子竟然和裁缝暧昧不清，振宝悲哀了，全然想不明白，自己尽心尽力地做个好人，怎么一手打造了这样一个世界？

佟振宝是个典型的“social climber”，为了迎合社会主流，费心费力地向上爬，打造自己的良好形象。与红玫瑰的感情是真的，可这注定毁灭他的前途，爱别人的分量，再重也抵不过爱自己，于是咬咬牙，也就放手了。母亲被气回老家，振宝不悦，是因为觉得她“让自己背了不孝的名声”。他隐约意识到婚姻不幸福的真正原因，是娶了不爱的人，于是觉得亏欠自己，为了成为别人眼里的“好人”，放弃了太多的东西，进而选择放纵，似乎这样就可以弥补一些“亏欠”，可这一切又是谁欠谁的呢？振宝很痛苦，无声无息地压抑着，没想到若干年之后的一天，与王娇蕊在公交车上重逢。

她胖了，也老了，怀里抱着一个孩子，说，谢谢你教会我什么是爱，从那以后，我知道生活还要向前。

佟振宝说，可你向前，遇到的也无非是男人。

娇蕊说，起先年轻，长得好看的时候，遇到的总是男人，后来发现，除了男人，还有别的……总还有别的。

娇蕊下车了，佟振宝看着反光镜里自己的脸，竟然有泪流下——“无数次设想重逢，总以为会哭的是她，没想到，竟是我”。

这一段若是拍成琼瑶的电视剧，难免一番郎情妾意，还好，这是张爱玲写的小说，全没有那些虚伪的你侬我侬。文字传达了人物心中真切的苦闷与无奈，当年，佟振宝是爱红玫瑰的，可是他不能自毁前途，只能抛弃她，所以她是“弃妇”。他却一直在痛苦，因为他娶了不爱的白玫瑰，内心真正的情感需求得不到满足，这隐秘的牺牲如此巨大，却也是自找的，没人认同他的牺牲，先放手的佟振宝以胜者的姿态退出，可是他不幸福，又不能让别人看出来，他要补偿自己，可还是不幸福，归根结底，他只是一个别人眼里的“好人”。

他办工厂，做演讲，接济亲朋好友，他注重自己的口碑，打造君子的形象，他从镜子里描摹出一个老好人佟振宝，可惜他不幸福，他和白玫瑰貌合神离，他倒贴钱给那些亲戚朋友也并非出自慷慨的善意，他只是为了让别人说，振宝是个好人。

振宝很累，为自己的虚伪而累，自找的，却停不了手，回不了头，那是一个他自己打造的世界，他没法去毁灭。

小说的结尾，振宝洗心革面，回归家庭。我却不知道，他能坚持多久。他活得太假，把真实的自己藏得太深，压抑得太多却无处释放。人到一定年龄，往往会被既成事实牵着走，很多貌似美满的家庭，又深埋着多少无奈和后悔？

也许，我们都或多或少地欺骗过自己，而后，在发现真实自我的一刹那，惊讶得不成样子。

也许，这就是人生。

2009 年，《小团圆》首次在大陆出版，让我们看到了一幅真实的张爱玲女士自画像。虽然“小团圆遗稿销毁”是她的本意，可拜商业利益所“赐”，“百岁老人”张爱玲奶奶不得不在红尘俗世里又走了一遭。我们进而更加深入地走进一个丰富、细腻的女性世界、人性世界：人的一生注定孤然而来、孑然而去，人生也始终伴随着矛盾、挣扎和不甘，而生命的宝贵之处在于，它无法重来。如果我们希望从其他人的智慧中读懂什么，最朴素的两个字便是“珍惜”。

王文琢

WANG WENZHUO

南京大学文学硕士。南大青年校媒主编，中青校媒优秀营员。作品曾被《中国青年报》、澎湃新闻等媒体转载。现就职于辽宁省文化和旅游厅。

做万物之歌者，以文化育新生

——读老藤《草木志》

近年来，乡村振兴的主题叙事屡见不鲜，但《草木志》并未落入书写乡村巨变史诗的俗套，而是从小处落笔，以人与植物的关系为引，试图“打通人与植物的精神联系”，追求人物和谐、天人合一的理想境界。故而墟里这一乡村虽小，展现的却是乡村振兴的大智慧；人与植物虽微，蕴含的却是世界运行的规律与真谛。

《草木志》的情节并不繁复，它以一位驻村干部的视角描绘了东北边陲的一个驿站古村——“墟里”的蜕变与新生。当然作者所着眼的，不仅仅是一个边陲村落。他以方、石两姓家族的和解与对驿路资源的开发这两件事为脉络，意在书写文旅融合与乡村振兴的时代主题。倘若细致梳理“墟里”是如何从差点被吞并的问题村，到各项工作卓有成效、被寄予打造“东北边疆第一村”的厚望的历程，便会发现它的发展之路，正契合习近平总书记在2018年全国宣传思想工作会议上提出的“举旗帜、聚民心、育新人、兴文化、展形象”的使命任务。

村里三老之一齐大牙为墟里开出的第一张治病良方就是“正名举旗”，因为只有为墟里村这一曾经官设的古驿站正名，才能让墟里百姓有共同的文化认同与精神归属，齐心协力朝着一个方向使劲。其后，在封灶的压力与被新生村吞并的风险下，墟里内部空前团结，人心大大凝聚。能达成这一成就，村主任“哨花吹”功不可没。他让村里暂时搁置方、石两姓的利益纷争，宣扬正能量，让村子的发展重新步入正轨。鼓乐队的成立是育新人的标志，它不仅让村里无所事事的闲人有高雅志趣、淳朴民风，还培养出石大艺这样的年轻演员，展现墟里村民全新的活力与朝气。兴文化方面，可以看到连通历史与未来之桥——都柿桥的建立、弥合方石两姓矛盾的小龙庙的落成以及对驿站传统六大碗的发掘，让墟里继承了自己的传统文化的同时，也在谱写新的文化篇章。最后，“驿路·遇见”文旅项目的建成，让驿路的风采真正能为外人所知，展形象的任务便水到渠成。

在这小小的墟里，淳朴的村民们不会把马克思主义、中国特色社会主义道路一类的理论挂在嘴边，但理论指导的意义万变不离其宗，为实践提供坚实的基础与方向的指引。墟里的故事是对如何进行宣传思想工作的生动诠释，也为我们如何做好文化事业工作树立典范。

《草木志》最大的创新之处就是以植物来喻人。虽然说从文学传统上看这并不新奇，从《诗经》的比兴之说，到《楚辞》的香草美人；从以梅兰竹菊喻君子，到《红楼梦》的群芳谱，历代文学家都曾以植物的特色比喻人物的性格。但《草木志》的比喻特色是“新”，所选植物非常具有东北地区的乡野气息，如红菇茑、扫帚梅、拉拉秧等。作者不仅引导读者重新关注这些常被人忽视的草木，更是在对植物习性的深刻了解与对人物性格的深刻把握中，精妙地展现出人与植物的深层联系，破除常规比喻的窠臼，真正做到了“守正创新”。

在人与植物的关系中，让我感动的是作者一直秉承着“情愿做万物之歌者”的理念。中共十八大以来，习近平总书记多次强调和阐述“绿水青山就是金山银山”的理念，指明了实现发展和保护协同共生的新路径。但很多人对自然都是一种凌驾式的“保护”态度，强硬地建造一些人为式样的自然景观。书中对都柿滩的开发与保护却不是这样，主人公对都柿滩的爱从来不是自站高位的悲天悯人，而是俯下身，沉入土，去感受它的脉动，去挖掘它的历史，去见证它的辉煌，去参与它的未来。“情愿做万物之歌者”强调的是对自然的敬畏与尊重，对万物之美的发掘。作者自始至终没有高傲地批判，没有居高临下地审视。而是以一种很谦卑的姿态、很平等的视角，在描述、在见证，在记录也在创造，所以才有书中结尾这句“我把人看成草木，而金子把草木看成了人”。

所谓万物有灵，草木有情，当下的乡村振兴、文旅发展，抑或是环境保护都可以借鉴这份对自然的敬畏与爱意，真正做到“人不负青山，青山定不负人”。

孟乐

MENG LE

辽宁省文化和旅游厅宣传推广处副处长。曾荣获辽宁省五一劳动奖章和辽宁省青年岗位能手称号，被省营商环境建设局授予突出贡献奖，在《中国日报》《经济日报》《河北日报》发表多篇作品。

人生如草木　荣枯度一生

——读老藤《草木志》

长篇小说《草木志》立意深远，叙事视角独特。全书二十九个章节，各篇目都以植物命名。这些植物品种驳杂、性状多样、共生共荣。或花，或草，或松，或榆；或挺拔昂直，或匍匐贴地；或迎风傲立，或顺风倒靡；或入药有益，或如弃敝屣；或人人喜爱，或避之不及；或高不可攀，或生死归泥。章节名是东北林间的纷杂草木，故事说的是这片黑土地上的人世百态。

记得欧阳修《秋声赋》中说："草木无情，有时飘零。人为动物，惟物之灵。"一草一木构成了这个花花世界，草木背后站立的是村庄，活动的是人。终有一天，村庄和村庄里的人也会归于草木之中。东北的四季分明，东北的乡村自带一种历史宿命的悲悯。小说中的古驿站，曾经的驿马萧萧，早已沉寂在村庄繁杂的荒草树丛之中。但是生活在这片土地上的人们，还是如野草一般，春荣秋枯，一生一世，一世一代，代代不息。这人世间的平淡生活本身就是让人一唱三叹的一件事。

《草木志》是一本让我感到亲切的书。我生长于农家，从小至今，对乡村、对草木有着天然的亲近和熟悉感。书中的人和事，让我总能不由自主地找到自己熟悉的生活原型。“金子”“石锁”“哨花吹”等一个个鲜活生动的形象可亲可近可爱。正是这些真实质朴的人，构筑了我们广大农村的坚实根基。他们爱生活、爱家乡，他们思变化、谋幸福，这些土生土长的村民和生长在村里的杂树野花一样，是这片土地真正的主人。他们立志改变生活的内在动力是主人公“我”建桥铺路、推动山乡巨变的根本力量。习近平总书记说：“人民对美好生活的向往，就是我们的奋斗目标。”“以人民为中心的发展思想，不是一个抽象的、玄奥的概念，不能只停留在口头上、止步于思想环节，而要体现在经济社会发展各个环节。要坚持人民主体地位，顺应人民群众对美好生活的向往，不断实现好、维护好、发展好最广大人民根本利益，做到发展为了人民、发展依靠人民、发展成果由人民共享。”我想《草木志》用艺术的手法很好地诠释了总书记的思想。主人公“我”依靠村民，发动村民，联系企业，争取支持。文旅项目的落地建设，不仅盘活了资源，发展了企业，富裕了村民，改变了乡村，更重要的是留住了驿路的千年文脉，提振了乡村振兴精神，凝聚了基层群众民心。

古人说“文章合为时而著，歌诗合为事而作”。我想这意思应该是“为时而著者，时代之意也，为事而歌者，恰逢其时也”。大时代背景下的巨变是应该被反映、被歌颂、被传扬的。如同《静静的顿河》通过一个哥萨克人自身的爱恨纠缠反映苏俄内战，《平凡的世界》用一户陕北农家的家长里短体现改革开放一样，《草木志》用一个驻村干部文旅赋能乡村建设展现了山乡巨变、乡村振兴的伟大成就，充分彰显了旅游业是名副其实的幸福产业、民生产业，具有一业兴、百业旺的强大带动作用。

总书记说：“绿水青山就是金山银山。”《草木志》中的溪流、湖泊、群山、丛林，河里的鱼虾、山上的药材、树林里的狍子野兔，这些绿水青山都通过驻村干部和乡村百姓的不懈努力，通过古驿路文化的重新振兴，通过古驿站的旅游开发，变成了“东北边疆第一村”的金山银山。那捕蝶养蜂、采茶寻果，牵黄犬逐狡兔，放木排捕江鱼的缕缕乡愁，也从古驿站出发，沿着千年驿路延续到了村里、城里和每个人的心里。

作为一名文旅厅工作人员，看见书中主人公能用文旅开发助力乡村振兴，我自己也产生了情感共鸣，与有荣焉。我的工作直接服务文化和旅游企业的机会相对多一些。工作中，我切实感受到辽宁文旅市场的火热，感受到文化市场从业者的激情。作为工作人员，我觉得文旅政务服务和《草木志》主人公改变乡村面貌的精神有相同之处，那就是"三得""三不得"。"三得"是廉政提醒得时时讲、高效务实得时时做、为民服务得时时想。"三不得"是文化安全松不得、服务企业慢不得、接待群众冷不得。按照厅领导工作要求，工作以来，我做到了文旅服务无差评反馈，接待咨询无有效投诉，个人获得了省营商环境建设局"突出贡献奖"，部门获得"红旗窗口"称号。我将充分汲取好图书带给我的精神力量，继续在自己平凡的工作岗位上尽心尽力助力辽宁文旅事业发展，为打好打赢全面振兴新突破三年行动攻坚之年攻坚之战做出应有的贡献。

人生如草木，荣枯度一生。草木随处可见，人生各不相同。只有深入体味关东大地的山海有情，才能真正感知这里的天辽地宁。我喜欢《草木志》，书里除了时代的变革昂扬，还有淡淡的乡愁和我那恐怕再也回不去的小村庄。

李　珺

LIJUN

语文教师，辽宁省作家协会会员，沈阳市大东区作家协会副秘书长。指导多位学生参加全国中学生写作大赛，累计荣获一、二等奖指导奖五十余项。文学作品见于《中国校园文学》、《文学少年》、中国作家网等。

说得着，看得见

——读刘震云《一句顶一万句》

我用了两天的时间，拜读了《一句顶一万句》这本著作，之所以读得比较快，是因为被它深深吸引，恨不得一口气读完。

看完书后，我又查找了相关的影视剧，其中改编电影《一句顶一万句》是取材于小说的后半部分《回延津记》；改编电视剧《为了一句话》比较全面，演员阵容也很棒，但是可能是题目的原因，没火起来，知之者较少。

无论是电影还是电视剧，与原著相比都差距较大，我印象里文学著作影视化比较成功的，有老版（86版）的《红楼梦》，还有《白鹿原》电视剧版，更多的影视化作品改动较大，远不如读书吸引人。

我个人读书有一个习惯，一本新接触的书，我喜欢随意翻开一页，尝试着读五到十分钟，如果读不下去，无论这本书名气多么响亮，也会把它放下，因为引不起我兴趣的书，便是与我无缘。

但是《一句顶一万句》这本书，读起来不会放下，不仅能翻开，还会读下去，甚至可以废寝忘食，为什么呢？用如今网上流行的话说，就是“接地气”。

我们总说“外行看热闹”，作为一名作家，他写出来的作品，其实是给很多不同文化程度的读者“看热闹”，不能要求读者都能达到作家的文化程度，所以作家的语言要能打动读者——能够打动任何文化程度的读者的作家，那才是真正优秀的作家。这一点，刘震云做到了。

因此，我特意查阅了关于刘震云的资料，发现他和王朔、冯小刚是非常好的朋友，怪不得我在读的时候，就感觉他的语言有点王朔的味道，在写作风格上有比较贴近的地方，让我读起来能够经常感受到语言的幽默，产生会心一笑的共鸣。

我之前看别的茅奖作品，比如《白鹿原》原文的时候，觉得陈忠实写得特别好，那种磅礴的鸿篇，令同样喜欢写点东西的我，觉得这辈子都望尘莫及。但是看完刘震云的《一句顶一万句》，却觉得他不是那么高高在上，他有很多东西是可以借鉴的，可以向他学习，在写作方式上可以向他靠近，这是我的一层收获。

既然说到写作，从创作的角度看，许多作家协会的朋友都有自己的写作爱好，无论是写诗歌、散文还是写小说，向刘震云这样优秀的作家学习，都会给你带来许多启发。

除了前面说的语言上的特色，这本书也非常严谨，禁得起反复去读，也不会找到明显的逻辑上的漏洞。其实许多优秀的作品都会出现细节上的瑕疵，举个例子，不朽的名著《西游记》家喻户晓，但其实《西游记》原文中是有些小的逻辑上的问题的，第一章就写到孙悟空（当时名字不是孙悟空，是石猴）初入水帘洞时，看到里面的一副对联（花果山福地/水帘洞洞天），后文又写石猴出去寻仙问道，在南赡部洲“学人礼，学人话”，浪迹了八九年——也就是说，孙悟空这个时候才能识字，那么他当初怎么会识得那副对联？还有，前两年网上有条新闻：一个五年级的小姑娘指出《西游记》的漏洞——唐僧师徒走了十万八千里，途经十几个国家和地区，为什么一路上的饮食没什么变化，各地风土人情都一样吗？也是在说《西游记》的不合理之处。

所以说，即便是四大名著之一的《西游记》，都有其不完美的地方，可见写作者除了语言，更要在内容的构思上加倍谨慎，《一句顶一万句》这本书，作者就做得非常精细。

最后，我们在读这本书时，都想过那个能“顶一万句”的“一句”到底是哪句话。我觉得，这就像金庸小说中武侠的最高境界是“无剑胜有剑”一样，不同的人会在书中找到不同的“那句话”，甚至不一定非得是书中的话，我们生活中每个人都可能遇到过对自己而言“一句顶一万句”的话，与小说中主人公产生情感的共振，岂不是有“无句胜有句”的妙趣，这也许是作家的又一高明之处。

一场游戏一场梦

——读刘亮程《本巴》

看完《本巴》的时候，我脑子中随即蹦出了曾经的一首流行歌曲《一场游戏一场梦》，于是将歌名定为此篇的题目。

在文中，“游戏”和“梦”，都是非常重要的元素，而且都不止一场，文中的人在做游戏、做梦；作者在写作时，也是用游戏的笔法写梦幻的故事，并且带着读者们在游戏与梦的交织中，感受《本巴》的亦真亦幻。

我知道刘亮程老师是写散文扬名的，还是“60后”的老前辈，所以翻开这本书后没多久，就越读越惊讶，惊讶于这本书如果匿名，我或许会以为出自网络作家的手笔，或者出自童话作家的手笔，因为在茅奖作品中，《本巴》确实有些另类，最显著的一点就是其天马行空的想象力。我个人觉得，刘老师在这部作品中，已经抵达了魔幻主义的最高境界——魔怔，反正我就算喝完一斤白酒，都跟不上他的脑回路，他老人家写嗨了！

那么，《本巴》在内容上，讲了什么故事？因为是致敬史诗的作品，情节上会有一些参照，但看过书后附录的史诗《江格尔》后，我笃定在故事的内核上，小说和史诗是两码事。

刚开始，我以为只是俩部落打架的故事，本巴和拉玛的两群人，打得跟闹着玩似的，在这里肉搏不多见，制胜的法宝，是各种精神层面、意识层面的控制与反控制——以前看武侠小说打架，有这么一个套路：人多打不过人少、个大打不过个小、大人打不过小孩、和尚打不过长老、男人打不过女人、姑娘打不过大嫂。

我发现《本巴》里的打架也有些规律，大概是“喝血的不如喝酒的、喝酒的不如喝奶的、喝奶的不如喝西北风的、喝西北风的不如喝羊水的”，所以在本巴的世界里，“越活越回旋”，绝对是句夸人的话。

读到一多半的时候，故事的框架还是洪古尔兄弟和哈日王之间的制裁与反制裁、套路与反套路，三个娃娃用各自的游戏对付对方，预判着对方的预判，本质上是看谁先把对方忽悠“瘸”了。里面出现了小说中令人难忘的“搬家家”、“捉迷藏”和“做梦梦”游戏，网上许多评论认为这是回归本真，我对此深感认同，看起来是小孩子的把戏，却能引起成年读者关于人生哲学的思考，这种大道至简的返璞归真，值得借鉴学习。

后来看到说唱人“齐”的出现，进一步佩服刘老师卓越的想象力，让我一下子想到了《盗梦空间》和俄罗斯套娃，到了这里，小说不仅在时间上随性，在架构上也是虚幻与现实交织，颇有些庄周梦蝶的意味了。

所以说，《本巴》的与众不同之处，在于大多数小说是三维的，哪怕《西游记》这种神话小说，孙悟空上天入地和唐僧取经的十万八千里，也是如此，而《本巴》是四维起步的，时间在这里随意转换，生死在这里没有鸿沟，这里充满了快乐为本的自由主义与浪漫主义，所以即便是战争也并不血腥，大家万事好商量。

直到文章的结尾，梦也没有结束，而是新的梦开始了，赫兰回到母腹，其实不是回到了他心心念念的原来的母腹，而是开启了新的轮回——这样的设计，也让小说更耐人寻味，值得反复咀嚼。

讨论《本巴》这部充满童真的作品很有意思，我个人认为，好作家要有“胡说八道”还能自圆其说的本事，刘老师在这方面，显然是宗师级别的，我很感谢他写出了好玩好看的故事，为有缘读到它的人带来了阅读的喜悦。

《本巴》还有个难能可贵之处，就是对读者的文化程度没有设置门槛，即便是小孩，也能去看看热闹，非常亲民。这也启发了无论写诗还是写故事的作家们——咱写东西，要有烟火气，是写给老百姓们的，不是给玉皇大帝上表的，千万别故弄玄虚还自诩曲高和寡，那就本末倒置了。

夏彬彬

XIA BINBIN

沈阳市诗书画乐研究会副秘书长，大东区作协会员，曾获第四届『林甸杯』儿童文学二等奖，作品发表于《文学少年》《小学生报》《小河沿》等期刊。

不可言说的自由

——读格非《隐身衣》

《隐身衣》首次发表于杂志《收获》2012年第3期，发表之初就引起了学界与评论界的广泛关注，并先后斩获第6届鲁迅文学奖和2014年老舍文学奖两个重量级的奖项。而格非自己对这篇小说的评价是：“《隐身衣》是我没有遗憾的作品，历经多次修改和字斟句酌，以往写作中往往有些遗憾，但是写完这部作品后我没有任何遗憾。”

面对评价如此之高的小说，下面就以我粗浅的理解来简单分析一下。

（一）关于小说中的“意外”

格非的小说有种意外感，你永远不知道故事的走向会如何，就像命运不知会将我引向何方。

文中提及的相亲，照理说亲姐姐安排的相亲肯定错不了的，但事实却恰恰相反。

在嘈杂的大排档里安排的相亲，相亲对象美珠不仅缺乏女性特征的美感，大舌头，还有一个叛逆期的儿子。她也是一直想唱却被“我”以漠视压制住的“天路”，被称为音响器材的复读机。两人尴尬相处，一切的一切都让“我”充满排斥感。在读者以为“状况不会更糟了吧”时，事实会更糟的。美珠甚至患过癌症，至今依然要靠吃药防止复发。这是一个比主人公“我”境遇更悲惨的女人。尽管如此，“我”依然发现了美珠的美。小说中的“我”是这样描述美珠的：“一个热心肠的老实人。在如今这个世上，连这样的人，恐怕也已是难得一见的。”进而出乎意料地产生“想要一辈子照顾她的幼稚冲动”。尽管这个念头只是一瞬，却也让“我”的情绪丰富且曲折起来。

就在读者以为，“哦，原来这就是作者安排的命运啊”之时，话锋一转，已故的母亲托梦出现，她摇了摇头，身影倏忽而灭，为一场不靠谱的相亲画上了一个同样不靠谱的句号。

（二）关于小说中的“空缺”

小说《隐身衣》中有一些没有交代，却引人好奇的谜案。比如说为什么好友蒋颂平是姐姐梨花的禁忌，他们之间发生了什么。还比如说，故事末尾，出现在黑老大丁采臣别墅里的毁容女人是谁，她为什么会毁容，她和黑老大丁采臣是什么关系。

作者格非在采访中是这样解释的：“古典作家会把每件事交代清楚，但现代作家不用，或者说不必要。”可以说，小说中的“空缺”是作者刻意而为之的。

在我看来，这几处空缺写得是极妙的。就像一幅山水画中的留白，是画中的气口，也是那云雾缥缈的神秘所在，给读者以想象的空间。

小说中没有实写蒋颂平与姐姐梨花因何而分开，却写了两人当年那段青涩美好的懵懂回忆。就像文中描述的：“蒋颂平有一个魔术师的口袋，只要姐姐想要，他的口袋里一定会有。”犹如相机的镜头对准了最值得回忆的青春，而将狗血的结尾虚化。

值得一提的是，在《隐身衣》发表数年后，格非又发表了《月落荒寺》。而《月落荒寺》的女主人公正是《隐身衣》末尾出现的毁容女人。在小说《月落荒寺》中，作者详细地介绍了女人的身世，以及她毁容的前因后果。

在我看来，虽然《月落荒寺》是一部很有看点的小说，却也因为它补充了《隐身衣》中的未解之谜而让《隐身衣》失去一种神秘的美感。这非但不是让整个故事完整，反而让可以生长的故事被限定在一个固定的空间中。

不过好在作者将故事分成两本书来讲，这样单就《隐身衣》一本书来说依然如维纳斯的断臂一般美丽。

（三）关于小说中的音乐

小说名为《隐身衣》，但“隐身衣”这个词被提及的却很少，它是一种意象，而古典音乐之于主人公“我”来说，便是那件隔绝俗世纷扰的隐身衣。

音乐在格非的小说中被赋予不可或缺的地位，作者借用音乐来表达出更多的含义。

当丁采臣所讲的音乐中似乎有“雾”的感觉为主人公“我”这个古典音乐发烧友所肯定时，他又问了一个问题：“如果弹钢琴的人不是罗热，而换成另一个人，效果会有很大的不同吗？”“我”的回答是肯定的，“雾”可能会就此消失，因为“每个演奏家对作品的理解是很不相同的”。

正如“雾”是读者的阅读感受，“演奏家”则是小说的作者。同样的故事，不同的作者来写，给读者的体验都是不同的。

那我们来看看小说《隐身衣》的“雾”是怎样的呢？

小说中的“雾”如萨蒂的《玄秘曲》一般充满迷幻又奇特的气氛，是文中多处空缺的破碎感，是丁采臣谜一样出现又鬼魂一样消失的飘忽，是遥远的，如同异域的神秘力量。

萨蒂的《玄秘曲》有一个特别之处就在于他的整篇乐谱是没有小节线的。这也就意味着整首曲子没有强弱的对比，以旋律加伴奏的模式简单地循环下去，给人一种不知未来将走向何方的神秘感。

萨蒂还在曲谱上标注：“不要停下来。”“你思绪的尽头。”这种循环将循环至何处呢？不要想，任由思绪去流淌，去放空，走向一段未知的旅程。透过曲调，听者仿佛可以看见那个小小的孤独的人影慢慢地，慢慢地消失在地平线上，远处的远处是一片雾蒙蒙的存在。

通过音乐的暗示，读者可以感受到文学小说中那一点不可言说的节奏与音乐在时空中某种微妙的联系。

艺术是人类情感的延伸，而那种延伸也是似是而非的，不能用具体语言去描述，但会有一个触角在虚空中生长着，这便是人类不可言说的自由。

李忆锋

LI YIFENG

中国作家协会会员，中国戏剧家协会会员，辽宁省戏剧家协会理事，中宣部『五个一工程』奖获得者。创作并上演多部话剧、戏曲等戏剧作品，出版、发表多部小说、童话、报告文学等文学作品，并获各级奖项。

从阿克琉斯的两次愤怒说起

——读荷马史诗《伊利亚特》

世界各国家都有属于自己民族的英雄史诗，中华民族的英雄史诗有《格萨尔王传》《江格尔》《玛纳斯》等。

荷马史诗《伊利亚特》赞美古希腊英雄，是希腊民族的英雄史诗，在《伊利亚特》中塑造的年轻率真的英雄人物阿克琉斯有几个特点：

一是立主干减枝蔓，直奔主题

特洛伊战争持续多年，《伊利亚特》只是截取其中的片段，即第十年中的五十一天里发生的故事，笔墨集中，主题鲜明。在塑造主人公阿克琉斯时，语言更是简练、精练，只写他的两次愤怒。

阿克琉斯的第一次愤怒，在第一卷第一行就表现出来："女神啊，请歌唱佩琉斯之子阿克琉斯的致命愤怒……"开门见山，节奏很快。接下来，讲述阿克琉斯为什么愤怒。阿伽门农率领的希腊联军历经周折抵达并登陆特洛伊的海岸，却因阿伽门农自身决策失误，导致希腊联军受损。阿克琉斯前来劝说，双方起了争执。阿伽门农决定收回阿克琉斯的战利品，阿克琉斯愤怒不已，继而拒绝出战。

诗文中反复出现"愤怒"这个词，可知阿克琉斯重视个人尊严，固然这是阿克琉斯生存的要求、人性的表现，但也显现出这时的阿克琉斯没有等级观念、集体观念。

阿克琉斯的第二次愤怒，是因他的好友帕特罗克洛斯的死亡。帕特罗克洛斯顶替阿克琉斯上战场，英勇作战，壮烈牺牲。阿克琉斯听到好友的死讯，“悲愤的乌云罩住了他的心灵”，偌大的身躯横倒在地……他再一次愤怒，决绝地重返战场，为好友复仇，为本族荣誉而战。

史诗通过阿克琉斯的两次愤怒，基本上完成了全文的叙述主线，其他相关事件作为背景随时穿插进来，像穿糖葫芦一样，主线分明，副线丰富。文学理论评价《伊利亚特》：“精心的题材剪裁和结构安排，表明当时的史诗叙事艺术已经达到很高的水平。”

二是两次愤怒推动情节发展，人物在情境变化中成长

史诗写了阿克琉斯的两次愤怒，但不是简单写，不是“愤怒”的简单重复，而是一次比一次递进、升华，一次比一次高级。阿克琉斯第一次愤怒，主要是由争夺战利品引起，体现阿克琉斯的“自我”意识。阿克琉斯的第二次愤怒，不是个体的、自私的，而是集体的、无私的，敢于直面死亡。“一旦死后，我将安闲地舒躺，但如今，我必须争得显耀的荣光。”

两次愤怒，有行为的对比——一次是逃离集体，一次是回到集体；有思想的对比——一次是争夺战利品，一次是争取英雄的荣光。两次愤怒，具有重复的力量，使得人物的戏剧性行动有了仪式感。人物在“愤怒”中发展变化，并不是停留在一个地方，这样的重复才有力量。剧情在“愤怒”中向前推进，人物在情节中成长——向上、向善、向强，这也是人类的共同信念。

三是由愤怒到平和，英雄形象丰满生动

史诗写了阿克琉斯两次愤怒之后，剧情急转而下，并没有写阿克琉斯的第三次愤怒，而是写了他的平和与宽容。

史诗的最后部分，写阿克琉斯把敌方首领赫克托耳的遗体交还给敌方。阿克琉斯在战场上是残暴的，甚至在杀死赫克托耳之后，对他的尸体百般凌辱，有仇必报。但是，在听了赫克托耳父亲一番诉说后，阿克琉斯的心里催发了哭念父亲的感情，如烟的记忆，笼罩在他俩的心头……他从座椅上起身，握着赫克托耳父亲的手，把他扶起来，看着他灰白的须发，心中泛起怜悯之情。阿克琉斯佩服老人的勇气，感动于老人的爱子之情，让老人带走了赫克托耳的尸体，并且答应休战十二天。同愤怒比起来，平和的力量更伟大，更强大。

史诗描写了阿克琉斯的两次愤怒以及最终的平和与宽容，塑造出阿克琉斯这位年轻率真的令人信服的英雄。他可以任性而为——同首领阿伽门农争吵结怨，拒绝出战；也有儿女情长的一面——为好友战死悲痛，愤而再上战场；胜利之后，他深深怀念好友，“眼泪大颗大颗往下滴；他时而侧卧，时而仰卧，时而俯伏，最后他站起来，去到海边，在那里徘徊，心神错乱”。对勇闯军营、发誓要赎回儿子遗体的老人家，阿克琉斯并没有愤怒，而是平和地解决冲突。阿克琉斯温和、善良的一面，同样是他纯真人性中不可或缺的部分。两次愤怒与最终的平和形成鲜明对比，阿克琉斯这样一个立体而率真的英雄形象跃然纸上，生动而丰满。

佟惠军

TONG HUIJUN

笔名佟掌柜。中国作家协会会员。作品多次被《小说选刊》等刊物转载，并被译为英、日、韩等国语言，部分作品入选多个年度选本和高中语文试卷。获第三届曹雪芹华语文学大奖微小说奖，出版小小说集《孔雀眼》。

圆满并不是最好的结局

——读老藤《草木志》

《草木志》整部书都氤氲着顺应天道、崇尚自然的氛围，深刻体现了环保主义的核心理念与人文精神的广阔情怀。它不仅描绘了人的世界，也描绘了草木与动物的世界，是一幅人与草木、动物，与大自然和谐共生的生态图。作家以笔为媒，赋予万物以灵魂，从始至终都洋溢着勃勃的生机与活力。在阅读的过程中，读者仿佛能嗅到草木的清新与芬芳，感受到动物与人类间微妙而深刻的生存共鸣与情感交织。

《草木志》以文学独有的魅力，对当代农村所面临的挑战与困境，提出了富有前瞻性的见解与建议，展现出作者深邃的社会洞察力和深厚的人文情怀。此外，书中穿插的俚语与歇后语，恰似点睛之笔，不仅鲜明生动地刻画出人物的个性特征，使人物形象饱满立体，更为整部作品增添了浓厚的生活与乡土气息。

下面，我就以下几个方面，对《草木志》进行简要的剖析与回顾。

一、人物塑造细腻深刻

大家都知道，小说主要是写人。《草木志》中的人物众多，其中，金子作为灵魂人物，其形象尤为鲜明。她是一位坚定的自然主义者，为了守护叶洲的灵魂与那片她誓死捍卫的土地，甘愿一生扎根墟里。她超凡脱俗的精神信仰，与对世间万物的深切悲悯，给我留下了极为深刻的印象。而“哨花吹”，则如同小说的脊梁，他有智慧有担当，幽默而不失严谨，他踏实的做事理念与高尚的品格，支撑起整个故事的骨架。

二、故事情节的多层构建与布局

小说开篇以郑高的段子和一些日常琐事为引子，巧妙地将读者引入那个充满历史底蕴的300年古村——墟里。随后，通过一系列精心设计的伏笔与铺垫，逐步揭示出墟里村内外交困的复杂局面。

方、石两家的世代恩怨，包括蛇祸、土豆窖、三道鳞这三个主要事件，还有村中的“一金三老”之谜，以及来自外部新生村的威胁，镇里接二连三下达的、各种打破农民生活习惯与风俗的、有违环境保护理念的命令，共同编织成一张错综复杂的情节网。扑朔迷离的悬念就像个钩子，不断地勾起读者的阅读欲望，直至小说结尾，才揭开所有谜团。

三、首尾呼应的巧妙与主题的升华

小说从开篇写驿路中断，到结尾驿路开通，不仅形成了叙事上的闭环，更喻示着故事的圆满。

然而，圆满并不是最好的结局。小说最后，金子关于生命价值的深刻阐述，更是将小说的主题推向了新的高度。她以集体主义精神为基石，批判了等价交换的自私观念，强调了无私与奉献的崇高价值。这一论述，不仅提升了作品的思想深度，也深深触动了读者的心灵。

有朋友说，老藤的小说，男女主人公的结局总是不能圆满，比如《铜行里》的石洪祥和令狐可，比如本部书中的“我”和寒寒。我却不这么认为。男女之间，未必只有成为夫妻才可谓圆满，像石洪祥和令狐可那样，一生相互守护，心灵相通，这种情感的升华，才是更高一层的境界。并且，本书中的“我”和寒寒最终有没有走到一起，作者也留下了悬念，供读者畅想。

四、现实观照的深刻与批判

小说在展现乡村生活的同时，也深刻揭示了当下乡村面临的现实问题。作者指出，经济问题只是乡村问题的表象，更深层次的原因，在于人心的离散与乡村文化的遗失。为此，他提出了以鼓乐之和化解矛盾、以“概念”凝聚人心，实现现代与历史贯通的解决方案。此外，小说还通过具体事例，对机关工作的形式主义，以及上下级之间的矛盾，进行了委婉的批判与反思。

五、小说中的辩证哲思及宗教观念

小说中充满了对生命、自然、历史与宗教的深层次思考。大奎关于青石碑的见解、老雷对谎花理论的评价，以及齐大牙对因果关系的阐述等，都展现了作者独特的辩证哲思与宗教观念。这些情节，不仅丰富了小说的内涵与层次，也为读者提供了更多元化的思考视角与启示。

总结下来，《草木志》是一部集现实主义逻辑、丰富生活感知、独特视角与反向哲思于一体的杰作。它以环保主义和人道主义精神为内核，以生动的笔触，描绘了乡村生活的点点滴滴与人物命运的跌宕起伏。它不仅是对乡村现实的深刻观照与批判，更是对人类精神世界的深度探索与有力颂扬。

王　莉

WANG LI

辽宁省直机关工作人员，虽人到中年，但在工作中一直保持着努力细心和对工作的责任感，闲暇之余，喜欢将阅读的智慧与自己人生经历相融合，在字里行间寻得共鸣，偶发感悟，这些感悟如星辰般点缀着自己平凡的人生旅程。

勇敢追梦，活出真我

——读梁永安《每个人都了不起》

在忙碌的生活中，我们往往被工作、生活、梦想与现实包围，感觉像在大海中漂浮，时而奋力前行，时而却随波逐流。读梁永安的《每个人都了不起》一书，我有了深刻的反思。这本书用细致的笔触探讨了工作、职场、生活与自我成长，书中的故事触动了我，让我产生共鸣。通过这些故事，我意识到每个人都可以在自己的生活中找到价值和意义。

首先，《攀爬：小镇做题家，奋斗到哪里才是个头》这一章让我深受启发。这些来自小城镇的年轻人，通过努力学习，在题海中拼搏，希望能够走出小镇，探索更广阔的世界。他们的奋斗不仅是为了自己，也是为了家人和小镇对他们的期待。他们对梦想的执着追求、面对困难和挑战时的勇气，让我明白不管起点如何，只要有梦想并为之努力，就能有机会改变自己的命运。

其次，《麻木：佛系害惨了多少年轻人》这一章让我深思。现在社会快节奏、高压力，很多年轻人选择了“佛系”，看似随和、不争不抢，实则是对现实的一种无奈和逃避。这种逃避态度不能解决问题，反而可能让人更迷茫痛苦。梁永安通过这个故事，提醒我们要正视自己的内心需求，勇于追求真正想要的生活，不被外界的标签和期待所限。这让我意识到，面对生活，我们应该抱有更积极的态度。

另外，《创业：工作是死路，创业是绝路》这一章让我难忘。它讲述了创业者的艰辛和不易，以及他们在追求梦想的过程中所经历的种种挫折和磨难。这个故事告诉我，创业并不是一条轻松的道路，它需要创业者具备坚定的信念、顽强的毅力，并为之不懈努力。同时，我也看到了创业者的勇气和责任感，他们敢于挑战自我、突破常规，用自己的智慧和汗水创造更加美好的未来。这让我更加敬佩创业者，也激励我在自己的生活中勇敢追求梦想。

最后，《无我：工作几年后越来越不能做自己，怎么办》这一章让我深思。它揭示了职场中一个常见的问题：随着工作年限的增长，人们往往会逐渐失去自我，变得难以做真实的自己。这个故事让我思考，我们是否应该为了工作而放弃个性和原则，是否应该勇敢追求内心的真实和自由……它提醒我，要时刻保持清醒，不忘初心。

《每个人都了不起》这本书，通过丰富的故事和深刻的见解，给我带来了许多宝贵的启示。以下是我认为其中最为重要的几点：

认识自我，接纳自我。了解自己的优点与不足，接纳自己的全部，包括那些不完美的地方。只有真正认识并接纳自己，我们才能找到属于自己的道路，活出真实的自我。

勇于追求梦想，不畏艰难。要有勇气去追求自己的梦想，不畏艰难，不怕失败。因为只有在追求梦想的过程中，我们才能发现自己的潜力，实现自我价值。

保持独立思考，不随波逐流。在现代社会中，人们往往容易受到外界的影响，盲目跟风，失去自己独立思考的能力。只有坚持自己的信念和价值观，我们才能在社会中立足，活出自己的精彩。

珍惜当下，感恩生活。感恩生活中的每一个美好瞬间，无论是成功还是失败，都是我们成长道路上不可或缺的一部分。

关注内心需求，追求幸福。幸福不是外在的物质条件所能给予的，而是源于内心的满足和充实。我们应该学会倾听内心的声音，追求那些能够让自己感到幸福和满足的事物。

总之，《每个人都了不起》这本书鼓励我们认识自我、追求梦想、保持独立思考、珍惜当下并关注自己内心的需求。希望我们都能从中汲取力量，活出自己的精彩人生。

李玉龙

LI YULONG

黑龙江省大庆市人。曾任报社记者，现任职于辽宁省光明学校。喜爱文字，乐于从字里行间寻找人生的真谛，汲取前行的力量，抵挡岁月的漫长。

依依墟里烟 袅袅思乡愁

——读老藤《草木志》

甲辰年的夏天雨水格外多，东北竟然晾不干衣服。潮湿闷热的不只天气，还有压抑到有些喘不过气的心情。逃离了大城市，躲到了人口密度小很多的地方，看见了蓝天、绿地，心灵得到了喘息。读到了“午后文学时光”推荐的《草木志》，心中又宁静了许多，心绪也飞回了那个炊烟袅袅的小乡村。

《草木志》中的“我”是一个生物专业的毕业生，爱将人与植物联系起来。在驻村的日子里将自己遇见的形形色色的人和各种各样的植物联系到一起，为他们写下一篇篇人物志，这一个个鲜活的人，一起书写了墟里村新的辉煌。

作者是在农村生活过的，他笔下的墟里村，可以让每一个从农村走出来的人找寻到家的记忆。

关于驿站，我只从祖辈人口中听说过。听说驿站的人祖上多数是被流放过来的中原或者更南方的人，带着文字、礼数来到驿站，落叶生根。家里来人，即便不招待一桌薄酒素菜，烟草茶水也是少不了的。后来驿站被邮局取代，但是这份礼节并没有消失，或者说不仅是驿站，农村都是如此热情好客。到家来就是客，端茶倒水、杀鸡烹羊，彼此的交流都在酒中，情谊也在交流中升华，不是亲朋胜似亲朋。

小说中，镇上大张旗鼓地要拿墟里村为典型——封灶台。主人公进入村里先见到的是炊烟。这不由得让我想起作者笔下的墟里就是由陶渊明的“暧暧远人村，依依墟里烟”而来。炊烟，是记忆中抹不去的。冬天的早晨，炊烟啊，直直地在晨雾中升起。傍晚，迎着夕阳回家的时候，又会见到炊烟在夕阳的金色晕染下斜斜地飘向远方。那时候还没读到“大漠孤烟直，长河落日圆”，却也觉得不失为一种美丽，值得一幅写意山水画的美。关于炊烟，也不全是美好的记忆，毕竟农村的起居生活是离不开柴草的。木柴是最上等的，烧起来干净无灰热得快，但树木不可以随便砍伐，只能偶尔花钱购买，逢年节的时候才能烧一些。其次是一年生植物的秸秆，玉米、高粱一类的，晒干了也是极好的柴草。但是记忆里好的都先拿去当青饲料，被啃得光秃秃了以后放到一边，拿来烧柴都是有些浪费的。成捆的也抱不了，就只能烧柴草垛的碎柴火，拎着村里别家送的编筐往屋子里拿，尘土从缝隙中一路画出一条线。掌握不了烧柴火候的时候，常常会被堵到喷薄而出的一股烟烧焦头发，呛得嗓子里都是吐不尽的烟，直到多年之后想到老家时，那股烟都会涌到嗓子眼。

墟里村是美丽的，历史美、风景美，村里的人和走出去的人也不乏美丽。村里的人就像是作者笔下的植物一样，各有各的特色，各有各的活力。人活一世，草木一秋。人这一辈子和植物有太多相似之处。就像有人会说你看她多有活力，生命力很强。墟里村能重绽光芒，应该和这些生命力旺盛的村民分不开。像谎花一样的老毕，虽然很多事没结果，但是都曾经尝试去做，都曾经努力地将生命绽放。当年放弃回城的老知青金子，就像杨铁叶子一样在无人知晓的地方，默默无闻地付出，只因为爱上了这片可爱的土地。

墟里最后没有被并村，反倒是将新生村合并了过来，因地制宜，发展产业，推动中华优秀传统文化中驿站文化的创造性转化、创新性发展，打造“驿路·遇见”文旅融合项目，终于让墟里发生翻天覆地的变化并走上了健康富裕之路。

作品简介里说这是充满现实主义色彩的小说，在我看来它更多的却是浪漫色彩。人到了一定的年龄总会理解陶渊明，并且想成为陶渊明，尤其是曾经从农村这片土地中走出来的人。“羁鸟恋旧林，池鱼思故渊”，当年如何渴望走出农村，如今似乎就有多渴望回到过去。城市里的钢筋水泥、高楼大厦，隔开了人与人之间的距离，以前开玩笑说，农村交通靠走，治安靠狗，通信靠吼，可是心是敞亮的，眼界是没有被阻隔、能看见旷野的，是开心不开心都可以朝着大片的绿色放声高喊的。作者笔下的墟里，最后是精彩的，就像象牙山村一样无论故事怎样曲折，最后结局都会大团圆。

你我的村中应该都有过齐老三这样的守村人，花花这样的守村狗，当然也会有齐大牙这样的智者一样的存在，也会有一些不那么入眼、不那么和谐的植物，正是这些人和植物构成了墟里的风景，构成了你我村中的风景。感谢墟里，就像那袅袅炊烟飘来了思乡愁，勾起了我关于故乡的回忆，也希冀我的故乡可以像墟里一样重放光彩。

唯有热爱，抵挡岁月漫长

——读格非《隐身衣》

人啊，总要有个兴趣爱好来抵挡生活的洗礼和漫长岁月的百无聊赖。一旦拥有了它，即便遭遇了困难、挫折、坎坷，也可以从痛苦中抽离出来，以一种俯瞰苍生的角度去看这个世界。它就像是一副铠甲、一身坚不可摧的战衣，就像是格非笔下的《隐身衣》。

《隐身衣》中的“我”是一个专门制作音响胆机的人。“在北京，靠干这个勾当为生的，加在一起不会超过二十个人……这个社会上的绝大部分人，几乎意识不到我们这伙人的存在。这倒也挺好。我们也有足够的理由来蔑视这个社会，躲在阴暗的角落里，过着一种自得其乐的隐身人生活。”

在外人看来，“我”是一个十足的失败者：妻子出轨跟别人走了，房子“我”竟然也留给了她，寄居在姐姐那漏风的破房子里，又几次三番地被姐姐姐夫找理由“请”走。孤家寡人，没有属于自己的家。

“我”赖以维生的工作是给人定制音响胆机。用最虔诚的心意和技术做出来的作品，却要拿来听盗版的碟片，这在“我”看来，完全就是在亵渎音乐。可是又有什么办法。这世界总是这般矛盾，就像当你意识到青春宝贵的时候，你已经永远失去了它。“我”视若珍宝的作品，要么被人拿来听盗版碟，要么被人拿来装点门面，从没有人真正地用它去欣赏最美的音乐，这世上总是这般奇怪，得到的不珍惜，惦念的被践踏，于是人便愁肠百结。

好在“我”有自己的热爱，虽然“我”不喜欢“发烧友”这个称谓，但是“我”仍然因自己是一个手艺人感到自豪。“我”对古典音乐的了解与热爱，让“我”完全可以抛开世俗的熏染，处于世界最隐秘的核心。那份爱是纯粹的，不掺杂任何杂质的。不像如今“我”的几位客户那般肤浅、世俗。

不知是世界变化太快还是“我”停在原地未动，现如今，论起手艺人的地位已经与乞丐没有多大区别。过去人们以听流行音乐为耻，如今却听得津津有味。在这样的世界里，“我”仿佛是格格不入的。

“我”仿佛在与这个世界脱轨。先是母亲的预言得以应验——妻子玉芬离“我”而去。关于玉芬的离去，“我”尝试过挽回，但是无济于事。后来想起母亲的话:“孩子啊，能够过过手，也是咱家上辈子积下的福分啊。你说说，人所能有的最好的东西，是什么呀？是命，对不对？可你就是成天把命抓在手里，紧紧地攥着，临了，还得要撒手，对不对？”人啊，这一辈子能真正拥有的又有什么？所以不要介怀得到与失去，拥有的时候好好珍惜，失去的时候就放手吧，这也是放过自己。

与发小蒋颂平的关系也随着两人道路的不同而渐渐疏远。无论是在“我”需要帮助还是即将流离失所的时候，他的表现都是那么冷淡，完全记不起一丝当年“我”为他两肋插刀的恩情。可能就像“我”小时候就明白的一个道理：“不论是人还是事情，最好的东西往往只有表面薄薄的一层，这是我们的安身立命之所。任何东西都有它的底子，但你最好不要去碰它。只要你捅破了这层脆弱的窗户纸，里面的内容，一多半根本经不起推敲。”

再说“我”的亲姐姐——崔梨花。为了让“我”尽快搬出她的房子，演过苦情戏，和姐夫唱双簧，甚至将“我”看作一个包袱，恨不得明天就让“我”和一个带着儿子的、得过甲状腺癌的、大舌头的女人同居。“这份亲人之间的感情，其实是一块浮在水面上的薄冰，如果你不用棍子捅它，不用石头砸它，它还算是一块冰。可你要是硬要用脚去踩一踩，看看它是否足够坚固，那它是一定会碎的。”这是多年前蒋颂平的感悟，如今也让“我”看清了姐姐的真实想法。

上天会善待每个纯粹的人，比如说“我”。一个走投无路的人，终因自己视若珍宝的AUTOGRAPH摆脱了困境。神秘的丁采臣订下这套价值不菲的音响。虽然其中曲曲折折，但最终“我”有了住处，有了自己的妻女，还有了意料之外打到账上的尾款。这倒有点聊斋的意味了：一个郁郁不得志的书生，最后演绎了才子佳人的故事。这到底是上天的安排还是丁采臣这个神秘人的安排就不得而知了，当然也都无所谓了，毕竟只要不是特别爱吹毛求疵，凡事都要去刨根问底的话，其实生活还是挺美好的。

每个人在这个世上都在为生活奋斗，有的拼命地去融入，有的尽力让自己从纷繁复杂中挣脱出来。“我”就是一个不甘沉沦于世俗的人，只因有自己的热爱与执着，就像一件世俗无法攻击的“隐身衣”，终带“我”站在世界的边缘睥睨这个世界。

愿你我都有自己的热爱、自己的隐身衣，抵挡岁月漫长。

陈依琳

CHEN YILIN

辽宁省人民检察院干部处四级主任科员。性格开朗，兴趣广泛，爱好阅读、古筝，擅长演讲、朗诵、主持。『在心里种花，人生才不会荒芜』，一直希望自己能够在工作中务实进取、在生活中明媚肆意、在人生中知足常乐。

陈依琳

让童年的梦留在本巴

——读刘亮程《本巴》

在阅读《本巴》之前，首先要了解蒙古族英雄史诗《江格尔》。《江格尔》被誉为“中国三大英雄史诗”之一，在世界范围产生了广泛影响，是蒙古族人民贡献于世界文化宝库的璀璨明珠。这部史诗具有丰富的思想内容，也给了《本巴》作者刘亮程先生足够的空间发挥。

《本巴》为我们描述了一个“浮生若梦”的故事。在阅读的过程中，我感觉到正应了李白的骈文：“夫天地者，万物之逆旅也；光阴者，百代之过客也。而浮生若梦，为欢几何？”这本书把梦中的危难在梦中解决，让梦一直做下去，同时塑造了一位说唱人，也让东归故事在不同阶段、不同时空恒久地传唱下去……其中不仅有着《江格尔》史诗中蒙古族的“民族梦”，有着童年与老年交织、现实与前世纠缠的“人生梦”，还有着史诗说唱与民间游戏、纪实与诗歌相互交融的“文学梦”。阅读这本书是“轻”的，虽为长篇小说，却能让人一气读完而不觉疲乏；书中主人公是“轻”的，洪古尔、赫兰总是在本巴草原中“飞”跃而出，飘落在厚重的东归历史中；书中的意境是“轻”的，幸福的本巴是人间天堂，二十五岁年纪轻轻，没有衰老与死亡。但书中所展现的、所蕴含的、所凸显的民族历史、精神传承以及时间的作用却让我们能感受到整本书的“重量”。

《本巴》向我们解读了流传于新疆阿尔泰山一带的蒙古族聚居区的史诗级“村庄文化”。本巴，在藏语里意为“宝瓶”，代表着福智圆满的容器，即保护着一个美好的世界。江格尔在蒙古语中解释为“能者”，是带领人民追求美好生活的英雄。《本巴》对传统的史诗做了非常有趣的改造，比如用搬家、捉迷藏、做梦代替人与人之间的残酷斗争。这本书也成为刘亮程对一切美好生活的隐喻，“人因为怀念而时时回头，时间慢下来，人有可能在回望中看见本巴”。读这本书时，我在思考几个问题。什么样的生活值得人怀念呢？书中也给出了答案：人怀念且留恋在孕育生命的温暖母腹中，在不愿长大没有伤害的童年里，在惧怕岁月沉淀不愿老去的路途中。但人总会老去，那个人人二十五岁的本巴本就是一场梦境，那一场接一场的酒席在对世间万物的赞颂中如梦似幻。现实生活和梦境的区别又在哪里？《本巴》说：“当我们认真生活时，便没有什么不是真实的。”

作为检察系统的工作人员，我想我们要做的是维护现实世界里成人和孩童的美好梦境，守护人民的公平正义、守护未成年人健康成长、守护每一寸“本巴”土地上的祥和与安定。我们应手持法律利剑，作为法律监督机关，始终坚持检察工作的正确政治方向，坚持围绕中心、服务大局，坚持解决人民群众急难愁盼问题，向战而行，实干担当。“梦是现实世界的另一种醒。”我们愿做梦境守护者，让童年的梦留在本巴。

杨倩茹

YANG QIANRU

1985年生于沈阳，辽宁省人民检察院检察官，也是两个男孩的妈妈，喜欢传统文化的大道至简。在工作中追求公平正义，在养育中传送盈盈暖意，在不同角色中体验生活百味、格物致知，在阅读中内观自己、诚意正心。

阿喀琉斯的祛魅之旅

——读荷马史诗《伊利亚特》

希腊神话故事伴随了我的少年、青年时期，还记得初中的历史课上，老师会用每节课最后几分钟的时间讲一个希腊神话的故事，给我们略显平淡的初中学习时光添上几笔来自西方古典浪漫主义的色彩。那本《古代希腊神话故事》也成了学生时期放在我案头的书。里面的神、半神、大英雄是神性和人性的结合，有着俊美的面庞和健硕的体魄，挥舞着各种神器，里面的战争和冒险铺就主角们的成长之路，看得青春时代的我也是时而热血澎湃，时而共情感伤，总之不亚于现在的漫威、DC电影宇宙，小朋友们最爱的M78星云的奥特曼和乔治·R.R.马丁的《权力的游戏》。

少年时期看到的希腊神话里的各色人物，到了大学时期，能留下深刻印象的也不太多了，阿喀琉斯算是其中一个，可能是因为他半神的强大背景，也可能是因为他是希腊联军中最强大的英雄；可能是因为他为了红颜和友情誓死一战的勇气，也可能是因为二十年前那部《特洛伊》电影中阿喀琉斯的扮演者是布拉德·皮特。

二十年后，当我因为“午后文学时光”的机缘再次阅读《伊利亚特》，仿佛回到那个古希腊战场，和那位海洋女神忒提斯之子，英雄之中最耀眼的、最战无不胜的俊美少年碰面时，可以说，是一场不太完美的相遇，记忆中的激情、热血好像退去了。原本艳丽的阿喀琉斯在此次阅读之旅中没有了主角光环，就像腹肌已经变成一块的布拉德·皮特，给我带来的是对人性的反思和生活的思考。所以我给本篇写下的题目是“阿喀琉斯的祛魅之旅”。

特洛伊战争的整个过程非常精彩，但是《伊利亚特》并未描述其全貌，只讲了前后几十天的内容，也是整场战争中最精彩的部分，而这几十天的战争，《伊利亚特》围绕着一个中心展开，那就是阿喀琉斯的愤怒，故事讲述了这一愤怒的起因结果，更大的愤怒，愤怒的平息。正如史诗开篇所唱：女神啊。请歌唱佩琉斯之子阿喀琉斯致命的愤怒。围绕愤怒，荷马不仅构建了史诗的结构，而且塑造了阿喀琉斯。

阿喀琉斯愤怒的真正原因是什么呢？这一原因极具普遍性。表面上看，阿喀琉斯发怒是因为统帅抢了他的女人，这里，第一个关键词出现了——情感。再仔细分析就会发现，争夺女人只是争吵的导火线，争吵的种子其实早已埋下，即一个在团队中能力最强者对权力最大者的挑战，第二个关键词——权力。阿喀琉斯认为自己是整个团队中最英勇的人，然而最大的权力却被分给了阿伽门农，他不得不听命于阿伽门农。而阿伽门农之所以能成为联军统帅，并不是因为他的能力与功绩，而是因为他的资源，他多金的王国迈锡尼最为强大与富庶，财富是第三个关键词。至此，引起阿喀琉斯愤怒的，也是经常扰动我们人类情绪的三个关键词已悉数出现，那就是情感、权力和财富，这也呼应特洛伊战争的导火线，争夺金苹果的三位女神赫拉、雅典娜、阿芙洛狄忒所代表的特质。站在阿喀琉斯的角度，好像每一个关键词的获得都是那么理所当然，他甚至可以以此把自己定义在正义的一方，躺平罢战，尽管这样会给希腊带来灭顶之灾，这也只是他制衡阿伽门农的一种方式而已。投射到自身，我们又何尝不是这样，当我们认为自己付出努力后，对结果的期待总也跳不出这三个关键词连成的圈。我加班了几个通宵做的文案应该受到认可，我对孩子的付出应该收到情感的反馈和他成绩的回报，我对单位的贡献值得一纸奖状的认可，在期待的火苗逐步壮大却没有被满足的时候，我的愤怒、委屈、丧气随之而来，可能不如阿喀琉斯的怒火般猛烈，但也总是淡淡围绕在心头。这样对已经做过的事如此执着，往往会将自己禁锢在已经逝去的时光中，无法全身心和当下的自己连接，也是人生一个苦恼。如何跳出这样的怪圈呢？这个答案在《伊利亚特》中找不到，在许多西方经典中也找不到。然而当我将视线回望到古老的东方文明，在传统文化中好像找到了出口。老子在《道德经》中告诉我们："是以圣人处无为之事，行不言之教。万物作焉而不辞。生而不有，为而不恃，功成而不局。夫唯不居，是以不去。"主张一切作为，应如行云流水，义所当为，理所应为，做应当做的事，做过了，就如雁过长空，风来竹面，不着丝毫痕迹，不留纤芥在胸中。就像天地间的万物，都在不辞辛劳地做，但是做了以后，虽然生生不息，却并不据为已有，也不自恃有功于人，只是使自己不内耗不纠结，也更加使人尊敬。就像太阳照耀万物就只是照耀万物，并不求得夸奖和膜拜。上古圣人悟到这样的道理，效法自然法则，是为上智，也为我等凡人提供退一步的出路，让自己少些纠结和内耗，轻装前行。

第二个让我感触颇多的情节，是阿喀琉斯以争取公平的名义献祭了希腊军队。自认受到不公平待遇的阿喀琉斯选择了躺平的方式，让队友遭受巨大损失，经过希腊大溃败，阿伽门农求和。在阿喀琉斯的角度，为了公正，团队利益可以牺牲。然而这样的公正是公正吗？如果我重生在了战场上，身份是个普普通通的希腊士兵呢？如果我的身份是那个女祭司呢？这样的"公正"会不会有些残忍？

作为一名检察官，我们要知道什么是公平正义，我们怎样追求公平正义，我们又要做怎样的牺牲和取舍。当我带着在象牙塔学习到的法律理论知识雄心勃勃地迈入工作岗位，却发现现实中法律的适用范围远比司法考试中“法外狂徒张三”遇到的复杂，即便法律规范涵摄再多的现实情况，也总有解决不了的市井百态。当我们面对案件当事人，与他们人生至暗时刻相逢的时候，他们悲愤、委屈、怨怼……都在捶打震撼着我的心。程序正义和实体正义哪个更重要，最高检应勇检察长给出答案：评判是否公平正义，要以人民群众的感受为第一感受，让公正司法与老百姓心中的那杆“秤”同频共振。司法办案不能“一诉了之”“一办了之”，还要注重修复社会关系，实现政治效果、社会效果和法律效果相统一。以己之力为法条画下有温度的延长线，用责任的刻度去丈量公平正义的高度，用心血的热量来释放检察职业的温度。

阿喀琉斯的祛魅之旅，被祛魅的不是阿喀琉斯，而是拥有青春记忆的我，从儿时对神界的好奇，到青年时对热血的崇拜，再到中年，好似有了些许人生感悟的现在的我。一千个读者就有一千个哈姆雷特，同一个人不同的心境下也能通过阅读得到不同的体验，我想这就是阅读的魅力，希望以后能在“午后文学时光”与不同感受的你相遇，与不同的自己相遇。

王 溪

WANG XI

1986年出生于辽宁本溪，现就职于辽宁省残疾人联合会机关党委办公室。工作之余，喜欢的放松方式是没事早点睡，有空多运动，坚持读好书。

一场游戏一场梦　梦醒之处是人生

——读刘亮程《本巴》

在读《本巴》之前，我认为它可能是一本刀光剑影、高潮迭起的历史小说，会有一个英雄般的人物带我们走入茫茫草原去感受他命运多舛、血雨腥风的一生。但是当我开始读《本巴》的时候，我觉得它的内容很难在脑海里形成一个具体的画面，甚至书中的文字都有些晦涩难懂，没有像其他小说那样有跌宕起伏的故事情节，而是以全新的视角、奇特的手法，通过三个孩子、三场游戏演绎了两个草原部落之间的纷争，讲述了一个如梦似幻的神奇故事。

故事中的本巴草原“是幸福的人间天堂，那里人都二十五岁，没有衰老没有死亡”，本巴的勇士们每天都举行酒宴来赞美草原，直到拉玛草原来下战书，他们派出了尚在哺乳期的洪古尔迎战。洪古尔是本巴草原上唯一一个不愿长大的少儿英雄，他用捉迷藏游戏让拉玛草原一半的人躲藏起来，又因为喝了能让人“变老”的奶茶而成为本巴草原上唯一一名老人。为了救哥哥，洪古尔的弟弟赫兰无奈降生到人世间，他用搬家游戏将拉玛草原上的大人都变成孩童，成功营救了洪古尔。随后，不愿出生、躲在母腹里处理国事的哈日王，用做梦游戏让所有人和动物都沉迷在梦中的世界。在梦里你可以随意占有，你可以去别人的梦里，你的梦还有可能在别人的梦中。当我还沉浸在作者描写一环套一环的梦中时，又突然跳出来一个预言家说，原来所有这些发生在本巴国的故事都只是存在于一个叫“齐”的人的头脑里，他才是那个真实世界里的说梦者。

读到这里，我完全被这个用游戏与梦构筑的奇幻世界所吸引，我迫切地想知道故事里的人物结局如何，这环环相扣的梦境到底是真实还是虚幻。在本巴世界里，时间可以逆转，可以丈量，可以追溯，可以躲藏，它让你可以在现实与梦境间来回穿梭，甚至分不清这到底是现实还是梦境，当你非常认真地来看这段故事的时候，却发现这仅仅是一场梦境；当你把它仅仅当作一场游戏的时候，它却有可能是你身边实实在在发生的过往。不愿出世的哈日王，长不大的洪古尔，为了救哥哥匆忙来到世间的赫兰，还有沉迷于永远的二十五岁的江格尔王，他们的每一段经历就仿佛是我们走过的人生历程，我们从母腹里出生，度过快乐的童年，享受肆意张扬的青春。人近中年，经历过岁月的洗礼，有时会怀念那个可以玩捉迷藏、搬家家游戏的无忧无虑的童年，有时也会感叹那个为了梦想曾经热烈地、义无反顾地去追求未来的自己，有时也会为了不确定的未来感到忧愁和迷茫。

难道本巴人就不会有这些烦恼吗？因为怕衰老，怕战败，本巴人永远躲藏在了二十五岁，他们享受着时间的自由，肆意挥霍消耗不尽的青春，日复一日举行酒宴述说赞美之词，就像是卡在时间的裂缝中，重复过着一眼能望到头的生活，他们也同样迷茫，不知道未来是什么。正如书中所写：“每一天每一年的自己都一模一样。或者并没有每一天每一年，所有日子都是同一个日子。每一天都是昨天也是明天，不会有任何变化。人们开始渴望岁月流逝，向往三十岁、五十岁的自己。”所以当大敌当前，本巴人派出了不愿长大的洪古尔、不愿降生的小赫兰迎战，本应该是大人承担的重任落在了两个“吃奶”的孩子身上，因为没有未来，他们把希望寄托于“童年”，希望通过一场场的游戏来解决危机，但终究都是一场梦。

我们或许会因为恐惧而不愿长大，但其实，恐惧是不分年龄的，不确定的未来就像头顶上方悬着的那把达摩克利斯之剑，我们不知道它什么时候会落下，但我们知道唯有勇往直前才能战胜恐惧，就像拉玛草原上的年轻人，他们知道自己会老去，所以要趁年轻闯出一世英名，他们一次次地莽撞而来，只为把本巴国永不停息的酒宴扰乱，成为自己的英雄。

故事的最后，永远二十五岁的江格尔王带领他的勇士们奋勇杀敌，不愿长大的洪古尔又再一次回到了童年，还没准备好就匆匆降生的小赫兰如愿回到了母腹，并再一次降生，这将是一个新的故事的开始。

姚佳

YAO JIA

辽宁铁岭人，辽宁大学会计硕士，就职于辽宁省残疾人联合会教育就业部。喜欢在各种题材的文学作品中充分发挥想象力，体验不同人物的精彩人生。

姚 佳

向下扎根　向上生长　向阳而生

——读老藤《草木志》

《草木志》是一部现实主义题材的长篇小说，讲述了东北边陲一个古村的乡村振兴故事。小说以墟里村为背景，通过主人公“我”的视角，展现了乡村巨变的过程。故事中，植物与人类紧密结合，探讨了乡村社会的本质和其中蕴含的深刻内涵。它不仅让我了解了乡村振兴过程的艰辛与结果的美好，还让我深刻感受到了乡土文化的魅力。小说中的人物形象鲜明，情节紧凑，每个人都扎根于乡土，积极向上地生活，追求更美好的愿景，让人仿佛置身于那个充满生机与希望的乡村之中。

老藤借鉴古典文学比兴的技法，以植物作为比兴的载体，以其丰富的植物知识为基础，巧妙地运用以植物分章的叙事方式和结构，将每一种草木的外在风貌和内在品格与人物的性格、精神、气质相联系，每种植物的生物属性，都对应着一个人物的性格和行为方式。在《草木志》中，草木不再是无情的自然元素，而是与人一样，拥有生命、情感和灵魂。这些驳杂、多样、共生的植物，既是对北方丰茂葳蕤的自然生态的写实，又在对植物的写实中，喻示了性情各异的人与他们斑斓多姿的生活。植物与人物相互依存、相互呼应，共同演绎了一场人与自然和谐共生的交响曲。

向下扎根：主人公从最初的“多做无形之事”“做一个乡村振兴的见证者”，转变为墟里村蜕变的引领者、建设者，老雷和郑高也从旁观者转变为参与者、贡献者，这种思想观念的转变、城乡边界的跨越，正是文化的相互交融、相互影响、相互促进的结果，是观念的成熟与进步，是文化的丰富与发展，是扎根于乡村建设的具体表现。墟里的植物之所以繁茂，离不开其深扎于泥土之中汲取养分的根须。在乡村振兴的道路上，人们不仅要面对自然环境的挑战，还要应对各种社会矛盾和冲突。只有融入乡村生活的内里，才能在盘根错节的纠纷、争端、恩怨中，条分缕析地拎出关键所在，才能以举重若轻的方式解决所遇到的困难和挑战。

向上生长：小说中的人物形象鲜明，每个角色都有其独特的性格和命运。通过植物与人类的互动，探讨了乡村社会的本质和其中蕴含的深刻内涵。故事中的人物面对挫折永不言败，积极向上的精神让人深感敬佩。

墟里人认为，人生即草木，人生一世，草木一秋，他们善待每一种植物，给身边的植物都赋予了灵性，对未来也始终抱有与大自然、与草木相亲相依的期待。村里人就像植物王国里的植物一样，品种多样。有说话嗓门大，能说会道、佳句迭出的“哨花吹”邵震天；有看似没什么作为但维系乡土社会稳定有序运转的“打碗花”齐满囤；有像“达子香”一样性子倔强，带给人满园春色的寒寒。各种各样的人，有着各自的故事。但“墟里无论坐地户还是外来户，一直承续着驿站传统——乐善好施，好斗仗义”。墟里人依然赓续着驿站的传统，包括风俗、饮食和喜爱的事物。他们向外界展示驿站人光彩的一面，墟里村是墟里人情感的归宿，无论身处何地，他们的心一直留在这里，离不开这片热土。他们深情地爱着这里的家乡土地，爱着这里的草木，爱着这里的人，诠释着先祖的文化，面对旧习俗与新文化的冲击，依然保留着那份真诚、那份倔强，守护着这里的乡土文化，积极向上地生活。

向阳而生：故事的推动十分有趣，每个关键人物都有一种草木的比喻，草木与人、事的结合分外巧妙，书有二十九章，三十四种植物，是草木、是人物，也是每个生命体积极向上、向阳而生的态度。

其实在生活中我并没有特别钟爱的某种植物，但我爱极了每一种植物蓬勃的生命力。小时候，姥姥会在院子里种满各种各样的花，我看着种子慢慢发芽、生长、开花，或许它们并不那么鲜艳明亮，但是每一个品种的小花都在努力绽放自己，释放出独属于自己的光芒。就像《草木志》中每一种植物代表的人一样，坚韧不拔、顽强生长。年少时曾经困扰我很久的一个问题就是，我存在的意义是什么。小时候一起做康复训练的小伙伴平静而又哀伤地问我："你说我们余生注定会遇到各种各样的困难和挑战，而我们的身体状况又大大限制了我们能够做的事。有极大的可能我们终其一生都做不出什么对社会有贡献的事业，但是在漫长的岁月里却会给身边的亲人朋友带来数不尽的负担和麻烦，甚至成为整个社会的负累，那是不是离开才是更好的选择？"当时的我给不了她一个答案，我比她幸运，我能够进入学校经历她可望而不可及的校园生活，能够见识更精彩的世界。我能想到的所有安慰她的语言都显得那么苍白而没有说服力，因为那时的我自己也并没有找到生存的意义，只是想着是不是我活得精彩一点，就能给她多一点坚持下去的勇气。直到两年前我听了残联一位前辈的一席话，才终于对这个问题释然了。他说残疾、疾病等等这些都是这个社会进步所必然付出的代价，残疾人这个群体承担了这些伤痛，他们的存在本身就是意义。这几天巴黎正在举行残奥会赛事，残疾人运动员取得成绩往往更容易让我们受到鼓舞，因为除了体育精神，他们骨子里不屈的灵魂才是触动我们内心最柔软之处的关键所在。他们可能存在着这样那样的不足，但始终善良乐观，拼尽全力，努力活着，追逐心中的太阳，始终闪耀。

一草一木皆学问，一书一卷皆人生。《草木志》是一部充满诗意和哲思的作品。让我重新认识了人与自然、人与草木之间的关系。在这个充满变革和挑战的时代里，《草木志》为我们提供了一面镜子，更加清晰地看到自己的内心世界和生活的意义。向下扎根，向上生长，愿每一个独特而自由的灵魂都可以向阳而生。

李 妍

LI YAN

辽宁省作家协会会员、沈阳市作家协会会员，喜欢文学，曾在《辽河》《海燕》《辽宁青年》《诗潮》《沈阳晚报》《文学少年》等报刊发表诗歌、散文、小说。

感动着你的感动

——读老藤《北爱》

借着一个好机会，我终于得到《北爱》这本书，作者老藤。斗胆叫他老藤，这样我说起这本书带给我的震撼时才能倾吐而出，毫无保留。

一位作家朋友对我说，你要是想好好学习写作，那一定要读老藤的书。老藤？这称呼莫名有种亲切感，是不是他的书也一样呢？一次开会，正好远远看见老藤，我想近前也迈不动脚步，我还是一个胆小的写作者。我想我还是先和这本书好好聊聊。

首先我想谈谈本文中的主人公苗青，这是一位让我从心底敬佩又羡慕的女性。老藤将这个有思想、有坚定信念、有精湛专业技术同时又果敢、温柔的女性形象刻画得淋漓尽致。让我随着苗青这个主线人物，或急或喜或悲，一路追着读下去。

文中苗青的命运是幸运的、坎坷的，又是让人怜惜的。苗青有一位诗人一样的父亲，这些年父亲默默地送她同样类型的礼物，终于让苗青了解到他这些年的遗憾。当她知道父亲虽不能完成心愿，却也默默地关注了很多年，心里有了很大的触动。此后，父亲心里坚持的梦想，变成了苗青的梦想，而这梦想更是强国的梦想。苗青没有任何犹豫，坚定地、踏实地走了下去。当读到苗青决定去东北的那一刻，看到父亲眼里的泪花这一句时，这样浓浓的父女情让我的眼睛慢慢地湿润了，一个胸中装着国家梦想的父亲，有着怎样的胸怀？此刻我也好像陪着苗青，站在她的身边感受这传承的一刻，眼睛同样噙满泪花。苗青的身边站着坚定的父亲，面对就业选择的时候，我的身边也同样站着坚定的父亲。我从这本书中感受到那种深沉的父爱，好像我的父亲从未离开，只是换了一种关注我的方式。

这本书中所写的苗青和马歌这对情侣让我敬佩和欣赏，文中对于马歌这样幽默又坚定的男人的描写细致入微。他们的爱情有年轻人的热烈，又有着对事业共同追求的默契。而我就随着苗青和马歌高兴而咧嘴笑，看着他们专注工作而表情严肃。马歌的生命围着苗青在转，他们的爱情是令多少人都羡慕的。马歌这个人物是那种沉稳、有事业心、有担当更是能够为爱付出的男人。而苗青更是为我们女人争光，她独立、自由、有主见。

在文章的最末，苗青设计的飞机试飞成功，让我国在空中领域再上新高峰。在享受这样难掩的喜悦的同时，马歌的陨落却让苗青直接倒下了，相濡以沫的爱情就这样早早收了场。马歌把苗青当作神一样的存在，更是为了她肯牺牲自己的生命。马歌是这样说的也是这样做的，这份执着的爱情真是令现在那些唯利是图的爱情汗颜。

看到这里的时候，我已经是泪流满面，不能自已。这样的遗憾为什么总是会出现？我甚至想去怨恨老藤，为什么？或许我早已经把自己放在这本书里，不知不觉间，我已经陪苗青走了一路，直至下一个目标的开启。

泪无声，擦去。苗青的又一个项目计划起航，给我无穷的动力，给我注入了一剂强心剂。作为一名普通的人民教师，我感觉身上的担子也是一样重。要时刻保有一颗爱国之心，一颗为人民服务之心，一颗传承中华优秀传统文化的坚定之心。新学期即将开始，希望一年四季能慢些走，让我更好地体验每一天，不断地感动着你的感动而努力前行。我还要将这本书认真看上几遍，我更希望这本书被更多的年轻人看到，祖国需要你们，需要千千万万勇敢奋进努力前行的你们，去实现祖国更强大更昌盛的梦想！

陈世忠

CHEN SHIZHONG

自由撰稿人，沈阳浑南区作协副秘书长，爱好文史，喜在文山史海中漫游，自得其乐。一旦兴致而来，便信手涂鸦，所成文字不饰华藻，不善雕琢，只求自娱。

草木人生录

——读老藤《草木志》

我第一眼看到《草木志》这本书时，以为是一本“植物”教材。目录也是列出了三十四种植物名称。我是农村长大的，不少植物名字都熟悉。再一看扉页，发现这是一本以植物喻人的象征性长篇小说。我是一口气读完的，这是一部乡村巨变史，更是一部人物成长史。

老藤的长篇小说《草木志》的语言十分优美，我觉得它是一部散文体小说，把人物放在如诗如画的环境中展开故事情节，每读一章画面感十足。我还有这样一种感觉，曲波的《林海雪原》写的是东北冬天里的惊心动魄，而《草木志》则写的是东北四季的人文风情。

小说中的“我”是一位省机关年轻干部，借派驻乡村之机参与了省里一项驻村工作计划——到小兴安岭东麓仁沿江镇墟里村工作。本书就是“我”两年间的工作和生活经历。小说是通过一系列富有悬念又妙趣横生的叙事，把墟里村的“哨花吹”邵震天和驻村干部“我”等人努力工作，以化解方、石两大家族因早年间方四平和石栏山之间的“蛇祸”、二十世纪七十年代方小茹和石云来土豆窖殉情的“横祸”、当下方世坤和石锁之间因“蛇头”和“三道鳞”而产生的“灾祸”的过程为描写基线。

在化解方、石两大家族世仇的过程中，主人公用策略和智慧，把墟里村发展无载体以及“三老一金”人老心不老、阻碍墟里乡村发展振兴等难题同时解决了。因地制宜地寻找到了经济振兴之路：大力发展乡村旅游产业，从而带领村民们创造性地把驿站文化传承转化为创新性的发展。

《草木志》看完后，感觉作者在深入基层体验生活上是下了大功夫的。一切场景再现是那样真实可信，读者仿佛跟那个驻村书记一起去了当地，并经历了两年实地工作一样。作品中有名有姓的人物有二三十个，几乎每个人都有一种与其性格接近且为东北地区常见的植物相对应。这种“比兴”写法，虽是常见，但这种大规模贯穿全书的，应属独一份。这种同植物个性相联系的写法，说明作者也是个生物学家，书中人物与植物对接，虚构的人物找到了依附的载体，形象立体了，个性也突出了。

老藤先生的这部小说我读后的另一种感觉，就是这部书可以作为基层工作者的行动指南。书中的故事告诉我们：要想做好基层工作，必须脚踏实地，时时刻刻依靠人民群众。正如“三老”当中的齐大牙所说：“墟里几任村干部了，问题就出在不靠谱上。”“越是有学问的人越不咋呼，身段放低的人不跌大跟头。”“三老”中的石国库也说：“自己的脑子自己做主，不要让别人替你想问题。”真是高手在民间，这一主旨在小说中处处得以体现，如“哨花吹”的唢呐绝活，“三老一金”的村中影响，“老地榆”也以药说理：“一病生必有一药治，药与病同生一地。”这话意思是说，墟里发生的恩恩怨怨，药方还在墟里，舍近求远不行，靠外科手术也不行，先治心，后治病。”而书中的那个“鬼蜡烛”谢志远官气十足、颐指气使的工作作风，不调查研究，只能把工作弄得一团糟。

《草木志》的作者让我们找到了一种借助植物看乡村，用植物喻人品认识现实的方式。植物王国博大精深。植物具有不同态势、迥异的生长习性、色彩及功用，却在一起共生，这就构成了一个良好、和谐的生态系统。墟里人虽没有与自然和谐共生的大概念，但他们敬畏大自然，谁破坏自然，就与之做持久的斗争。

小说写到了乡村旅游新思路，是绝不能以破坏自然生态为代价的。书中大量描写原生态的美景，尽管这是条副线，但这条线为作品增色不少，墟里八景令人神往：古亭望乡、龙山春晓、蓝湖倒影、葵花望日、松荫龙庙、驿路红花、鹰翔草雪、江畔晨钓。描写得如此细致，连我都想找时间去游览一番了。

小说中最令人感动的人物是金子这个知青活化石。她践行了终身扎根农村干革命的誓言。还有方小茹、石云来这一对苦命鸳鸯，他们用生命隔空化解了方、石两姓世仇，着实让人感动。

《草木志》这部小说虽然不是场面大开大合、矛盾尖锐迭出，但散文化的描写会让读者仿佛身临其境地在看一部东北纪录片，在上一堂内容丰富的东北生物课，在读一部中国当代的东北交响诗。

王　莹

WANG YING

辽宁鞍山人，毕业于北京交通大学通信与信息系统专业，硕士研究生。2024年进入辽宁省科学技术协会科学普及部工作。乐观踏实的金牛座，喜爱旅游和阅读。

在辽阔的土地上生生不息

——读关捷《辽阔》

《辽阔》这本书以沈阳城小南关六合店东胡同的金家人为主角，串联起从九一八事变开始中国近代的众多历史事件，描绘了一代又一代东北人为民族解放、国家建设发展而不屈奋斗的故事。

首先，《辽阔》让我看到东北近代的历史变迁。我在阅读时的乐趣之一是寻找故事中的历史原型，像沈阳最早的白话文报纸《醒时报》，沈阳大舞台的前身庆丰茶园，金冰玉的领路人之一、东北地区第一位女性共产党员张光奇，辽西绿林盟主“老梯子”，鹿鸣春饭店，等等。这些地点、这些人物、这些事件“有素材的影子，有原型的轮廓”，虽然“只是小说的部件”，但共同构建了一个亦真亦幻的故事背景。我好像在虚拟现实的世界中，借着金家人的视角与他们在时光交错中相遇，也更能身临其境地感受到冰玉和铁石在送日军即将偷袭的情报时的紧张，金昆仑、金振之遭受日本人酷刑折磨时的痛苦，秀芳收到组织通知追认金振世为烈士时的欣慰与思念之情。我在历史课上学习了近代中国的整体发展，在《辽阔》中填充了近代东北辽宁的细节。它像一幅工笔画，细腻却不拖沓。

其实，在最初翻开人物表时我很好奇，这个金家莫不是祖上荫庇，怎么多少好人好事都来自他们家？后续的故事给了我答案。

《辽阔》再次展现了东北人民的英勇进取。小说第一次高潮当属九一八事变爆发当晚，金昆仑在祠堂召集全族人诵读祖训，要求家人做忠良之民。在这里我找到了第一个答案——金家全家的英雄事迹是一代又一代人对祖训的践行，是优秀家风的传承。习近平总书记曾说："不论时代发生多大变化，不论生活格局发生多大变化，我们都要重视家庭建设，注重家庭、注重家教、注重家风。"金家长辈以身作则，晚辈学习遵循。它好像"happy ending"版的《战长沙》，因为金家人有先进的共产主义精神和优秀的传统文化作指引。

另一个答案，我想金家是无数东北家庭的缩影，是东北人民积极乐观、不屈不挠、奋勇拼搏的代言人。他们或许是张三家曾担任东北抗联排长的祖父，或许是老王家参加抗美援朝医疗队的二姐，是李四家曾为新中国炼出第一炉钢水的堂弟。虚构的金家只是线，穿起那些真实不朽的英雄。网络上偶有嘲讽东北人"一枪不开丢三省""经济落后是穷鬼"的"地域黑"，这本书再一次给予了有力的回击。

书中有一个情节，金昆仑问孙辈的国栋、国梁"我们辽宁这个名词怎么讲"，多年后金国栋也向孙子安铭提出同样的问题，金安铭在爷爷曾经的答案上补充了新中国成立后辽宁的贡献。而这个答案未完待续，还需每个家庭、你我每个人的补充。

此外，让我印象深刻的还有《辽阔》中多个有勇有谋有情的女性角色。她们不再是过去影视作品中在家做后勤、思想落后、制造戏剧冲突的片面形象。冰玉前期在《盛京时报》做中共地下党员，这让爱看《潜伏》的我着实替她担心；后期在抗日战场上左腿不幸中弹，仍高喊"姐妹们，别忘了咱们是中国人"。她也是温情的，会在离家多年后小女孩般地扑到母亲的怀里哭着说"妈，我太想你了"，会在看到嫂子的泪痕时主动上前拥抱。还有坚强果敢的神枪女英雄缪秀芳，幽默、明事理的二姑太等。但激励她们的是情爱吗？我想是信仰的力量。

近期播出的《山花烂漫时》展现出张桂梅校长十几年来坚持不懈地运营华坪女子高中，是出于作为一名共产党员的信仰。在女高面临困境时，张校长带领剩下的八名老师重温入党誓词。这种忠于国家、忠于人民的强大精神内核，这些独立、坚强、进步的女性同样也是我们精神的指引。

金家的故事暂停在2023年，辽宁新时代“六地”建设的故事将由我们每一个辽宁人续写。作为省科协的一员，我将以《辽阔》为勉励，在工作中努力为科技工作者服务、为创新驱动发展服务、为提高全民科学素质服务、为党和政府科学决策服务。

高 洋

GAO YANG

内蒙古自治区通辽人，毕业于东北师范大学传播学专业，硕士研究生，现任职于辽宁省科学技术馆。热爱阅读与写作，希望在书中抵达有限人生无法触及的深度。

一部信仰与责任铸就的壮丽史诗

——读关捷《辽阔》

用一个词来形容读过这本书后的心理状态，那就是心潮澎湃。

翻开《辽阔》这本书，仿佛打开了一扇通往历史长河的大门，一幅波澜壮阔的时代画卷在我们面前徐徐展开。书中以金家几代人的经历为主线，深刻地展现了个人命运与国家命运的紧密交织，行文中满溢着历史的厚重、人性的光辉以及信仰的力量。

从主题上来看，《辽阔》书写了信仰与责任铸就的壮丽史诗，其主旨鲜明而深刻，围绕爱国主义、革命精神和雷锋精神，讲述了金家在不同历史时期的选择与奉献。二十世纪二十年代，中国处于动荡不安的时期，金家父子三人虽互相保密身份，却都不约而同地参加了中共地下党，他们的行动动力源于对光明与进步的追求，对国家未来的坚定信念。这种信仰如同黑暗中的一盏明灯，照亮了他们前行的道路。

金家父子三人各自以不同的方式投身抗日斗争。在国家面临生死存亡的关键时刻，他们没有丝毫犹豫，勇敢地站在了保卫祖国的最前线，他们用实际行动诠释了爱国主义的深刻内涵。这种爱国情怀不仅仅是一种情感，更是一种责任，是一种为了国家和民族的利益不惜牺牲一切的担当。

从人物特点来看，金家几代的人物形象鲜明而生动，他们是勇敢、坚定、无私的时代楷模，在金家人身上可以看到信仰迸发出的无限伟力。无论是在革命战争年代还是和平建设时期，金家众人始终坚守对共产党的忠诚，对国家和人民的热爱。这种信仰是他们行动的动力源泉，让他们在面对困难和危险时毫不退缩。金冰玉在敌人的眼皮底下做记者，随时都有暴露的风险，但她从未动摇过自己的信念。她深知自己的工作对于抗日斗争的重要性，她用自己的智慧和勇气，为组织传递着宝贵的情报。此外，金家人身上还涌动着强烈的无私奉献精神。金昆仑为了支持抗战，卖掉万亩良田，抗美援朝时，又卖掉大南关的一套院子，为志愿军捐献一架战斗机。金家后人放弃部队的大好前程，到生产一线当工人，参与国家重点工程建设。他们用自己的实际行动诠释了无私奉献的精神内涵。他们不为名利，只为了国家的繁荣富强，为了人民的幸福安康。

从写作风格来看，《辽阔》将宏大叙事与细腻情感完美融合。之于历史，本书贯穿近半个世纪，涵盖了中国近现代史上的多个重大事件，如中共地下党活动、九一八事变、辽沈战役、抗美援朝等，作者通过对这些重大事件的描写，展现了宏大的历史画卷，让我们感受到了历史的沧桑与厚重。同时，故事化的表达让我们更加深入地了解了历史的发展脉络和规律。之于情感，人物行动背后的逻辑中闪烁着的是人性的光辉。比如，金家父子、母女分别时的场景，充满了浓浓的亲情和不舍。部队在苹果园“不吃苹果”的细节，体现了人民军队的严明纪律和高尚品质。新媳妇脱下棉衣送给战士的细节，展现了人民群众与子弟兵间的深厚情谊。这些细腻的情感描写，让我们更加深入地了解了人物的内心世界，也让我们更加深刻地感受到了历史的温度。此外，作者还通过对人物形象的塑造，展现了人性的复杂与美好。金家的人物形象并非完美无缺，他们也有自己的情感矛盾和挣扎。比如，金冰玉在面对爱情和革命事业的选择时，也曾陷入过痛苦和迷茫。但正是这些矛盾和挣扎，让人物形象更加真实立体。

从历史价值来看，《辽阔》时时提醒我们，要铭记历史、传承精神，永葆家国情怀。书中所描写的中国近现代史，是一段充满苦难和抗争的历史，纵使时代变迁，我们都不能遗忘为了国家和民族的独立、解放而英勇牺牲的先烈们。我们要珍惜今天来之不易的和平与繁荣，努力为国家的发展和进步贡献自己的力量。个人的命运与国家的命运紧密相连，我们要有为国家和人民服务的意识，要在自己的岗位上努力工作，为实现中华民族伟大复兴的中国梦贡献自己的力量。

《辽阔》记录的是金家几代人的奋斗历程与奉献精神，是无数英雄创造历史的缩影。此时，我们每个人都有可能成为历史的书写者、未来的创造者；此刻，脚下的土地仿佛承载着过往的历史与积淀，而目光所及之处，皆是对未来的憧憬与期许。落实到具体行动中，唯有以坚定的信念面对生活的波澜，以无畏的勇气迎接困难的挑战，以无私的奉献回馈社会的期望。

张　磊

ZHANG LEI

国家二级心理咨询师，初级导游员，现任沈阳珠江五校教育集团滦河校区三年级班主任兼德育主任。喜欢旅游，爱好文学，希望能够读万卷书，行万里路。

不要妄图赋予生命意义

——读余华《活着》

有人说，人生的一切经历，都是命运给予我们的礼物，那命运给福贵的，无疑太多，太沉重。

之于璀璨夺目的中国当代文学而言，余华的《活着》无疑是众多明珠中最特别的一颗。主人公福贵的一生，没有波澜壮阔的成就，亦没有曲折离奇的际遇。和芸芸众生一样，他只是时代车轮下最平凡的一个，可命运却时不时和他开着并不幽默的玩笑，刺痛着每个和福贵一样的平凡读者，让我们去感受“活着”，感受生命的真正意义。

这些年也读了一些书，可凭着死亡来推动整个故事发展的，《活着》是唯一一本。余华老师用近乎残忍的方式，用七场死亡，徐徐展开了福贵的人生。

最先离开的，是福贵的父亲，徐老爷子是被福贵气死的。面对输光祖业的赌徒儿子和彬彬有礼上门讨债的龙二，徐老爷子尽力留下了最后一丝体面。或许同为败家子儿的他，是懂得儿子经历了什么，也预感到这一天会来临的。面对父亲的离去，此时的福贵表现出的更多是迷茫，他还没从这一切中醒过来，只是麻木地顺应着命运的安排。

送走了父亲的福贵，经历身份的转变、妻子的离去又归来、战争中生命的脆弱与无助。他活了下来，并且那个本已破败的家又燃起了一丝丝生气。当我们以为主人公已经锤炼出坚强的脊梁时，命运告诉我们也告诉福贵，不。又一记重锤已然避无可避地砸了下来。

有庆死了，福贵撕心裂肺地呼喊着这个懂事的孩子。白发人送黑发人，他第一次表现出无尽的悲凉，却又无能为力。这是一场人祸，可我们却恨不起任何一个个体，在那样的时代背景下，我们不知道该将这一切归责于谁，因为那个时代是每个人添砖加瓦垒起的怪物。

有庆死在了医院里，凤霞也死在了医院里。医院成了福贵的心魔，他无法理解命运无常的逻辑，只能具象化出一个罪魁祸首，具象化出一个他可以恨，可以咒骂的妖魔。而随着一双儿女的离开，妻子的身体也彻底垮了，家珍这个用一生呵护着福贵的女人，这个陪他扛下了一切还无怨无悔爱他的人，也离开他了。福贵还活着，没有必须要完成的使命，没有一定要坚持的理由，他还活着，背负着记忆和不解，又或许什么都没背负。

或许是经历了太多，二喜和苦根离开时，福贵表现得依然麻木而偏执，口中不断碎碎念着，仿佛鲁迅先生笔下的祥林嫂。不同的是，福贵似乎在解释着命运，在述说着这一切苦难的缘由。当读者以为经历了这一切后，他应该倒下了，可作者为我们展现的却是开文福贵在田间欺骗老牛的那一幕。这是震撼的，比一切歇斯底里更震撼，当一个人经历了一切苦难后，他不理解苦难，却接受了苦难，并很好地自洽了苦难。

初读《活着》是在学生时代，胸口被福贵无比绝望的人生压上了一块大石头；而到了中年再重读《活着》，这块石头又被福贵抬了起来。才明白，活着的意义就是活着，每一个我们承受不住的苦难，与清晨的一碗粥，上班路上的一次拥堵一样，都是活着的一部分，生命中权重一样的一部分。只是我们固执地一定要为它们赋予不同的意义。

七场死亡贯穿的是我们看到的福贵的人生，而福贵看到的，是我们在感慨命运不公时忽略了的，家珍在灯下为他补衣服的夜晚，凤霞打猪草的清晨，有庆放羊归来的午后。

最后，只剩老牛的他，或许正喃喃低语：活着，就是为了活着！

郑　娜

Z H E N G　N A

出生于辽宁省清原县，一个秀美的满族自治县。现供职于辽宁省人民政府外事办公室。热爱阅读、跑步、跳舞和旅行。喜欢在夏日的村落里听蛙鸣，闻稻香。愿走过半生依旧少年。

读山下英子《断舍离》有感

在内心深处，我是并不自信的。比如在与物品的关系上，对于一些美好的事物，不觉得自己值得拥有，或者甚至在拥有了之后，会有一种负罪感，认为自己不应该拥有。而这些是我在过去的日子里没有发现的。直到遇到了《断舍离》这本书，才打开了我去感知和物品之间关系的这扇窗户，进而以此为一个契机去感知内心。

当我开始有觉知地去回忆的时候，才开始想起让自己心情愉快的方法之一，就是做家务或者整理衣柜。通过扫地、拖地，让整个房间窗明几净，整个人的心情就是舒畅通透的；通过把衣柜里的衣服品类都整理好，不仅物品一目了然，人的心情也跟着明朗起来。为什么看似简单的小事，却能够改变一个人糟糕的心情呢？这个疑问，可以从《断舍离》一书中找到答案。

当然，也会有人质疑“整理收拾房间和管理人生有重要关系”的准确性，如果通过整理房间就可以做好人生管理的话，那么人人都可以做得到。但《断舍离》一书却告诉了我们：“整理房间也就是整理自己，并不是心灵改变了行动，而是行动带来了心灵的变化。可以说，断舍离就是一种动禅。”我们是在整理的过程中，做到了心灵的成长和人际关系的改变，从而从以前一团糟的生活状态中剥离出来，找到一个全新的自己。

通过对生活空间的整理，重新认识物品

作为女生，总爱买买买，同款式的衣服，要买不同颜色的，鞋子也要买好几双来搭配衣服，久而久之衣柜和鞋柜再也装不下了。自从读了《断舍离》后，我开始对自己的衣柜进行革命式的整理，不仅整理出了很多不穿的衣服，让整个衣柜空出了很多地方，而且让我重新认识了物品的定义。物品要以我们为媒介才能实现其价值，比如你需要穿这件衣服，或者这件裙子，而不是将其束之高阁，不穿也不送人。

运用书中提到的方法，不断地在生活中实现“断舍离”，你将会重新审视自己与物品的关系，从对物品本身的珍惜转化成对自己是否需要这个物品的思考，在不断筛选和剥离的过程中，让自己所生活的空间更加明朗，循序渐进地改善你的心灵环境，从看不见的世界出发，一点一滴地改变看得见的世界。

清晰需求，管理自我

在筛选物品的过程中，我们能够知道什么才是自己需要的。比如在整理衣柜的时候，你会惊人地发现自己有很多条相似的裙子或者上衣，每次遇到“剁手节”时，手就会不听使唤地买买买，满足了当下的购物欲，却从来都没有静下心来问自己这些东西是不是自己需要的。

相信每个家庭的某个角落里都塞着一些从来不用却一直囤积着的东西，《断舍离》这一本书，就是教会我们通过整理屋子，逐步地建立自己的物质需求体系，直到有一天你家里所放的东西，都是你需要的，并且这些物品都能放在体现自身价值的位置上，而不是被我们“打入冷宫”，

永远地躺在别人看不见的阴暗角落里。

想要掌握好自己的人生，就要学会在整理物品的过程中，清晰自己的需求，下次遇到疯狂打折或“剁手节”时，就不会随心所欲地挥霍钱包，让一些没用的物品霸占我们的生活空间，影响我们的生活品质了。

去除杂念，心灵成长

我们不习惯丢一些东西，是因为舍不得，或者潜意识里觉得这些东西会在将来的某个时刻发挥它本身的价值。但往往就是这些对物品的杂念，牵绊着我们的思绪，纠结于过往。

精神上的杂念，自然没有办法一下子就去除，但我们可以通过简单整理衣柜，把那些我们自认为珍贵有感情的衣服从自己的生活中剥离出去，从看得见的世界出发，慢慢地改变自己精神上的执念，久而久之，那些你纠结的过往就会随着行动烟消云散。

如果你精神上有些执念让你痛苦不堪，目前又没有办法完全摆脱，那么你可以尝试着用“断舍离”的方法，不要让习惯局限了你的思想和行动，只有丢掉了过去，才能迎接新的未来。

如何处理与物品的关系决定了一切

一个人的生活空间，反映了一个人的生活态度。如果一个人的房间是乱糟糟的，那么别人对他的态度自然是普通的；但如果一个人把家里整理得井井有条，那么他的生活状态就是有规律的。别人对你的认知，大多是通过所看到的外部形象。就像《断舍离》书中所说的：“要是自己能随便凑合用一个东西，那别人也会用随便的态度来对待——‘他都能用那样的东西，穿那样的衣服，那随便拿个礼物送他就行了’。”

当你通过“断舍离”开始筛选物品，从家里的衣柜、抽屉开始有意识地进行改变，处理好和物品的关系，让生活的空间更趋于简单明朗化，那么个人的形象自然而然就会跟着改变，周围人对待你的态度也就会发生变化。

选择物品的同时，也选择了交际圈

物品与人之间是有磁场的，同时我们也大多是和与自己有相同频率的人交朋友。当我们选择了简单的生活方式，那么我们的人际圈自然也是简单的。在整理物品的过程中，做一个减法，在筛选与丢弃中，就越发清晰自己的需求，从而让每一件物品回到合适的位置上，不被需要的物品就淘汰或者送人，这种思维方式可延伸到选择朋友的事情上，和自己脾性相似的朋友才值得交往，也才走得远。

筛选物品，如同选择自己的交际圈，想要简单而高质的交际圈，不妨从整理屋子开始。

整理物品，管理人生

李安曾说自己最有灵感的时候，就是埋头做家务时。可能很多人会对此有一些疑虑，做家务怎么能生发出那么多的灵感呢？但实际上，我们就是通过做家务和整理房间，让自己的心灵回归沉静的状态，在整理的过程中，也相当于在梳理自己的人生。古人云：“一屋不扫，何以扫天下？”当你把自己居住的地方整理好了，自然就能改变周围的世界。

转换思维，以自身的需求为主，从科学有效地管理物品开始，触类旁通，才能更好地管理自己的人生！

方玉玲

FANG YULING

中国散文学会会员，辽宁省作协会员，辽宁省散文学会会员，出版文集《耳语》，作品发表于《西南作家》《小说月刊》《辽沈晚报》《沈阳晚报》等报刊。

方玉玲

女性的觉醒

——读毛姆《面纱》

毛姆的《面纱》宛如一幅细腻而深刻的画卷，徐徐展开了女性在爱情、婚姻与自我认知中的挣扎与成长。在这个充满波折与反思的故事中，女主人公凯蒂的经历令人唏嘘不已，也让我对女性的独立与觉醒有了更深层次的思考。

凯蒂最初是一个肤浅而虚荣的女子，为了结婚而结婚，这种仓促且盲目的选择从一开始就注定了她婚姻的不幸。在那个时代的社会观念影响下，她认为女人必须找个人结婚，仿佛婚姻是女人人生唯一的归宿。这种观念的束缚使得她忽略了爱情的重要性，只是急于完成所谓的“人生任务”。而她丈夫那句“你的那个人要娶你就行”，更是深刻地反映了当时社会对女性婚姻的功利性看法，女性在婚姻中的自主选择权被严重剥夺，她们更多地被视为一种附属品，而非独立的个体。

在这段无爱的婚姻中，凯蒂感到无比空虚和寂寞。于是，当情人出现时，她轻易地陷入了那看似浪漫实则虚幻的情感陷阱。情人的花言巧语“不要把男人当真”，看似是一种洒脱的态度，实则是对爱情的亵渎和对女性尊严的践踏。凯蒂在情人的甜言蜜语中迷失了自我，将自己的幸福寄托在一个不值得信任的男人身上。这也揭示了在那个男权社会中，女性在爱情中往往处于被动和被欺骗的地位，无法得到真正的平等和尊重。

然而，随着故事的推进，凯蒂的内心开始发生变化。她跟随丈夫来到瘟疫肆虐的地区，目睹了生死的无常和人间的苦难。在这个过程中，她的心灵受到了极大的震撼。修女们的无私奉献和坚韧精神让她深受触动，修女告诉她，女性要自己觉醒，自己努力。这让凯蒂开始反思自己曾经的轻浮和无知，她逐渐意识到自己不能再依附于他人而活，必须依靠自己的力量去寻找真正的价值和意义。在这个陌生而艰苦的环境中，凯蒂的心路历程充满了痛苦和挣扎。她一方面对自己过去的行为感到羞愧和悔恨，另一方面又对未来感到迷茫和恐惧。她试图在帮助他人的过程中寻找救赎，却时常被内心的愧疚所困扰。然而，正是这种内心的煎熬和挣扎，促使她不断地思考和成长。

在这本书中，三次死亡的情节给凯蒂带来了巨大的冲击，也成了她觉醒的催化剂。乞丐的死让她深刻地感受到生死无常，生命是如此脆弱而短暂，不能在浑浑噩噩中度过；丈夫的死虽然让她摆脱了家庭的束缚，但同时也让她陷入了深深的自责和反思，她开始意识到自己曾经的自私和浅薄，对丈夫的伤害是无法弥补的；母亲的死则让她最终与家庭和解，放下了过去的怨恨和不满，也让她更加珍惜生命中的每一段经历。

经过这一系列的波折和磨难，凯蒂终于完成了自我的觉醒。她不再是那个只追求虚荣和爱情的肤浅女子，而是学会了独立思考，勇敢地面对生活的挑战。她明白了一个女人要独立，要学会爱自己、爱自己的生命、爱自己的人生。独立不仅仅是经济上的自给自足，更是精神上的自主和强大。只有当女性不再依赖来自他人的认可和爱来定义自己的价值时，才能真正地掌握自己的命运。在现实生活中，我们依然能看到许多女性在追求爱情和婚姻的过程中迷失了自我。她们为了迎合他人的期待，放弃了自己的梦想和追求，将自己的幸福完全寄托在别人身上。然而，这种依赖往往是不稳定的，一旦失去了依靠，就会陷入无尽的痛苦和迷茫。

《面纱》告诉我们，女性应该勇敢地打破传统观念的枷锁，追求真正的自我。我们要有勇气面对生活中的挫折和困难，不断地学习和成长，提升自己的能力和素质。同时，我们也要学会关爱自己，尊重自己的感受和需求，不轻易为了他人而牺牲自己的利益和尊严。爱自己是一种能力，也是一种责任。当我们学会爱自己时，才能更好地去爱别人，去拥抱生活中的美好。我们要像凯蒂一样，在经历了风雨之后，依然能够坚定地追寻内心的声音，勇敢地揭开生活的面纱，展现出真实而强大的自我。

总之，毛姆的《面纱》是一部发人深省的作品，它让我们看到了女性在觉醒道路上的艰辛与不易，也让我们对女性的独立和自我价值有了更深刻的认识。愿每一位女性都能在人生的旅途中保持清醒，独立自强，绽放出属于自己的光芒。

突破束缚，追寻内心之光

——读陈春成《夜晚的潜水艇》

《夜晚的潜水艇》是一部如梦似幻的作品，它宛如一座神秘的迷宫，引领着我在文字的海洋中不断探寻，每一次的转折都仿佛是一次对心灵的触动，让我沉浸其中，深思不已。

在这部作品中，作者陈春成以其独特的笔触和奇妙的想象，构建了一个个充满奇幻色彩的世界。然而，在这些看似荒诞不经的故事背后，却隐藏着对人生深刻的思考和洞察。书中的主人公们在现实与幻想之间徘徊，试图寻找自我存在的意义和价值，这种探索让我不禁反思起自己的人生道路。

小说中的主人公们往往被困在某种困境之中，无法挣脱。这让我联想到现实生活中，我们又何尝不是如此。被生活的琐碎、工作的压力、人际关系的复杂所困扰，渐渐迷失了自我，忘记了内心真正的渴望。就如同那艘夜晚的潜水艇，在黑暗的深海中孤独地航行，寻找着光明的出口。而书中所提及的旧教育制度对年轻人的束缚，更是引发了我深深的共鸣。在传统的教育模式下，我们被要求遵循既定的规则和标准，个性和创造力被压抑。我们像是被模具塑造出来的产品，千篇一律，失去了独特的光芒。这种束缚不仅限制了我们的思维和想象，更让我们在追求梦想的道路上举步维艰。回想起自己的学生时代，为了迎合考试的要求，我们不得不死记硬背那些枯燥的知识，而真正的兴趣和天赋却被忽视。我们在无尽的题海和分数的竞争中疲惫不堪，失去了对知识的热爱和探索的欲望。如今想来，这是多么可悲的事情。教育本应是点燃心灵之火的火炬，而不是束缚灵魂的枷锁。正是在这样的困境中，我们更应该努力寻求突破，寻找属于自己的道路。正如书中的主人公们，在困境中依然坚守着内心的梦想，用勇气和智慧去打破束缚。我们也应该勇敢地面对现实，敢于挑战旧有的观念和制度，为自己的人生开辟出一片新的天地。

这部小说集的多篇故事都展现出了作者丰富的想象力和对生活、理想、现实等主题的深入思考。从作品内容来看，其中一些故事可能反映了作者对现实世界的观察和感悟。例如，《竹峰寺》《李茵的湖》两篇具有明显的诗化、散文化特征，立足于当今“城市中国”，探讨了在现代城市不断流变的面貌中，人们对于逝去事物的悲伤，以及在飞速变动的日常景观中寻找变化中的不变量。而像《夜晚的潜水艇》《传彩笔》《裁云记》《音乐家》等篇章，则着重探讨了理想与现实的关系。这或许体现了作者自身在成长过程中，对于理想和现实冲突的体验与思考。在风格上，作者以独特的笔触构建了一个个充满奇幻色彩的世界，运用幻想元素来艺术化地描写或阐释思想。这种写作风格可能受到了多种文学传统和思潮的影响，例如一些具有奇幻、想象元素的文学作品，或者对于人性、存在等哲学问题的探讨。总的来说，虽然没有确切的创作背景资料，但通过对作品本身的分析，我们可以感受到作者对于生活、理想、人性等诸多方面的深刻洞察和独特表达。从这本书里可以看出来，作者的创作具有鲜明的个人特色，是其自身文学素养和创造力的体现。

同时，这本书也让我想到人生的无常。就像潜水艇在未知的深海中航行，我们的人生也充满了未知和变数。我们无法预测未来会发生什么，但我们可以把握当下，珍惜每一个瞬间，勇敢地去追求自己的梦想。在这个快节奏的时代，我们总是匆匆忙忙地追逐着功名利禄，却忽略了内心的声音。《夜晚的潜水艇》让我重新审视自己的价值观和人生目标。我们不应被外在的物质所迷惑，而应关注内心的成长和精神的富足。人生的意义不在于拥有多少财富和地位，而在于是否能够按照自己的意愿去生活，是否能够实现内心的梦想。

书中的文字如诗如画，充满了隐喻和象征，让我在阅读的过程中不断地思考，产生感悟。它让我明白，人生是一场充满挑战和机遇的旅程，我们需要有足够的勇气和智慧去面对。而在这个过程中，保持一颗纯真的心，坚守内心的信念，是至关重要的。

读完《夜晚的潜水艇》，我仿佛从一场漫长的梦中醒来，对人生有了新的认识和理解。它让我意识到，我们每个人都是自己人生的舵手，无论前方是风平浪静还是波涛汹涌，我们都要勇敢地驾驶着自己的船只，驶向心中的彼岸。在未来的日子里，我希望自己能够像书中的主人公们一样，不被现实的困境所打倒，不被旧有的观念所束缚，勇敢地追求自己的梦想，用心去感受人生的美好与真谛。愿我们都能在这纷繁复杂的世界中，找到属于自己的那艘夜晚的潜水艇，在心灵的深海中自由航行。